ullstein

Nordamerika im frühen 17. Jahrhundert: Englische Siedler, fromm, überheblich und fähig zur schlimmsten Gewalt, nehmen das Land in Besitz. Das Mädchen gehörte zu ihnen, doch nun ist sie allein. Die Wildnis ist hart, sie kämpft ums Überleben und beginnt, infrage zu stellen, was man ihr beigebracht hat. Haben die Menschen hier nicht ihre eigenen Götter, ihre eigenen Namen für die Dinge? Wozu brauchen sie die Europäer? Ist sie nicht selbst nur ein fremdes, zerbeultes Wesen in einer Welt, die ihrer nicht bedarf? Und während sie die Natur zu lesen lernt, wächst etwas Neues in ihr: ein anderer Sinn, eine Liebe, die nicht besitzergreifend ist.

LAUREN GROFF, 1978 geboren, lebt in Gainesville, Florida. Ihr Roman *Licht und Zorn* ist einer der größten Erfolge der amerikanischen Literatur der vergangenen Jahre. Er stand ebenso wie *Matrix* und ihre Erzählungen auf der Shortlist des National Book Award. *Die weite Wildnis* ist der zweite Roman von Lauren Groff, der bei den Ullstein Buchverlagen erscheint.

Lauren Groff

Die weite Wildnis

Roman

Aus dem Englischen
von Stefanie Jacobs

Ullstein

Besuchen Sie uns im Internet:
www.ullstein.de

Wir verpflichten uns zu Nachhaltigkeit

- Papiere aus nachhaltiger Waldwirtschaft und anderen kontrollierten Quellen
- Druckfarben auf pflanzlicher Basis
- ullstein.de/nachhaltigkeit

Anmerkung der Übersetzerin:
Die Wahl des weiblichen Personalpronomens im Zusammenhang mit der Protagonistin erfolgte aus Gründen der Lesbarkeit und Natürlichkeit. »Das Mädchen« (Orig.: »the girl«) ist deshalb immer »sie«.

MIX
Papier
FSC FSC® C083411

Ungekürzte Ausgabe im Ullstein Taschenbuch
1. Auflage September 2024

Titel der englischen Originalausgabe: *The Vaster Wilds*
bei Riverhead Books, Penguin Random House, LLC, New York

Umschlaggestaltung: zero-media.net, München
nach einer Vorlage von Anzinger und Rasp, München,
unter Verwendung einer Vorlage von © Jaya Miceli
Titelabbildung: Based on detail of Penitent Magdalene,
1833 by Francesco Hayez (oil on canvas) / Photo: © NPL –
DeA Picture Library/Bridgeman Images
Gesetzt aus der Albertina MT Pro
Satz: LVD GmbH, Berlin
Druck und Bindearbeiten: CPI books GmbH, Leck
ISBN 978-3-548-06977-7

Für meine Schwester Sarah

1.

Der Mond verbarg sich in den Wolken. Der Wind spie schräge Wehen aus eisigem Schnee.

Durch einen Spalt zwischen den hohen schwarzen Palisaden, scheinbar zu schmal für einen Menschen, kletterte das Mädchen hinaus in die grimmige, weite Wildnis.

Sie hatte den Umhang tief ins Gesicht gezogen und war zierlich, sowohl schlank als auch kindlich klein, und vom Hunger gehagert, nur noch Faden und Faser und Sehne und Kern. Selbst derart ausgezehrt und im Dunkeln halb blind, bewegte sie sich flink. Sie rappelte sich auf, stolperte beim ersten Schritt und stürzte beinahe, fing sich aber wieder und rannte los, geduckt über die gefrorenen Ackerfurchen und all die toten Maisstängel, die im Sommer aus der Erde gewachsen waren und nun schon schwarzbraun und fruchtlos und voller Mehltau.

Schneller, Mädchen, trieb sie sich an, und in ihrer Angst und ihrem Schmerz trugen ihre Beine sie noch schneller.

Die guten Stiefel hatte das Mädchen dem Sohn eines Edelmanns gestohlen, einem Jüngling halben Alters, doch gleicher Größe, der in der Nacht zuvor an Pocken gestorben war, die sich rostgleich auf den hervorstehenden kleinen Knochen ausgebreitet hatten. Die Lederhandschuhe und den dicken

Umhang hatte sie ihrer eigenen Herrin gestohlen. Den Gedanken an die Frau, die noch immer weinend auf dem gefrorenen Boden im Innenhof kniete, schob sie beiseite. Schritt um Schritt ließ sie diesen höllengleichen Ort hinter sich, und sein Zugriff auf sie schwand.

Doch dann bemerkte sie vor sich auf dem dunklen Feld einen seltsamen Schimmer, und als sie näher kam, erkannte sie das Unterhemd eines Soldaten, den man vierzehn Tage zuvor gesehen hatte, wie er sich langsam schlängelnd von den Schrecken des Forts entfernte, auf die andersartigen Schrecken des Waldes zu. Den halben Weg bis zu den Bäumen hatte er geschafft, als sich plötzlich ein Schatten auf dem Boden verdichtete, emporschnellte und als der furchteinflößendste aller Männer dieses Landes erkennbar wurde, jener Krieger, der zwei Köpfe größer war als die Männer im Fort und seine fürchterliche Wirkung noch verstärkte, indem er einen weiten, dunklen Umhang aus Truthahnfedern über den Schultern trug. Er hatte den zitternd dahinkrauchenden Soldaten mit einer Hand beim Schopfe gepackt und ihm mit einem Messer die Kehle aufgeschlitzt, sodass ein lang gezogener roter Mund darin klaffte. Dann hatte er ihn fallen lassen, auf dass er seines Herzens Blut auf die gefrorene Erde vergieße, und da lag der Tote nun, in unedel verrenkter Pose. Unbegraben, denn der Hunger hatte die Soldaten der Siedlung zu schwach und zu feige werden lassen, um den Leichnam zu holen.

Das Mädchen hatte den Toten bereits hinter sich gelassen, hatte seinen Gestank nicht mehr in der Nase und war schon beinahe am Waldrand angelangt, als sie abermals stolperte, denn der Gedanke an diese beiden Männer ließ Gedanken an jene anderen aufkommen, die in den Wäldern lauern könnten, still in ihren Verstecken. Und als sie in den Wald spähte, der dunkel vor ihr lag, sah sie nun im noch tieferen Schattenschwarz jedes Baumes einen Mann im Hinterhalt kauern, mit einem Messer vielleicht, mit einer Axt oder einem Pfeil und mit kalter Mordlust im Blick.

Für einen Atemzug blieb sie stehen und hatte doch keine Wahl, und so nahm sie ihren Mut zusammen und rannte weiter.

Und jeder dieser Männer erwies sich im Vorbeirennen doch nur als ein Schatten.

Sie hatte beschlossen zu fliehen, und mit diesem Entschluss hatte sie allem entsagt, was sie besaß, ihrem Dach, ihrem Zuhause, ihrem Land, ihrer Sprache, der einzigen Familie, die sie je hatte, und der kleinen Bess, in ihre Obhut geboren, als sie selbst noch ein Kind von vier oder fünf Jahren war; sie hatte ihrer Unschuld, ihrem Verständnis von sich selbst und auch den Träumen entsagt, wer sie eines Tages sein könnte, wenn sie nur diese Hungersnot überlebte.

Denk nicht daran, Mädchen, sagte sie sich, denk nicht daran, sonst wirst du Grames sterben.

Und sie drehte sich nicht um, blickte kein letztes Mal auf das Fort, über dem der Schein eines Feuers den Nachthimmel rot anmalte. Sie konnte weder lesen noch schreiben, doch sie war ein gutes und frommes Kind und hatte stets aufmerksam zugehört, wenn die Pfarrer aus dem Heiligen Buch vorlasen, und sich auf diese Weise lange Passagen daraus Wort für Wort eingeprägt. Nur vorwärts gehen, diese Lektion hatte sie von Lots Frau gelernt, die auf der Flucht vor der Zerstörung von Sodom einmal hinter sich sah und durch ihre Schwäche und den Zorn Gottes zur Salzsäule ward.

Erst als sie im Wald angelangt war, nahm der Wind seine Hände von ihren Wangen, zog sie unter ihrem Rock hervor. Es war wärmer inmitten der Bäume, doch mitnichten warm. Sie blieb stehen und legte die Stirn gegen die schorfige Rinde einer Kiefer, und die raue Härte auf ihrer Haut ließ sie verharren. Der Himmel über ihr war von einer dicken Schicht Wolken überzogen und sandte kein Licht hinab in ihr Dunkel, gar keines. Pechschwarz umgab sie der Wald, nur in den Mulden rings um die Bäume schimmerten Pocken aus Schnee. Mit Mühe beruhigte sie ihren keuchenden Atem. Sie ließ die Stille in sich einsinken, in sich und in den Wald, wo sie sich über die Erinnerung an ihre krachenden Schritte legte, und sie fragte sich, ob sie mit ihrem Lärm wohl die Männer im Fort geweckt hatte oder die, die von jeher in diesem Wald lebten. Die Männer, die sie kannte, und die, die sie nicht kannte. Beide könnten sich in diesem Moment an sie heranpirschen.

Sie lauschte, und da war nur der Wind, der seinen Kratzfuß machte, war nur das Reiben von kaltem Stamm an kaltem Stamm wie das Stimmen von Fiedeln, sie hörte weder Schritte noch knackende Zweige. Doch war die Abwesenheit von Geräuschen kein echter Trost.

Als sich das Blut in ihren Ohren etwas beruhigte, hörte sie nicht weit entfernt den Bach, der unter seinem Schild aus Eis entlangschrappte. So schnell und sachte sie konnte, ging sie weiter, und als sie schließlich Glätte unter den Füßen spürte und dann das steingesäumte Bett sah, durch das er im Frühjahr angeschwollen strömen würde, folgte sie ihm gen Norden und war froh, den spitzen Zweigen und Büschen zu entfliehen, die begehrlich nach ihrem Gesicht und ihren Kleidern schnappten.

Das Mädchen rannte immer tiefer in die Nacht, und die Kälte, die Dunkelheit, die Wildnis, ihre Angst und ihre tiefen Verluste, all das zusammen ließ immer weniger übrig von ihr selbst, wie sie sich kannte, bis sie schließlich nichts mehr war.

Ein Nichts ist nicht da, und was nicht da ist, hat keine Vergangenheit.

Doch ohne eine Vergangenheit, dachte das Mädchen, war ein Nichts wiederum auch frei.

Nach einer Weile wich der erste Schrecken der Flucht, und ihre Gedanken regten sich wieder.

Sie spürte, dass Blicke auf ihr ruhten.

Und auch wenn es in ihrer Vorstellung die Blicke feindseliger Männer waren, so handelte es sich in Wahrheit um den Blick des Waldes selbst, der sich dieses neuartige Wesen mit seinem keuchenden Atem, dem lärmenden Tritt und dem beißenden Menschengeruch besah; alle Nachtvögel und sämtliches herumstreifende Getier verharrte in regloser Verwunderung, während das Mädchen vorüberlief. Und als sie das rennende Mädchen schon nicht mehr sehen oder hören konnten und die letzte Schärfe ihrer Pein aus den Nasen all der krauchenden Kreaturen gewichen war, als dem Laub, der Erde und dem von ihren Füßen verdrängten Schnee nur noch eine vage Ahnung ihres Geruchs anhaftete, schien der Wald noch einmal zu erbeben und die Zeit einen Sprung zu machen, und der Riss, den das hastende Mädchen verursacht hatte, schloss sich, und hinter ihr erwachte allseits der Hunger, folgte jedes Wesen wieder dem Lauf seiner Gelüste. Bloß Stunden nachdem das Mädchen den Wald durchquert hatte, war das nur noch ein seltsamer Traum, ob der Dringlichkeiten des Augenblicks schon beinahe vergessen.

Vielleicht nach Minuten, vielleicht nach Stunden, es ließ sich nicht sagen, in jedem Fall nach einer langen, dicken Schicht aus Zeit, die sie nordwärts das Flussbett hinaufgerannt war, entdeckte das Mädchen einen tieferen, dunkleren Glanz unweit der Stelle, an der ihr Stiefel jetzt leicht einsank, und sie wusste, es war vom Eis befreites Wasser, das offen floss. Sie bückte sich, zog mit den Zähnen die ledernen Handschuhe aus und schob die eiskalten Hände zwischen ihre Schenkel, bis sie etwas aufgetaut und wieder beweglich waren, und dann öffnete sie den Sack, den sie in ihrer steifen Faust getragen hatte, holte den gestohlenen Zinnbecher heraus und nahm einen herzhaften Schluck des plätschernden Wassers. Die Kälte schlitzte sie innerlich auf wie eine Messerspitze. Sie zitterte. Ihre Zähne klapperten, dass ihr ganzer Schädel vibrierte. Ihr Magen, vier Tage ohne Nahrung, protestierte gegen diese neue Fülle. Schließlich packte sie den Becher wieder ein und band sich den Sack fest um die Taille, hob Umhang und Kleid hoch, um ihn direkt auf der Haut zu tragen und seine tröstliche Nähe zu ihrem eigenen Fleisch zu spüren. Am liebsten wäre sie in den kleinen Schneehügel hinabgesunken und eingeschlafen, denn ihr war schwindelig und es wummerte in ihrem Kopf, doch das ging nicht, und so trieb sie sich wieder an, vorwärts, weiter, fort von hier.

Und während sie rannte, betete sie in ihrer Seele: Ach, du liebreicher Gott, der du die Demütigen nach deinem Rate führest und den Frommen dein Licht aufgehen lässt, gewähre mir in meinem Zweifel und meiner Unsicherheit die Gnade, dich anzurufen, was du mich würdest tuen lassen, auf dass mich dein weiser Geist vor allen falschen Entscheidungen bewahre und ich von deinem Licht erleuchtet werde und meine Füße nicht mögen auf Höllenwegen wandeln.

Sie lauschte auf alles, auf das leise Stöhnen eines Nachtvogels als Abgesandter des Allmächtigen, auf irgendeine Änderung in der Luft, die ihr seinen Willen verraten würde, doch als Antwort kamen nur das Knirschen ihrer Schritte und das Pfeifen des kalten Windes, der mit dem gleichgültigen Wald sein Spiel trieb.

Und so rannte sie weiter, setzte die Füße, so sachte sie konnte, und erinnerte sich auf einmal an den Trost des Singens, ja, vielleicht konnte Singen die Ränder ihrer Furcht erwärmen und zum Schmelzen bringen.

Sie sang also still für sich, so hell sie nur konnte, *the spring clad all in gladness doth laugh at winter's sadness fa la la la la la la la la la* und so weiter.

Sie kannte natürlich viele Lieder, doch dieses war das einzige, das sich ihr zeigen wollte, eine recht merkwürdige Liederleere herrschte in ihrem Kopf, dabei war sie doch früher, in einem anderen Leben, eine tanzende und singende kleine Närrin gewesen, die Hunderte von Weisen kannte. Doch sie wusste, dass es eine solche Närrin nur geben konnte, wo es auch der Wonnen und Freiheiten genug gab, um zu lachen, und so war es nur natürlich, dass alle anderen Lieder auf der Flucht verschwunden waren. Dieses eine jedoch spendete ihr leidlichen Trost, wenn er auch klein war in solch einer Notlage.

Der Mond zeigte allmählich sein Gesicht, sodass der Wald nun hell und dunkel gebändert vor ihr lag und sich am Boden weiße Furchen abzeichneten.

Im Himmel über ihr riss etwas auf, und der Schnee glich jetzt nicht mehr eisigen Nadeln wie kurz nach der Flucht aus dem Fort, sondern fiel schwebend in weichen Flocken, die sich auf der alten Schneedecke sammelten und über ihre Fußspuren legten.

Danke, guter Schnee, für deine Hilfe, dachte das Mädchen.

Eile weiter, Mädchen, sagte der Schnee im Fallen.

Nicht lange darauf begannen die Stimmen vom Himmel aus zu ihr zu sprechen.

Zuerst verstand sie nicht recht, was sie sagten, doch bald sprachen sie lauter zu ihr und schließlich im Ton ihrer Herrin, ein einziges Schelten. Du gottloser Kobold, du widerliche Strunze, du niederstes, ungebildetes Zett, die du deiner Herrin in der Stunde höchster Not, als sie dich am ärgsten brauchte, davongerannt bist. Denn es heißt doch, ihr Jüngeren seid untertan den Ältesten, allesamt seid untereinander untertan und haltet fest an der Demut, denn Gott widerstehet den Hoffärtigen, aber den Demütigen gibt er Gnade.

So zischte die Stimme ihrer Herrin sie aus dem Dunkel des Waldes heraus an.

Und das Mädchen vergaß sich und sprach laut in den fallenden Schnee hinein, O, aber steht in dem guten Buch nicht auch, auf dem Berge errette dich, damit du nicht umkommest?

Und sie lachte, weil sie wusste, dass es so geschrieben stand und dieser Punkt an sie ging.

Doch der Wald wurde wachsam angesichts dieses Lachens, dieser neuen Laute, die seine schläfrige Stille störten, und das Mädchen musste sich ohrfeigen, um wieder zu schweigen und sich weiter voranzutreiben.

Die Stimme der Dienstherrin fiel flockengleich zu Boden, und das Mädchen in seiner Eile ließ sie dort zurück.

Der Mond kroch jetzt ganz unter seiner Wolkendecke hervor, und die Nacht wurde alt. Das Mädchen war müde, so müde. Inzwischen hielt sie kaum noch mehr als die Luft in ihren Lungen und der Drang ihrer Angst auf den Beinen. Hinter ihr schwebte in weißen Wölkchen ihr Atem empor.

Eine neue Stimme sprach ihr ins Ohr, Warum, mein Kind, richtest du deine Schritte gen Norden?

Ich renne in Richtung des Lebens, in Richtung der Lebenden, antwortete das Mädchen dieser neuen Stimme. Weg von einem sicheren und elenden Tod, weg vom Teufel, der unsichtbar durch die Siedlung schlich. Ich renne auf das zu, was ich einst über die Schulter des Kommandanten hinweg erspäht habe, ein Pergament, eine Karte mit einer breiten Bucht gen Osten, an die sich nach Norden hin gleich den Strahlen der Sonne mehrere Flüsse anreihten. Er tippte mit seinem dicken Finger auf die Zeichnung, der Kommandant, und sagte zu dem Mann neben sich, dort oben im Norden, an der Spitze der kartografierten Ländereien, befänden sich die Siedlungen der Franzosen, Kanada, und hier im Süden die der Spanier, *la florida*. Und während ich kurz vor meiner Flucht schnell, schnell mein Zeug in den Sack packte, besann ich mich dessen und wägte ab, dass Franzosen wie Spanier zwar gleichermaßen widerliche Papisten sind, doch immer noch Menschen, die zu demselben Gott beten und denen dasselbe Buch das heiligste von allen ist. Und dass ich mich, auch wenn es zu ihren Siedlungen nach Norden wie nach Süden gleich weit ist, für die Franzosen entscheiden muss, denn ich verstehe kein Jota der spanischen Sprache, während ich vom Französischen ein wenig gelernt habe und mich verständlich machen kann.

Ach, und weißt du denn auch, wie weit diese Siedlungen sich erstrecken?, fragte die Stimme, jetzt voll des Hohnes.

Und das Mädchen sagte, Nein, doch sicher sind sie kleiner als mein eigenes, weit größeres Land jenseits des Wassers, wo jeder Acker von so dicken Schichten aus Mythen und Legenden und vergangenen Schlachten bedeckt ist, dass ein Schritt kein bloßer Schritt durch den Raum wie hier in der neuen Welt ist, sondern zugleich ein Schritt durch die Zeiten. Hier gibt es nichts, nur Land, und all die Erde und die Berge und die Bäume sind noch unbefleckt von Geschichten. Dieser Ort selbst ist ein unbeschriebenes Stück Pergament.

Und selbst wenn du lebend dort ankommen solltest, was glaubst du, fragte die Stimme, was solch elende Papisten mit einem Mädchen wie dir, mit dem zarten Leib einer jungen Weibsperson machen?

O, lenke meine Gedanken nicht zu solch üblem Ende hin, sagte sie streng.

Doch die Stimme wollte nicht schweigen. Und bist du,

fuhr sie fort, die du dein Leben lang nur Behagen und Gesellschaft kanntest, die du stets bei warmen Leibern schliefest und dich zu anderen geselltest, kaum dass du einen Augenblick allein warst, weil dir das Alleinsein unerträglich war, bist ausgerechnet du bereit, in dieser leeren Einöde ganz ohne einen Freund zu sein?

Und am liebsten hätte sie geweint, aber sie tat es nicht und sagte stattdessen, Ich bin ja nicht allein, trage ich doch stets meinen Gott im Herzen.

Und sie spürte ihn tatsächlich, Gott, ein helles Fünkchen Licht tief in ihrem Inneren.

Doch die Stimme sprach, Und wenn die beständigste Gefahr nicht der Mensch, sondern Gottes eigene Wildnis ist, die gefahrvollen Weiten und die Tiere, die darin umherstreifen und auf Beutezug sind?

Und nun dachte sie zum ersten Mal an die todbringende Kälte dieser letzten Wintertage und dann an die Wölfe und Berglöwen und Schlangen, die in diesem wilden und unzivilisierten Land heimisch waren.

Und das waren nur die Gefahren, von denen sie wusste, sicher drohte auch Unbekanntes. Ungeheuer, die sich die menschliche Fantasie noch nicht ausgemalt hat, Schwierigkeiten, denen man unmöglich entkam.

Kit, der Sohn ihrer Dienstherrin, der sie, als sie klein war, die meiste Zeit drangsalierte, hatte sie in seinen seltenen Anflügen von Sanftmut auf seine Knie gesetzt und ihr die schauderhaften Dinge in seinen Büchern gezeigt, und sie hatte das Bild eines kopflosen Mannes gesehen, der die Augen tief in den Schultern und einen Mund unterhalb der Rippen hatte. Einen Mann mit einem Hundekopf. Außerdem erzählte Kit ihr die wundersamsten Geschichten, Dinge, die nur gebildete Knaben wussten, etwa von den Lemuren, die die Schatten feindseliger Toter waren, und von Stellen auf dem Ozean, an denen Seeleute in einen mahlenden Schlund herabgesogen oder aber von einem riesigen Tier von ihrem Schiff gepflückt und verschlungen wurden. Rätselfrauen mit dem Leib von Löwinnen. Von den boshaften Waldelfen, die kleine Kinder stahlen, um sie im Reich unter den Hügeln großzuziehen, und kreischende Wickelkinder aus Lehm an ihre Stelle legten. Und was sie nicht in einem Buch gesehen oder von Kit erzählt bekommen hatte, das brachte ihr eigener übersprudelnder Geist hervor, eine Frau mit Vipernzähnen zum Beispiel oder schwarzen Giftnebel, der lauernd über dem Boden lag.

Derartige Ungeheuer gediehen in einer so unermesslichen, mannigfaltigen Gegend wie dieser hier sicher prächtig.

Nicht zu vergessen die ärgsten Schrecken, die im Walde lauerten und vor denen selbst die furchteinflößendsten Kerle im Fort sich ängstigten, und das waren weder Bären noch Ungeheuer, sondern die scharfsinnigen Männer, die sie hassten und hinterrücks morden würden.

Doch andererseits hatte sie lange genug mit den Männern im Fort zusammengelebt, um zu begreifen, dass es auch in ihrem eigenen Volk schlimme Männer gab, denn vor gewissen Gentlemen hatten die Mädchen einander flüsternd gewarnt, und es hatte Soldaten mit rotem Teufelsschimmer im Blick gegeben und Söldner, die so mühelos töteten, wie sie des Abends einschliefen, und einen solchen würde man ihr nachschicken, denn was sie getan hatte, durfte nicht ungestraft bleiben.

Sie schauderte und musste den Gedanken an die qualvollen Dinge wegwischen, die dieser üble Mann mit ihr machen würde, bekäme er sie tatsächlich zu fassen.

Denn selbst ein guter Mann war todbringender als der schlimmste aller Bären, und sie hatte gesehen, was noch ein blinder alter Bär anrichten konnte, dem man die Zähne aus dem schwarzen Zahnfleisch gezogen, die Klauen abgehackt und die Augen aus den Höhlen gestochen hatte. In den Gärten am Südufer hatte sie in der Sommerhitze inmitten der Schaulustigen gestanden, die, fein angetan und bis zum Speien angespannt, den Blick nicht losreißen konnten von jener Stelle in der Arena, wo der massige stinkende geifernde Bär an einen Pfahl gebunden war. Doch als die wütenden Hunde losgelassen wurden, um das elende, verfilzte Tier zu erledigen, schleuderte der Bär sie eins, zwei, drei mit Leichtigkeit in die Luft, bis alle drei zerschmettert winselten und sich mit den Vorderläufen davonschleppten an irgendein Fleckchen, wo sie in Ruhe sterben konnten. Und rings um sie herum ergingen sich die Leute in höhnischem Gelächter über die Tiere, siegreiche wie getötete. Dem Mädchen jedoch hatte das Entsetzen förmlich die Eingeweide gefrieren lassen, und in jener Nacht suchte der arme alte Bär sie heim und zeigte ihr im schlimmsten ihrer Albträume sein Zahnfleisch voll grüner Eiterabszesse, bis sie am Morgen zitternd zum Geläut der Kirchenglocken erwachte. Und dieser berühmte Kampfbär war bloß ein Bär aus der Stadt gewesen, der die dichteren, älteren Wälder dieser neuen, wilden Welt nicht kannte, ein gezähmter Bär. Ein wilder Bär wäre um ein Vielfaches bösartiger und brutaler als der, den sie gesehen hatte, so wie alles in diesem Land, das noch vollkommen im Dunkeln lag. Er wäre unvorstellbar viel größer und grausamer. Doch Männer wären noch schlimmer.

Sie taumelte jetzt, keuchte in der kalten Luft.

Inzwischen musste sie meilenweit entfernt sein vom Fort, sagte sie sich, und wagte es schließlich, hinter sich zu blicken, dorthin, wo das Fort liegen würde. Doch sie entdeckte keinerlei Spuren von Licht am Himmel, kein Anzeichen dafür, dass überhaupt je ein Angehöriger ihres Volkes einen Fuß auf dieses Land gesetzt hatte. Und das war gut.

Die Stimme suchte sie noch ein weiteres Mal heim und sagte ruhig, Einmal Närrin, immer Närrin.

Still jetzt, schrie sie laut. Und die Stimme in ihrem Kopf gehorchte und verstummte. Und sie selbst war wieder ganz allein in der schrecklichen Dunkelheit.

2.

Sie rannte weiter, obwohl sie zu müde war, sie rannte, bis das Mondlicht verblasste und sich in ihren Gliedern nach Stunden ein brennendes Hochgefühl ausbreitete.

Mit einem Mal atmete sie freudig die kalte Luft, und ihre Beine fühlten sich leicht und frei an. Ihre Haut kribbelte und brannte wie Feuer.

Und mit dieser Freude am Rennen zogen vor ihren Augen kleine Visionen auf.

Dort im Umriss einer Ulme, die vor langer Zeit ein Sturm entwurzelt hatte und deren knorrige Wurzeln sich dunkel vor dem Nachthimmel abzeichneten, sah sie einen steigenden Hengst, schwarz und glänzend.

Aber nein, Mädchen, erinnerte sie sich selbst, nein, es gibt doch keine Hengste in dieser neuen Welt, denn die einzigen Pferde hier, mit den Schiffen gekommen, wurden schon vor langer Zeit, als der Hunger immer ärger wurde, aufgegessen.

Später von einer Anhöhe aus sah sie im trüben, silbrigen Licht, wie der Wind den leichteren Schnee emporfegte und daraus eine glänzende Stadt mit Dächern und Giebeln und einem Kirchturm baute, ja, sogar der Rauch der Feuer kräuselte sich aus den Schornsteinen fröhlich gen Himmel, und ihr Herz ward von solcher Freude erfüllt, dass sie laut aufjauchzte. Doch dann drehte der Wind und legte die Märchenstadt in Schutt und Asche.

Am Boden zerstört, rannte sie weiter.

Schließlich wurde der Bach, dem sie seit einiger Zeit gefolgt war, immer breiter, und im Halbdunkel teilten sich die Bäume und gaben den Blick auf weiten Himmel und kaltes, sterbendes Mondlicht frei. Und dort lag er, der eisbedeckte Fluss, er schimmerte in einem grünlichen Weiß, und unter seiner Oberfläche lag tiefes, zorniges Wasser, das immer weiter voranstürzte, hinaus in die Bucht und dann in die Meere, die noch größer waren und kälter und wilder.

Und dieser Fluss war so weit entfernt vom Ausgangspunkt ihrer Flucht, sagte sie sich, dass selbst ein so blutdurstiger Mann, wie ihn das Fort auf ihre Fersen geschickt haben würde, es wahrscheinlich nicht bis hierher schaffte, sondern eher aufgab und sich sieglos nach Hause schleppte. Denn sämtliche Seelen, die in dieses Land übergesetzt hatten, waren jetzt gegen Ende dieses verheerenden Winters ausgehungert, und selbst von den Robustesten hatten sich viele inzwischen ins letzte Reich des Todes gehungert, geschissen oder gespien, und auch die bösartigsten der Männer, die den Ozean überquert hatten, waren schwächlich und seltsam träge geworden, blieben den ganzen Tag auf ihrem Lager und starrten leer in den grauen Himmel, der nur Eis pisste, Eis schiss.

Zwischen zwei Felsbrocken am Flussufer entdeckte sie einen Spalt, kaum breiter als ihr eigener Leib, und sie schlüpfte flink hindurch, um sich in dem Raum dahinter ein Obdach herzurichten, denn im Osten zeigte sich schon das erste Licht des neuen Tages, und bald würde sie für jeden ringsherum gut sichtbar sein.

In ihrem Versteck, geschützt vor dem eisigen Wind, schob sie die Hände in den warmen Spalt zwischen ihren Schenkeln. Als sie die Finger wieder bewegen konnte, knotete sie ihren Beutel auf und packte ihre paar Habseligkeiten aus: die beiden braunen Decken, dick und warm, auch wenn es darauf nur so wimmelte von Läusen, dann das kleine Beil, dann das Messer, dann den fahl glänzenden Zinnbecher und dann den Feuerstein.

Das war alles, woran sie im Moment ihres hastigen Aufbruchs gedacht hatte. Sie hätte auch Proviant mitgenommen, nur hatte es schon seit Tagen nichts Essbares mehr zu stehlen gegeben.

Als sie sich in ihrem windgeschützten Versteck genügend gewärmt hatte, wagte sie sich noch einmal hinaus und rannte zu einer Kiefer, wo sie einige tote Äste abknickte, die sie über die Steine zu ihrem Unterschlupf schleifte und mit den Füßen so klein brach, dass sie sie mit hineinnehmen konnte. Von den kleinsten Zweigen streifte sie eine Handvoll trockener brauner Nadeln ab, dann hockte sie sich auf den Boden und schlug mit dem Heft des Dolches auf den Feuerstein, und sie schlug und schlug und schlug, doch es wollte einfach kein Funke hervorspringen. Und so schlug sie noch kräftiger, bis ihre Hände taub waren und ihr Gesicht von hilflosen Tränen überströmt.

Funke, falle auf diese Nadeln und werde zur Flamme, flüsterte sie.

Allmächtiger Vater, deine Dienerin fleht um Hilfe.

Doch der Funke blieb lange Zeit taub für ihre Bitten, und sie musste sich noch zwei weitere Male die Hände zwischen den Beinen aufwärmen, um sie wieder bewegen zu können.

Endlich fiel ein Funke herab, und sie hatte ihm ein Bett aus trockenem Laub und Nadeln gebaut und hauchte ihn an, aber der Funke war scheu und wäre um ein Haar verloschen, und sie betete und pustete noch einmal, bis er anschwoll und hungrig wurde, ein Stück von einer trockenen Kiefernnadel fraß und schließlich mehr wollte, und jetzt loderte er auf und wurde ein fröhlich flackerndes Flämmchen. Sie fütterte es, bis es zu einem heißen kleinen Feuerchen heranwuchs, für das sie so dankbar war und dessen Wärme sie so entzückte, dass sie den Drang verspürte, es in den Mund zu nehmen und sich einzuverleiben.

Die Flamme führte einen hübschen Tanz auf, streckte ihr kesses Köpfchen bald hierhin, bald dorthin wie ein lebendiges Wesen. Als das Mädchen Gewissheit hatte, dass sie stark genug war, um nicht auszugehen, spuckte sie hinein, auf dass die Flamme ihr Glück bringe.

Jetzt breitete sie eine der Wolldecken über den hohen Felsbrocken aus, die ihr Versteck bildeten, sodass eine Art Zelt entstand, und wickelte sich in die andere Decke ein, und in der Wärme des Feuers wurde der Fels ringsherum allmählich warm. Die paar Schneeflocken, die nahe dem Feuer landeten, schmolzen zischend auf den Steinen. Atemzug für Atemzug wich die Anspannung aus ihren Gliedern. Sie fühlte sich merkwürdig und stellte bald fest, dass dieses Gefühl daher rührte, dass sie zum ersten Mal seit Monaten nicht zitterte.

Das Rennen durch die Nacht all diese Meilen weit und dieses neue Feuer hatten sie gewärmt und das unkontrollierte Schlottern beruhigt. Im Fort war nach der langen Zeit der Belagerung kaum mehr Brennholz übrig gewesen, und was vom Abriss einzelner Häuser an Holz noch da war, musste zuerst die feinen Leute wärmen, während man sie, ein bloßes Dienstmädchen, wenn auch einst der Schützling eines liberalen und großzügigen Künstlerhaushaltes, zusammen mit dem niederen Volk den scharfen Zähnen der Kälte überlassen hatte. Bei Tag ein einziger Eiszapfen, konnte sie sich nur des Nachts an den fiebernden Körper der kleinen Bess schmiegen, sich vom schmächtigen Fleisch des Kindes nehmen, was sie konnte, und es ihrerseits zu wärmen versuchen.

Die Behaglichkeit ihres Unterschlupfs war so unerwartet, dass ihre Panik und ihre Furcht ein wenig nachließen und sie augenblicklich in einen tiefen, seligen Schlaf fiel. Und selbst wenn ein wildes Tier gekommen wäre und ihr übers Gesicht geleckt hätte oder wenn der verschlagene Soldat, der noch in diesem Moment ihrer Spur durch die Dämmerung folgte, in einem Wimpernschlag die vielen Meilen hätte überspringen können, die sie trennten, um sich ihr heimlich und leise mit einem Messer zu nähern, sie wäre nicht wach genug geworden, um Angst zu verspüren.

3.

Der Wind peitschte kleine Schneewirbel über den zugefrorenen Fluss, die einander jagten wie tollende Hunde.

Das Licht wurde stärker, und das gegenüberliegende Ufer tauchte klar und deutlich aus dem Dunkel auf.

Wäre das Mädchen wach gewesen und hätte hinübergesehen, sie hätte jenseits der Eisfläche Frauen und Kinder entdeckt, die hier geboren waren und in einer losen Reihe von ihrem Dorf zum Flussufer gingen. Bald züngelten zwei Feuer empor, und in ihrem Licht war zu sehen, dass zum Wasserholen und Baden fein säuberlich eine Öffnung ins Eis gesägt worden war.

Im Dämmerlicht gingen sie zum Wasser, ein Dutzend wohlgenährter Frauen und Kinder, und sie badeten dort trotz der Kälte, rannten hinein, planschten umher und rannten dann ebenso schnell wieder hinaus, um sich nahe den Feuern zu wärmen, ihre Körper schimmernd im Licht der Flammen und des zaghaft dämmernden Morgens. Von Nahem hätte das Mädchen gesehen, dass sie fingerdick mit einer Paste bedeckt waren, einer Mixtur aus Talg und Kräutern und Lehm, die sie im Winter warm hielt und in den heißen Monaten vor der Sonne schützte, ebenso wie zu jeder Jahreszeit vor Insektenstichen. Sie hätte gesehen, dass sie nicht nackt waren, wie ihr eigenes Volk annahm, sondern mit wunderbar geschmeidiger Kleidung angetan, die eng an der Haut lag, die sich bog, wenn sie sich bogen, und sich bewegte, wenn sie sich bewegten.

Noch im Schlaf öffnete das Mädchen die Augen und blickte um sich, und noch während sie träumte, sah sie die kleinen Gestalten am anderen Flussufer, die Fleisch brieten und Brot buken, sah die Mütter Moos in die Luft werfen, damit die Kinder mit ihren kleinen Pfeilen und Bögen zielen lernten, und wie ein jedes, selbst das kleinste, das noch wacklig auf den Beinchen stand, sogleich darauf schoss. Ein Gewirr aus Stimmen und Gelächter wehte über das Eis, derart verzerrt durch die Entfernung, den Wind und ihren eigenen tiefen Schlaf, dass sie es für die Geräusche ihrer Geburtsstadt hielt, die am Morgen eines neuen Tages erwachte.

Den Stimmen, die dicht verwoben über den gefrorenen Fluss wehten, folgte der mit Rauch vermischte Duft von Speisen, den das Mädchen in den Tiefen ihres Schlummers wahrnahm, doch da sie sich während der langen Hungersnot im Fort Essen immer so lebhaft vorgestellt hatte, dass es vor ihren Augen beinahe real geworden war, hielt sie die Speisen nun selbst im Traum für bloße Träume.

Und dennoch bewegte sich kauend und schluckend ihr Mund, bis ihr Hunger gestillt war.

Und so schloss sie ihre träumenden Augen fest zu, ließ sich fallen und tauchte wieder in tiefen Schlaf, und während sie in den Morgen hineinschlummerte, löschten die Menschen ihre Feuer und gingen den Pfad entlang zurück zu ihrem Dorf.

Das Mädchen schlief und schlief, und alsbald kamen die Nachtschrecken zu ihr.

Sie waren ihr nicht fremd, die Nachtschrecken, sie hatten sie schon heimgesucht, lange bevor sie zu sprechen gelernt hatte, als die ganze Welt neu und unheimlich gewesen war und es schien, als spielten sich unter der Oberfläche ihrer Wahrnehmung unablässig die entsetzlichsten Dinge ab.

Jetzt sah sie Knochen ohne Fleisch daran aus den Wiesen aufsteigen, und von den Gelenken dieser Bestien bröckelte Lehm, und mit jedem Schritt knackte ihr Skelett, das nachtschwarz und versengt war, konnten sich doch in einer so grauen, verlassenen Prärie wie der, die sie in ihrer Panik vor sich sah, nur die Toten mit ihren Phantomknochen ergehen.

Solche Visionen hatten sich durch ihren Hunger verschlimmert, auch wenn sie diese üblen Schlafbegleiter kannte und es gewohnt war, des Nachts von schlimmen Bildern gepeinigt aufzuschrecken.

Selbst damals im Haus ihrer Dienstherrin, nachdem sie gegessen und getrunken hatte, bis sie nicht mehr konnte, und auf dem mit grünem Schilfgras und frischen Kräutern bestreuten Boden gebettet war, hatte sie im Schlaf wundersame Schreckensdinge gesehen: nachtseidene Geier und ölige Pfützen aus Dunkelheit über ihr an der Decke, die wie dicke Tropfen immer weiter anschwollen und sich mit brüllender Fratze und gebleckten Reißzähnen auf sie stürzen wollten.

Und als sie jetzt allein in ihrem Felslager erwachte, hatten die Nachtschrecken sämtliche Behaglichkeit zunichtegemacht, und sie fühlte sich innerlich hohl und leer.

Ihr Leben lang war ihr erster Gedanke beim Aufwachen die kleine Bess gewesen – ob sie hungrig war, ob es ihr gutging oder an irgendetwas fehlte. Jetzt, wo es keine Bess mehr gab, war sie wie versteinert, denn sie wusste nicht, wie man zuerst an sich selbst dachte.

Unter der Asche leuchteten noch ein paar Glühwürmchen. Als sie sich bückte, um hineinzupusten und die Flammen wieder zum Leben zu erwecken, keuchte sie kurz auf, so elend wund war ihr ganzer Körper von der Flucht. Die Decke über ihrem Kopf war nass von den Flocken, die der Wind daraufgewirbelt hatte und die dort in der Wärme geschmolzen waren.

Sie schickte ihre Gedanken zurück auf den Weg, den sie in der Nacht gerannt war, und versuchte zu erspüren, ob jemand sie verfolgt hatte.

Sie schnupperte in die Luft, als könnte sie es ihr verraten.

Doch all die Meilen hinter ihr und die Luft verrieten ihr rein gar nichts.

Die Welt, das wusste das Mädchen, war noch schlimmer als wild, die Welt war gleichgültig.

Es kümmerte sie nicht, was mit ihr geschah, es konnte sie nicht kümmern, nicht im Geringsten.

Sie war ein Sandkorn, ein Sprenkel, ein Flugstaub im Spiel des Windes.

Während sie in ihrem warmen Unterschlupf lag, spürte sie, dass in ihr eine Entscheidung darauf wartete, getroffen zu werden. Entweder würde sie den gefahrvollen und tauenden Fluss überqueren, oder sie würde hier an diesem Ufer weiter nach Westen gehen, um flussaufwärts vielleicht eine schmalere Stelle zu finden, an der sie durchs Wasser waten konnte. Ihre Zunge fühlte sich steif und trocken an, zu groß für ihren Mund, und so nahm sie ihr Beil und ihren Zinnbecher, und obwohl sie eigentlich still sein sollte, rappelte sie sich stöhnend auf, denn sie durchzuckte ein messerscharfer Schmerz.

Auf Händen und Knien kroch sie durch die Spalte und über Steine und lief Gefahr, vom anderen Ufer aus erspäht zu werden, sollte dort irgendwer sein und herübersehen. Sie arbeitete sich in den Wald vor, wo der Tag dunkler war.

Hungrig und frierend auf allen vieren fühlte sie sich wie eine Greisin, doch sie kroch immer weiter, auf das Rauschen des Baches zu. Dort angekommen, hockte sie sich auf die knorrigen Knie einer mächtigen Eiche und hob die Röcke, und während die Kälte nach ihren nackten Pobacken griff, pinkelte sie einen so heißen Strahl, dass ihr die Pisse als Dampf ins Gesicht stieg. Sie entdeckte eine offene Stelle im Eis des Baches, wo das Wasser hinter einem Stein frei an der Oberfläche sprudelte, und sie rutschte vorsichtig über die Eisdecke, kniete sich an den Rand des Wasserlochs und trank mit ihrem Zinnbecher, bis ihr vor Kälte ganz schwindelig wurde.

Dann zog sie die Handschuhe aus und schloss dabei die Augen, um nicht sehen zu müssen, dass ihre Hände blutverklebt waren, und sie tauchte sie ins eiskalte Wasser und schrubbte und schrubbte, und als sie die Hände, die sich nicht mehr wie ein Teil von ihr anfühlten, schließlich herauszog, waren noch immer rote Ränder um die Nägel, und sie zog die Handschuhe schnell wieder an, um sie zu verstecken und die Hände aufzuwärmen.

Als sie wieder hinabsah, bemerkte sie, dass der Halbkreis

ihres Stiefelabsatzes auf dem Eis etwas Glänzendes freigelegt hatte. Sie schaute genauer hin. Von dort unten starrte sie ein goldenes Auge an.

Als sie noch fester rieb, erkannte sie, dass es der Kopf eines großen Fisches war, der dort im Eis festgefroren war, die blauen Lippen in einem Kuss an der Oberfläche erstarrt.

Weine nicht, Mädchen, o nein, gemahnte sie sich streng, so fassungslos war sie über dieses unerwartete Geschenk, und trotzdem verschwamm ihr die Welt heiß vor Augen.

Sie war erlöst worden. Lieber Gott, hab Dank für deine Gnade, sagte sie laut.

Und sie nahm ihr Beil zur Hand und schlug vorsichtig das Eis rings um den Kopf des Fisches weg, befreite mit sachten Hieben die Kiemen und dann den Körper, der schräg zur Eisoberfläche lag, mit der gezackten Rückenflosse, den beiden Brustflossen und dem dicken, bleichen Bauch. Sie hackte zaghaft und hackte langsam und versuchte, das Geräusch der Schläge mit ihrem Umhang zu dämpfen.

Als ihr schließlich die Knie festfroren, verlor sie die Geduld, und sie befreite den Fisch mit kräftigen Hieben aus dem Eis, auch wenn sie in ihrer Hast einen beträchtlichen Teil des Schwanzes stecken ließ.

Und dann steckte sie Beil und Becher ins Oberteil ihres Kleides, um die Hände frei zu haben, bückte sich und hob den Fisch auf, doch schwach und schmächtig, wie sie war, bekam sie ihn kaum hoch, und als sie damit aufstehen wollte, rutschte er ihr aus den Armen und schlug hart auf dem Eis auf. Für einen Moment betrachtete sie den halben Fisch, der dort lag, dann trat sie ein ums andere Mal mit dem Fuß dagegen, sodass er in Richtung des Flusses rutschte.

Auf diese Weise bugsierte sie den gefrorenen Fisch hin zu ihrem Unterschlupf zwischen den Felsen, wo, wie sie hoffte, noch Feuer brannte und Steine und Luft wärmte. Unterwegs verlor das Tier in einer silberglänzenden Spur zuerst Schuppen, bevor sich dann auch Teile der fettigen Haut ablösten, die sie aufhob und zum Kosten in den Mund steckte. Ihr Magen, seit Langem leer, sträubte sich augenblicklich.

Schließlich erreichten sie und ihr Fisch den breiten Fluss, wo sie nur zu gut sichtbar war, falls es Augen gab, die auf ihr ruhten, und die gab es, das spürte sie. Sie hoffte, dass es bloß die der Krähen waren, die zu Dutzenden in den Uferbäumen hockten, lauthals ihren Kampf mit dem Fisch kommentierten und sie krächzend verlachten.

Eilig schob sie den Fisch näher am Flussufer entlang, wo das Eis scherbenartiger war, bis sie schließlich die Decke sah, die wie Moos oben auf ihrem Felsunterschlupf lag, und sie griff dem Fisch links und rechts in die Kiemen und zog ihn langsam rückwärts über die Steine an der Uferkante, und dann schob sie ihn mit den Füßen zu ihrer kleinen Höhle, wo ihr Feuer zu schwach züngelnden Kerzenflammen geschrumpft war.

Und als sie sich selbst in ihr Deckenzelt hockte, kam es ihr vor, als hätte sie kaum noch Platz, so groß war der Fisch. Sie betrachtete den Kopf mit dem offenen Maul und den glotzenden Augen, dann nahm sie ihr Messer zur Hand, schlitzte die Haut am Bauch des Tieres auf und schälte sie mit der Klinge vom Fleisch ab. Es war so hart gefroren, dass es ihrem Dolch widerstand, und so schabte sie eine dünne Schicht von der Oberfläche des bleichen Muskels ab und legte sie auf ihre Zunge, und dort in ihrem freudigen Mund schmolz das Fleisch und rann ihr süß und buttrig die Kehle hinunter.

Es war vier Tage her, seit sie zuletzt etwas gegessen hatte, jene Brühe aus scharfen, mohrrübenähnlichen Wurzeln, die sie in schierer Verzweiflung mühsam dem gefrorenen Boden abgerungen hatte, nachdem sie sich eigens dazu um Mitternacht aus dem Fort geschlichen hatte.

Die kleine Bess lag im Sterben, schwand zusehends dem Nichts entgegen. Blassblaue Lippen, kalte Wangen.

Die entsetzliche Einsamkeit, als das Kind die Augen nicht mehr öffnete.

Im Herbst hatte das Mädchen einen Hügel entdeckt, der von einer Pflanze mit schaumartigen weißen Blüten bedeckt war, die in ihr eine Erinnerung weckte und die, als sie gedankenverloren eine der Blüten abzupfte, nach einem Gemüse zu Hause auf dem Markt roch. Und als die Not so arg geworden war, dass es schien, als würde das gesamte Fort daran zugrunde gehen, riskierte sie eine aufgeschlitzte Kehle, kroch durch den Spalt in den Palisaden nach draußen und in den Wald hinein, eilte durch die heimtückische Nacht zu dem Hügel, jetzt schneebedeckt, und begann mit dem Beil, das später auf der Flucht zu ihren wenigen Freunden gehören würde, ohne jede Deckung blindlings darauf einzuhauen. Doch es drang kaum in den steinharten Boden vor, und so scharrte das Mädchen mit bloßen Händen weiter. Völlig steif gefroren, ihr Atem in träge schwebenden Wölkchen über ihr, stahl sie sich schließlich wie etwas Niederes im ersten Morgengrauen zurück, durch den Spalt wieder ins schlafende Fort.

Inmitten der Gefahren dort suchte sie sich ein Plätzchen abseits aller Augen, zog einen guten breiten Fenstersturz aus den Überresten eines verlassenen Hauses, machte ein Feuer und stahl sich irgendwo einen Kessel, mit dem sie Wasser holte, und während es immer heller wurde und der Tag anbrach, schälte sie die Wurzeln, so schnell ihre taubgefrorenen Finger es zuließen, hackte sie in Stücke und warf sie in das kochende Wasser. Und mit Tritten und Steinen und Schimpfen hielt sie die Kinder fern, die aus ihren Betten gekrochen waren und ihr mit den ausgehungerten und bettelnden Mienen von Straßenhunden beim Kochen zusahen.

Doch bald ließ sie sich erweichen und warf ihnen die Schalen der Wurzeln hin, schließlich waren es Kinder, und sie stopften sie in den Mund, mit Schmutz und allem.

Als die Suppe fertig war, gerade so weit, dass man sie essen konnte, hatte es zu schneien begonnen, und das Mädchen nahm den schweren Kessel in beide Hände und rannte im Halbdunkel die schmalen Wege entlang, wo jeder Mann, der um diese Zeit schon auf den Beinen war, sie hätte anhalten und ihr stehlen können, was sie nach Hause trug. Doch sie begegnete keinem Mann, und als sie sich in der großzügigen Vorhalle des Gouverneurshauses fand, wo die Kranken und Sterbenden und Mächtigen der Siedlung ihr Lager hatten, war ihr übel vor Erleichterung. Sie ging durch die Reihen der Speienden und Scheißenden und Toten, vorbei an jenen, die bis zur Besinnungslosigkeit gehungert hatten und laut aufbrüllten, als sie warmes Essen rochen, und kam schließlich zu ihrer Dienstherrin und ihrem Dienstherrn und der lieben kleinen Bess, sterbend auf ihrem kalten Lager.

Das Mädchen streifte ihr das matte Haar aus der Stirn,

küsste es und roch die Süße ihres Leibs, der sich selbst aufzehrte in seiner Not, und sie goss schnell etwas Suppe in eine Schale und pustete auf den Löffel, damit sie abkühlte. Mit zitternden Händen führte sie ihn der kleinen Bess an den Mund, doch ihre Lippen und ihre Zähne blieben fest verschlossen und gewährten ihm keinen Einlass. Sie ließ die kostbare Brühe von ihren Lippen und in ihr Kissen tröpfeln. Ihr Gesicht war hager geworden, die blasse, runde, mondähnliche Schönheit in sich zusammengesunken; ihre Haut war wächsern und gelblich wie Horn und ihr blondes Haar dunkel, vom Sterben ganz fettig und verschwitzt.

Doch sie starb an keiner Krankheit, diese süße, unschuldige Idiotin, an keiner anderen jedenfalls als dem Grauen dieses Ortes. Sie, in deren Kopf nur reichlich wenige Gedanken raschelten, starb an einem Gedanken.

Und es war das langsame und vorsätzliche Sterben der kleinen Bess, welches das Mädchen in den Wald und dazu getrieben hatte, die Wurzeln der Blume auszugraben; sie hätte alles, wirklich alles getan, um ihre herzallerliebste kleine Bess, ihr Kind, aus den Klauen des Todes zu reißen.

Dann ein Rascheln, eine Bewegung, und ihre Dienstherrin und ihr Mann, der Pfarrer, setzten sich vom Essensduft gelockt begierig auf, und damit sie ihr nicht den heißen Kessel entrissen, goss das Mädchen erst ihr und dann ihm eine Schale Suppe ein, und sie schütteten sie, noch brühend heiß, so schnell hinunter, dass ihre Lippen und ihre Zungen und ihr Zahnfleisch gelbe Blasen warfen.

Als alle Hoffnung dahin war, dass die kleine Bess noch essen würde, nachdem das Mädchen mit Engelszungen auf sie eingeflüstert und ihr gar mit der Löffelspitze die Zähne aufzuhebeln versucht hatte, griff der Pfarrer, der zweite Mann ihrer Dienstherrin, nach der Schale der kleinen Bess und riss sie an sich.

Das Mädchen jedoch, deren Glieder noch immer eiskalt waren nach der langen Nacht auf dem Feld, nach dem Kampf mit der gefrorenen Erde und der ständigen Angst, entdeckt zu werden, sah das und hasste ihren Dienstherrn aus tiefstem Herzen dafür, und sie zog ihm die Schale der kleinen Bess wieder weg, trank die Suppe darin aus und sah ihm dabei unverwandt in die Augen.

Denn auch wenn er ein Anrecht auf alles hatte, was sie kraft ihrer eigenen Hände erschuf, weil sie bloß eine Dienstbotin in seinem Haushalt war und alles, was sie berührte, ihm gehörte, ihr eigener Körper eingeschlossen, war sie es gewesen, die sich dem Risiko, umzingelt zu werden, den ausgemergelten Kindern und den gefährlichen hungrigen Männern, die in den Gassen hätten sein können, ausgesetzt hatte; sie hatte das Feuer gemacht und die Wurzeln geschält und die Suppe gekocht. Ihre zornige Logik ließ keinen Zweifel daran, dass seine Rechte in diesem Fall hinter ihren zurückstehen mussten.

Und so goss sie alles, was noch im Kessel war, in die Schale, starrte ihm grimmig in die Augen und trank auch das.

Hätte er sie angebrüllt, hätte ringsherum jeder gewusst, dass der Familie etwas Warmes zu essen vergönnt gewesen war, während seit Tagen niemand sonst auch nur einen Bissen bekommen hatte.

Also erhob er sich, er, der damals in der Stadt jenseits des Ozeans sanft und milde und niemals gewalttätig gewesen war, baute sich vor dem Mädchen auf und schlug ihr mit voller Wucht die Faust in den Magen, denn es stand dem Herrn des Hauses von Gesetzes wegen zu, die Frauen und Dienstmädchen darin zu strafen.

Würgend bückte sie sich, rang um Atem und darum, ihr hart erkämpftes Essen bei sich zu behalten, während ihr Dienstherr sich über den Kessel beugte und mit seinem Löffel die letzten angebrannten Reste herauskratzte.

Und hier, in ihrer Felszuflucht beim Fluss, begann der verschrumpelte Magen des Mädchens nach dem ersten Bissen Fisch zu rebellieren, und sie sprang auf, spie ihn auf den blanken Felsen und sah ihn augenblicklich gefrieren. Dann setzte sie sich wieder in ihren warmen, dunklen Unterschlupf, schnitt sich ein weiteres Stück herunter und probierte es erneut. Den Happen auf der Zunge, atmete sie ein paar Mal tief durch, bevor sie schlucken konnte, und dann noch ein paar weitere Male, damit sich ihr Magen daran gewöhnte. Sie legte auf dem Feuer ein paar Kiefernzweige nach und gab ihrem Magen einen Moment, um mit der Arbeit zu beginnen, und jetzt, im wärmeren Schein des Feuers und mit mehr Geduld, kehrte allmählich die Erinnerung daran zurück, was das war: Essen. Der Fisch taute allmählich auf und war jetzt weicher, sein Fleisch ließ sich in dickeren Schichten abziehen und leichter verzehren.

Und nun lag der Fisch in Stücken in ihrem Magen, und dort drinnen blieb er auch.

4.

Langsam aß sie den Fisch, ließ sich den ganzen Nachmittag Zeit, und als sie auf die Gräten stieß, drehte sie ihn um, und er wirkte wieder wie ganz, wenn auch seltsam schwanzlos.

Doch kaum dass sie ihn umgedreht hatte, ein Wunder der Erneuerung, schlug der jetzt aufgetaute Fisch einmal kräftig mit dem Stumpf seines Schwanzes. Stumm schnappte er nach Luft, dann schloss sein Maul sich wieder. Selbst der Hälfte seines Körpers beraubt, schien er noch am Leben zu sein.

Zu Tode erschrocken versetzte das Mädchen ihm mit dem flachen Ende des Beils einen kräftigen Hieb, der ihn endgültig aus dem Leben beförderte. Das Auge, das sich noch einmal belebt hatte, wurde trüb. Dann trug sie sein Fleisch von der anderen Seite her ab, kämpfte ihre Übelkeit nieder und aß auch den Rest.

Sie verspeiste den Fisch ganz, aß seine süßen Wangen, aß sein Gehirn. Die Augen, die sie entsetzt anstarrten, aß sie zuletzt.

Sie holte noch mehr trockenes Reisig, um das Feuer in Gang zu halten, sie trank das kalte Wasser und schiss eine heiße, weiche Flut, denn sie hatte seit Wochen nichts mehr in sich gehabt, und jetzt erwachte ihr ganzer Körper wieder zum Leben. Ein solches Wiedererwachen ist selten. Die Nerven in ihren Fingerenden und Lippen standen in Flammen. Ihr Bauch war aufgebläht, die Haut schmerzhaft gedehnt wie bei einer Schwangeren kurz vor der Niederkunft.

Als sie die Gräten blankgesogen und sie für die Krähen, die sie von den Bäumen aus beobachteten, hinaus auf die Steine geworfen hatte, legte sie sich rücklings neben das Feuer, und das Behagen durchwogte sie so süß und so gut, dass es sie beinahe überwältigte. Ihr war nicht mehr kalt, ihre Kleider waren getrocknet, das Fleisch des Fisches verschmolz mit ihrem eigenen, und sie war weit weg vom Elend im Fort.

Den Rest des Nachmittags schlief sie und erwachte schließlich mit so heftigen Bauchkrämpfen, dass ihr der Schweiß lief, und gerade noch rechtzeitig schleppte sie sich hinaus auf die Steine und ins Gebüsch und hob die Röcke, denn ihr gesamtes Gedärm schien aus ihrem Leib zu drängen.

Und während sie vor Schmerzen zusammengekrümmt auf dem Boden kauerte, wurde ihr klar, dass sie im Schlaf zu einer Entscheidung gelangt war, die vielleicht der wild in ihren Eingeweiden zappelnde Fisch für sie getroffen hatte. Sie würde den zugefrorenen Fluss überqueren, es mit dem niederträchtigen Eis aufnehmen.

Sie ging mit dem Beil noch einmal zu dem Loch im Eis, wo sie die obere Hälfte des Fisches freigehackt hatte, befreite auch den Schwanz, der dort noch immer feststeckte, und nahm ihn in ihrem Sack für später mit.

Zurück in ihrem Unterschlupf, packte sie Becher, Beil, Messer, Feuerstein und die beiden Decken wieder ein, hob ihren Umhang und ihr Kleid hoch und band sich den Sack um die Taille, direkt auf die Haut. Ohne die Decken verflüchtigte sich die Wärme des Feuers schnell, und die Kälte kroch ihr wieder in die Knochen.

Sie wartete, bis die Nacht sich über den Tag gelegt hatte und der Mond aufgegangen war, dann verließ sie ihren Felsunterschlupf und hockte sich an den Rand der großen Ebene aus grünweißem Eis, jede Faser ihres Körpers vor Angst gespannt. Bleiben hatte keinen Sinn, sie würde hier in der Gegend wahrscheinlich nichts Essbares mehr finden und wusste auch nicht, ob ihr jemand auf den Fersen war, doch irgendetwas in ihr warnte leise und eindringlich, dass sie tatsächlich verfolgt wurde und ihr Verfolger Boden gutmachte. So oder so, wenn sie gehen wollte, musste sie es jetzt tun, denn wenn das Frühjahr und mit ihm die Eisschmelze kam, würde der Fluss schon bald unüberwindbar sein.

Im bloßen Licht des Mondes sah das Eis dick und einladend aus, doch Eis, zumal schneebedeckt, war trügerisch, und gegen Ende des Winters wurden die Flüsse brüchig, sodass es da draußen mit Sicherheit Stellen gab, die ihrem Gewicht nicht standhalten würden.

Nun, selbst wenn sie den Fuß auf so dünnes Eis setzte, dass sie einbrach und in die kalten Fluten hinabgezogen wurde, so war das Ertrinken immerhin ein freundlicherer Tod als die meisten anderen, das hatte ihr ein Seemann bei der Fahrt über den Ozean erzählt. Zwar durchlebe man zuerst einen Moment panischer Angst und schlage wild mit allen Gliedern, hatte er erklärt, während er ein Seil um seinen mit Rosen tätowierten Arm wickelte, doch dann stehle die Kälte dem Körper sämtlichen Antrieb, und die Lungen füllten sich mit Wasser, und wenn auch das Ersticken im ersten Moment schmerzhaft sei, überkomme einen die Stille und man halte kurz inne, bevor das Leben allmählich von einem weiche und die Seele der Sonne entgegenschwebe.

Und sie hatte ihm geglaubt, denn er hatte all das von einem Manne gehört, der während eines Sturmes auf der Nordsee über Bord gegangen und ertrunken und erst wieder zum Leben erwacht war, als sie ihm hundertmal die Beine in den Bauch gestoßen und mit einem Blasebalg Luft ins Rektum gepumpt hatten, bis das Wasser aus ihm herausschoss und die Luft wieder Einlass fand.

Und das Mädchen fand sie gar nicht betrüblich, diese Vorstellung vom Fluss, der ihren leblosen Körper mal sanft und mal unsanft unterm Eis bis in die große Bucht trug, wo ihn die größeren, gefährlicheren Fische finden und sich einverleiben würden, so wie sie sich den Fisch einverleibt hatte, der jetzt in ihrem Gedärm zappelte. Diese riesigen Fische würden ihr genüsslich das Fleisch von den Knochen zupfen, die Köpfe in ihre Eingeweide stoßen und ihre Wirbel einen nach dem anderen aus den Mäulern fallen lassen, sodass sie auf ewig im Schlamm am Grunde der Bucht begraben lägen. Die Fische waren ihr lieber als das Gewürm in der Erde, denn Fische waren eine höhere Lebensform. Und es läge Poesie in diesem Fortgang: Fisch zu Mädchen, Mädchen zu Fisch. Vielleicht war die große Stufenleiter der Natur gar keine Leiter, sondern vielmehr ein Ring, in dem ein Leben nicht dort endete, wo das andere begann, sondern alle Seelen einander überlappten.

Denn auf der anderen Seite würde sie auch die kleine Bess

wiedersehen, die jetzt allein im Tal des Todes wandelte, wo nur ihr Vater, der Goldschmied, sie hatte empfangen können und nur die unpersönlichen Engel ihr die Aufwartung machten, ihre Schuhriemen banden, ihr langes Haar bürsteten und ihre Finger von den Nasenlöchern fernhielten. Die kleine Bess, die sich, gutmütig und dumm, wie sie war, vertrauensvoll wie ein Kätzchen an den warmen Leib eines jeden schmiegen würde, der sie in die Arme nahm, die sich stets jedermanns Liebe gewiss gewesen war und dicke Tränen weinen würde, sollten sich die viel beschäftigten Engel in ihrem kühlen Perfektionsstreben von ihr abwenden.

Das Mädchen wagte einen Schritt aufs Eis. Der Fluss lag fahl und schier endlos vor ihr, und ihre Angst ließ ihn noch breiter erscheinen. Einen Fuß vorsichtig ausgestreckt, aufgesetzt, dann den nächsten. Sie lauschte, ob irgendetwas knackte, spürte nach, ob irgendetwas nachgab. Doch schon bald durchzuckte sie die Angst und rüttelte an ihr, und sie schlurfte zügiger voran und begann bald zu rennen.

Und jetzt sah sie sich selbst wie so oft in besonderen Momenten aus der Luft, als wäre sie ein schwebender Vogel oder der Mond selbst. Sie sah sich als schwarzes, krauchendes Etwas auf der grünlichen Eisfläche, und die Schneekristalle fingen das Mondlicht ein und warfen es als glitzernde Scherben zurück.

Einmal spürte sie, wie der Absatz ihres linken Stiefels das dünne Eis durchbrach und das Flusswasser darunter berührte, doch sie war schon in der Luft und kurz vor dem nächsten Schritt, und dieser nächste landete auf festem Eis, und sie rannte noch schneller in dem Wissen, wie knapp sie gerade dem Einbrechen entkommen war, sie flog, als wären die Hatz und die Angst ihre Segel.

Schließlich spürte sie die Kiesel des anderen Ufers unter ihren Füßen und dann festen Stein, und sie gestattete sich einen Moment keuchenden Innehaltens. Sie schlang die Arme um den ersten Baum, den sie sah, schmiegte das Gesicht an seine Rinde und lachte. Sie hatte den tückischen Fluss zwischen sich und die Dunkelheit gebracht, vor der sie geflohen war, und sie lachte, weil sie immer noch ganz und gar am Leben war.

Der Baum in ihren Armen duftete süß und moschusartig und nach dem Saft, der sich tief in seinen Ringen regte, denn der Baum wusste, dass der Frühling nahte und aus diesem weißen Schlaf schon bald das Grün neuen Lebens erwachsen würde.

Und sie würde noch gar nicht weit entfernt sein, wenn die weiße Eisdecke plötzlich einen Riss bekam.

Sie würde das Eis nicht brechen sehen, nur hören, auf ihrem Weg durch den Wald würde sie vor dem Poltern und Krachen der Schollen erschrecken. Sie würde sich eine Lawine vorstellen, bei einem Felsrutsch in eine Schlucht stürzende Steinbrocken, vielleicht sogar den Donner eines Gewitters, das unsichtbar in den Wolken wütete.

Sie tastete sich jetzt vorsichtig das nachtdunkle Ufer entlang und in den Wald und blieb eine Weile inmitten der Bäume stehen, um einfach nur zu lauschen, und sie hob das Gesicht, denn der Wind trug den Hauch eines vertrauten Geruchs mit sich.

Als sie schließlich begriff, dass sie den Rauch aus einem Dorf der hiesigen Menschen roch, eilte sie wieder hinunter zum Flussufer und schlich sich so leise wie möglich dort entlang, und als sie stehen blieb, die Nase in den Wind hielt und schnupperte, um zu sehen, ob noch Rauch wahrnehmbar und das Dorf noch in der Nähe war, nahm sie nur Winter, Eis und Schlamm wahr und glaubte, das Dorf hinter sich gelassen zu haben.

Bald kam sie zu einer Schneise im Wald, die sich als Pfad erwies, der vom Fluss weg und nach Norden führte. Sie wusste nicht, dass er entlang des äußersten Dorfrandes verlief und dass, während sie ihn entlangging, alle Hunde auf dem Friedhof ihre Köpfe hoben und still und konzentriert auf die Regungen an den Grenzen ihres Reichs lauschten, und jeder Hund wägte seine Besorgnis gegen die Geräusche des Wesens ab, das da draußen vorübereilte, und jeder von ihnen kam zu dem Schluss, dass dieses Wesen zu unerheblich war, um eine Gefahr darzustellen, und hielt das Bellen zurück, bis das seltsame Tier fort war und die Nacht mit ihren allnächtlichen Geräuschen wieder die Welt ausfüllte.

Eine Weile folgte sie im Mondlicht diesem Weg, der einen Hügel hinaufführte. Oben angelangt, blieb sie stehen, drehte sich um und sah den Rauch aus dem schlafenden Dorf rebengleich gen Himmel wachsen, und unter dem Rauch lag die lange, glänzende Schlangenhaut des Flusses, den sie überquert hatte.

Sie wandte sich wieder dem Weg zu und ging weiter, und nur Augenblicke später gelangte der Soldat, den man im Fort losgeschickt hatte, zu der Lichtung jenseits der riesigen Eisfläche, genau dorthin, wo der Bach, dem das Mädchen gefolgt war, in den Fluss mündete.

Er trug eine Muskete auf dem Rücken und mehrere Messer am Gurt. Er war ein unerbittlicher und grausamer Mann, vor dem sich jedermann fürchtete, nicht wegen seiner Erscheinung, die wenig bemerkenswert war – frische, rosige Wangen und ein kleiner, spitzer Mund –, sondern wegen des Blickes in seinen Augen, gleich dem eines Tiers, das Blut gerochen hat und nun außer sich ist vor Gier. Ihn hatte man ausgewählt, um die davongelaufene Dienerin zur Strecke zu bringen, weil er, wie die Männer im Fort sagten, keine Gnade kannte. Oder vielleicht, weil er Gott nicht fürchtete.

Im Mondlicht sah er die Stiefelabdrücke des Mädchens, die zu ihrem Unterschlupf zwischen den Felsen führten. Als er sich hindurchgezwängt hatte, hockte er sich auf den Boden, streckte die Hand aus und spürte noch die Wärme dort, wo sie das Feuer gemacht hatte. Als er prüfend etwas Asche zwischen den Fingern verrieb, um zu sehen, wie alt sie war, die verstreut liegenden Gräten und Schuppen entdeckte und den fettigen Fisch roch, wurde er hungriger. Er stellte sich vor, in der Steinspalte hinge noch ein Rest vom Geruch des Mädchens, von seiner Haut und dem Säckchen voll starker süßer Kräuter, das sie im Fort zum Schutz gegen den widerlichen Ruch des Todes an einem Lederriemen um den Hals getragen hatte. Das Mädchen war ihm dort aufgefallen, und er hatte den rechten Augenblick abzupassen versucht, um ihr allein zu begegnen. Jetzt neigte er den Kopf zu der Stelle, wo sie gelegen hatte, und leckte über den warmen Stein.

Im Fort hatten sie das Dienstmädchen einen Dummkopf genannt, aber das war sie nicht, sie war vielleicht sogar klug, dachte er, immerhin hatte sie in einer so unwirtlichen Gegend Nahrung und einen Unterschlupf gefunden. Er folgte ihrer Spur bis zum Rand des Eises und sah, wie sich die Schritte im Mondlicht und im Schnee kühn bis weit über den Fluss hinweg abzeichneten. Die Eisdecke war nicht stabil, das erkannte er an den dunkleren Flecken dort, wo sie schon durchweicht war, und er traute dem Eis nicht, er wusste, es war ein Lügner. Er hatte seinen Kragen schon zur Genüge riskiert, indem er dem Mädchen durch die Belagerung hinweg gefolgt war. Und es war nicht ausgemacht, dass Eis, welches ein halmdünnes Mädchen getragen hatte, auch eine doppelt so große Mannsperson tragen würde.

Boote würde es erst in ein paar Wochen geben, wenn das Eis getaut und das Wasser passierbar wäre, und er würde Wochen in der Wildnis verlieren, wollte er dem Fluss bis zu einer schmaleren Stelle folgen, an der er sicher ans andere Ufer gelangen konnte, um diese unbedeutende kleine Mörderin zu verfolgen.

Ein Jammer, dachte er, hatte er sich doch schon ausgemalt, wie er ihr den Hals zudrücken würde, bis sie schwarz und tot in seinen Händen zusammensank. In der Stadt hatte er einmal einer Metze die Kehle zugedrückt, bis sie aufgehört hatte zu zappeln und ihr die Augen aus den Höhlen traten, und seither hatte er große Lust, es nochmals zu tun, er hatte sich an der Kraft seiner Hände ebenso ergötzt wie an dem spürbaren Knacken, mit dem ihre Luftröhre einbrach. Es brauchte enorme Kraft, um eine Weibsperson zu Tode zu würgen, der Schwachen Sport war es wahrlich nicht. Wirklich, ein schrecklicher Jammer, dass er jetzt nicht noch einmal Gelegenheit dazu bekam, konnte man an diesem Ort doch so selten seine gröberen Triebe befriedigen; zwar waren die Angriffe auf die Männer des Landes oft blutig, doch es bestand ein Unterschied zwischen privater Gewalt und der Gewalt im Kampf darum, an diesem Ort Fuß zu fassen. Die eine konnte man still für sich ausleben und auskosten, die andere war eine göttliche Pflicht.

Stattdessen musste er nun also zurückkehren und berichten, dass das Mädchen in den Fluss eingebrochen und gestorben war, ertrunken, was sie sicher tatsächlich war. Was spielte es schon für eine Rolle. Er spuckte durch die große Zahnlücke links in seinem Mund und rollte sich in der kleinen Spalte zusammen, in der das Mädchen gelegen hatte, denn es war noch warm darin von ihrem Feuer und ihrem Leib und außerdem windgeschützt, und dort schlief er unruhig bis zum Ende der Nacht. Er wusste, dass es besser wäre zu warten, bis die Sonne wieder untergegangen war und ihn das Dunkel der Nacht schützte, doch um ihn zu dieser Mission zu bewegen, hatte ihm der Kommandant, der noch ein wenig Mehl besaß, Brot versprochen, und für diesen Geschmack, den Geschmack von warmem Brot, hätte er beinahe alles gegeben; er hatte ihn seit Monaten nicht gehabt und verzehrte sich regelrecht danach, und er glaubte, es auch bei Tag lebendig zurück zum Fort zu schaffen. Mit langen Schritten durchmaß er abermals die Meilen, die er auf den Spuren des Mädchens zurückgelegt hatte, und unterwegs erlegte er ein Wiesel und machte ein kleines Feuer und briet das Tier auf die spanische Art, abgezogen und auf einen Stock gespießt über den Flammen. So gestärkt hätte er es zurück zum Fort geschafft, auch wenn seine Mission gescheitert war, hatte er das Mädchen doch lebendig oder tot zurückbringen sollen, damit man ihre

Leiche zu jedermanns Warnung entblößt und gefesselt über den hohen Palisaden drapieren konnte. Doch unweit des Forts tauchten plötzlich die Männer der Powhatan aus den Wäldern auf und umzingelten ihn. Und er kannte einige von ihnen von früheren Metzeleien und den Angriffen, bei denen er in blutiger Wollust getötet hatte, auf dem Gesicht ein breites Grinsen. Und noch während er seine Muskete hob, begriff er, dass er ein toter Mann war.

Auch wenn das Mädchen keineswegs in der Nähe des Soldaten war, als er sich ausmalte, wie er sie erwürgen würde, sandte irgendetwas Boshaftes seine Ranken bis zu ihr hin, sodass es ihr kalt den Rücken hinunterlief, sie sich hastig umsah und schneller den Hügel hinauflief.

Denn welche Frau hätte noch nie auf einer dunklen Straße oder einem einsamen Pfad die rohen Fantasien eines Mannes erahnt, der sie von seinem Versteck aus beobachtete, hätte noch nie jenen kalten Schauder auf der Haut gespürt und ihren Schritt beschleunigt, um schnell davonzukommen.

Bildete der Fluss eine Barriere zwischen ihr und den Männern aus dem Fort, so schützte er sie doch nicht vor den Männern von hier, die überall sein und sie selbst jetzt in diesem Moment beobachten könnten, das wusste sie, auch wenn sie den Gedanken zu verdrängen versuchte. Ein Frösteln durchlief sie. Ihre Angst vor diesen Männern war die Angst vor dem Unbekannten, denn sie war ihnen bisher kaum begegnet, nur einmal im Herbst, als das Fort und die Powhatan widerstrebend Freunde gewesen waren. Ein munteres und lachendes kleines Mädchen, den Gerüchten nach die Tochter des Powhatan-Königs, war mit ihren Dienern gekommen, die Wildbret und Körbe voll Mais als Geschenke mitbrachten, und sie war ein unheimlich lebhaftes und von sich selbst entzücktes Kind gewesen, das Räder schlug, bis die Jungen aus dem Fort sich herausgefordert sahen und es ihr gleichtaten, und die Kleine wirbelte nackt und so ausgelassen hinter ihnen her, dass die lange geflochtene Strähne hinten an ihrem kahl rasierten Kopf nur so durch die Luft peitschte. Und der Pfarrer, der Mann ihrer Dienstherrin, sah sich das Spektakel von der Kirchentür aus an, und als er den hämischen Blick seiner Frau bemerkte, die ihn beim Beobachten des kleinen Mädchens beobachtet hatte, lief er hochrot an und zischte, Welch eine Schande, wie dieses liederliche Ding den Blicken der Männer sein Geschlecht darbietet.

Und die Herrin, deren Zunge schon immer ein wahrer Dolch gewesen war, erwiderte ihm, O, Schande dir, der du einem Kind aufs Geschlecht siehst.

Und der Pfarrer begann zu stottern und verstummte wieder, und nach langem Schweigen begann er zu lachen, denn zu Beginn des langen, dunklen Winters hatte er noch eine Ader von Gold in sich.

Über die Schultern des Dienstherrn und der Dienstherrin hinweg hatte das Mädchen staunend dieses freie Kind betrachtet, das Kind und die jungen, starken Essensträger, von denen ein jeder auf einer Kopfseite kahl geschoren war, um die Taille einen Knüppel und im Gesicht mehrere Tätowierungen, und einer trug gar eine zahme Schlange um den Hals und hatte sich einen Ring durchs Ohr gezogen. Und auch wenn das Mädchen, das ihnen vom Inneren der Kirche her zusah, ein brennendes Interesse an den jungen Männern verspürte und sich ihnen gern genähert hätte, waren sie beinahe ebenso schnell wieder verschwunden, wie sie gekommen waren. Und so wusste sie weiterhin fast nichts über sie außer dem, was man ihr erzählt hatte.

Und als sich die Beziehungen zu den Powhatan allmählich verschlechterten, kamen alsbald Gerüchte über ihr düsteres Treiben auf, denn es schürte Furcht in den Herzen der Siedler, von Feinden umgeben zu sein, die so viel zahlreicher waren als die Engländer und die das Land so viel besser verstanden und deren Gebräuche im Dunkeln lagen. Sie waren unbekannt und folglich sonderbar. Gerüchte über sie kräuselten sich nach draußen, gewannen an Kraft und kamen dem Mädchen als mächtige Wellen wieder zu Ohren, sodass die Geschichten, die sie morgens aufgeschnappt oder erzählt bekommen hatte, am Abend in unendlich viel schlimmeren Versionen erneut bei ihr ankamen.

Zum einen, so überlegte sie, während sie so hurtig ging, dass sie ebenso gut hätte rennen können, war da die Geschichte von dem Soldaten, dem man den Kopf abgetrennt und wie zum Spott über den beißenden Hunger, den die Siedler litten, Brot in den Mund gestopft hatte.

Dann gab es die vielen Geschichten von den Männern, die von Überfällen und Handelsexkursionen zum Fort zurückrobben und die Hände auf den Schädel drücken mussten, um dem herausströmenden Blut Einhalt zu gebieten, denn man hatte ihnen Haare und Haut bis auf den Schädelknochen abgerissen.

Außerdem, und diese war die schlimmste, war da die Geschichte aus der Zeit der allerersten Siedler, als die feinen Herren sich weigerten, bei der notwendigen harten Arbeit ihre Hände zu beschmutzen, und die Soldaten schatzlüstern nichts anderes taten, als Gold zu suchen, welches sie nicht fanden. In dieser gottlosen Zeit hatte es einen Soldaten gegeben, der im Wald einem Mädchen der Powhatan begegnete und der sie, ausgehungert nach einem Frauenleib, ohne sich zu besinnen zu Boden stieß und sich an ihr verging, während sie schrie und schluchzte, und nachdem er sein Verlangen gestillt hatte, ließ er sie blutend dort auf der Erde liegen. Es verging einige Zeit, und als ebendieser Mann eines Tages draußen in der Bucht Austern sammelte, sah er plötzlich seine Gefährten nicht mehr, sie waren verschwunden, als hätten sie fliehen müssen, und selbst die Vögel in den Bäumen waren verstummt und warteten ab. Dann traten wie durch Zauberei rings um ihn herum Frauen aus dem Nebel hervor, der auf dem Wasser lag, näherten sich und umringten ihn schweigend. Bevor er aufschreien konnte, legten sie ihm einen Lederriemen in den Mund, damit er stumm blieb und nicht um Hilfe rufen konnte, dann zerrten sie ihn am Schopfe davon und nahmen ihn mit, und noch in derselben Nacht banden ihn vier von ihnen nackt wie ein Neugeborenes an die beiden Zwillingsbäume, die man vom Tor des Forts aus sehen konnte, die Arme und Beine des Mannes bis zum Verrenken nach den Seiten gestreckt und sein ganzer Körper so auseinandergezogen, dass es ihn beinahe zerriss. Dann machten sie vor ihm ein Feuer, das seine bleiche Haut vor dem dunklen Himmel regelrecht leuchten ließ, und nahmen ihm den Riemen aus dem Mund, damit seine Schreie noch im Innersten des Forts zu hören waren. Plötzlich stürmten noch mehr Frauen aus dem Wald. Sie hielten geschärfte Austernschalen in den Händen, und mit diesen Messern bewehrt, begannen sie, den Mann langsam zu häuten, die Lider zuerst, sodass ihm keine andere Wahl blieb, als zuzusehen, wie sie mit ihm verfuhren. Als Nächstes Arme, Beine und Bauch, deren Haut sie vor seinen abgeschälten Augen ins Feuer warfen. Dann schnitten sie ihm die Zunge aus dem Mund, sodass er nunmehr weder sprechen noch zu Gott beten, sondern nur noch durch das strömende, klumpende Blut schreien konnte. Dann trennten sie ihm das Geschlecht ab. Die Feigen zuerst, dann seine Männlichkeit. Als ihm dabei schließlich die Sinne schwanden, warteten sie singend und lachend, bis er wieder zu sich kam, und ließen ihn dann zusehen, wie sie seine nutzlosen männlichen Glieder in das gierig zischende Feuer warfen. Erst dann schlitzten sie ihm gnädigerweise die Kehle durch und ließen sein Blut heiß und dampfend auf den Boden laufen.

Diese Geschichte hatte man einander als Beweis für die Gottlosigkeit der Menschen hier an diesem Ort zugeraunt, doch die Gedanken des Mädchens waren noch bei der Gräueltat gewesen, die ihr vorausging, bei dem Mädchen, das zu Boden gedrückt und geschändet worden war; sie schmeckte die Erde in ihrem eigenen Mund, spürte die Last des schweren Mannes auf ihren eigenen Gliedern, denn diese Brutalität von Männerkörpern hatte auch sie schon erfahren müssen.

Und ebenso zögerte etwas in dem Mädchen, wenn die Männer im Fort flüsternd derlei furchteinflößende Geschichten austauschten, irgendetwas in ihr sang leise eine andere Melodie, erinnerte sie an die Brücke über den Fluss in ihrer Geburtsstadt, wo man die Köpfe von Feinden der kürzlich verstorbenen Königin auf Langspieße gesteckt und entlang der Straße aufgereiht hatte, die Bärte flatternd im rauen Wind und die Münder offen, sodass sie lautlos zu schreien schienen. Und unterhalb dieser prahlerischen Todesparade rollten fröhlich die Wagen mit ihrem Gemüse entlang, mit Rübchen und Kohlköpfen, und die Bauern dachten an das Bier und das Brot, das sie erwartete, und nahmen von den grausigen Sinnbildern des Schnitters kaum Notiz.

Denn Gottlosigkeit und Blutlust, das wusste das Mädchen, beschränkten sich wahrlich nicht auf die Menschen dieser neuen Welt.

Es kam auch vor, dass die Männer des Rates, wenn Frauen und Kinder aus dem Fort verschwanden, zornig behaupteten, die Männer dieses Landes seien still und unsichtbar wie der Wind hindurchgegangen und hätten sie gestohlen. Aber das Mädchen hatte sich immer gefragt, ob es nicht vielleicht ganz anders war, ob nicht die Klügsten unter den Frauen die Gefahren auf beiden Seiten gesehen und gegeneinander abgewogen hatten, um dann ihre Kinder zu nehmen und mit ihnen aus der schier endlosen Hungersnot in das Leben der anderen zu entfliehen, auch wenn das vielleicht bedeutete, als Sklavinnen harte Arbeit verrichten zu müssen. Denn Mütter, mit der Geburt ihrer Kinder bereits ihrer Freiheit beraubt und durch diesen neuen zarten Leib, den sie nun immer beschützen mussten, an die Erde gebunden, wussten um das empfindliche Gleichgewicht zwischen dem Preis der Freiheit und dem des Lebens ihrer Kinder.

Zu Zeiten des ärgsten Leides der kleinen Bess, des Leidens und Verweigerns, hatte das Mädchen einmal beinahe beschlossen, dasselbe zu tun, ihr geliebtes Kind huckepack zu nehmen und mit ihm aus dem Fort zu fliehen, um sein schmächtiges Leben vielleicht doch noch zu retten.

Außerdem, und das war eine so entsetzliche Schande, dass man es nicht öffentlich zugeben konnte, auch wenn es allseits bekannt war und man im Flüsterton darüber sprach, außerdem waren manche Männer der anderen Völker, die das Land kannten und das Fort beobachteten und die Engländer auf der Seite der Powhatan belagerten, als Johns und Peters und Richards geboren worden, hatten zum Läuten von Kirchenglocken und zu Pferdegetrappel und dem Rattern von Wagenrädern auf Straßenpflaster das Licht der Welt erblickt. Diese Männer waren Engländer, aus dem Fort geflohen, als die Siedler zu sterben begannen wie die Fliegen; sie hatten sich vom Licht Gottes abgewandt und ihre Seelen dem Teufel übergeben in der verzweifelten Hoffnung, so den eigenen Leib am Leben zu erhalten. Es hieß, diese abtrünnigen Engländer wüssten am besten um die Schwächen ihres eigenen Volkes und ihre dürftigen Vorräte und tauschten dieses Wissen bereitwillig gegen ihr Leben.

5.

Als die Sterne aufgegangen waren, fiel ihr Licht beinahe ebenso hell auf die Erde wie an einem trüben Tag die Sonne, und das Mädchen folgte dem aus Licht und Schatten gemeißelten Pfad gen Norden.

Bald fragte sie sich, wessen Füße diesen Pfad wohl ausgetreten hatten, und stellte sich die Männer dieses Landes vor, wie sie leisen und gleichmäßigen Schrittes durch den Wald marschierten. Weil sie Angst bekam, ersetzte sie die Männer in ihren Gedanken durch Hirsche, eine Kuh und ihr zitterndes Kalb. Auf diese Weise beruhigte sie sich.

Sie fühlte sich fabelhaft in dieser Nacht, fabelhaft in ihren Knochen, und in ihr rauschte kraftvoll das Blut. Robust und stabil trugen ihre Stiefel sie voran, und ihr war wohlig warm unter ihrem dicken Umhang. In den Bäumen sangen die Nachtvögel und scherten sich nicht darum, dass sie unter ihnen hindurchging. Eine Dankbarkeit für ihren starken Körper und ihre Einsamkeit überkam sie, und sie war froh, genau da zu sein, wo sie war, in dieser sternenhellen und kristallklaren Nacht.

Nachdem sie eine Weile still gegangen war, gelangte sie an ein Flussbett, wo sich das Eis zurückgezogen und die bloßen Steine zum Vorschein gebracht hatte, und dort entdeckte sie zwei große Geweihe, die ineinander verhakt waren und im Licht der Sterne weiß schimmerten.

Den verhakten Geweihen war die Geschichte eines stummen und zornigen Kampfes eingeschrieben, die Geschichte zweier Hirsche, die in vollem Lauf aufeinander zugestürmt, mit einem lauten Krachen zusammengeprallt waren und sich ineinander verfangen hatten, sodass sie selbst dann, als ihre Kräfte schwanden und mit ihnen der Zorn, nicht mehr voneinander loskamen. Und so sank ein jeder an den Feind gefesselt in die Knie und hauchte in Gegenwart des verhassten Artgenossen seinen letzten Atem aus.

Es waren stattliche Geweihe, die dort blass glänzend auf dem grauen Stein lagen und harte Schatten warfen, so groß, dass das Mädchen in seinem schnellen Gang innehielt, um sie zu betrachten. Ihr Atem kam zur Ruhe, und ihre Glieder, so unerwartet aus der schnellen Bewegung gerissen, summten. Nichts von Menschenhand Erschaffenes, keine Skulptur, kein Gemälde und kein Gobelin, hatte je in ihr eine solche Flut von Gefühlen ausgelöst. Sie blickte auf die glänzenden Geweihe, bis das Bild sich ihr regelrecht eingebrannt hatte, um jederzeit vor ihrem inneren Auge aufgerufen werden und eine Woge der Melancholie heraufbeschwören zu können. Doch bald kühlte ihr Körper aus, sie fröstelte und ging weiter, um wieder warm zu werden.

Gegen Ende der Nacht stieg bleicher Nebel vom Boden auf, der zuerst ihre Knöchel, dann ihre Knie, ihre Hüfte, die Brust und schließlich ihre ganze Gestalt einhüllte, und bald schluckte er auch das Licht der Sterne und des neuen Tages, der am östlichen Rand des Horizonts geboren wurde. Der

Nebel brachte eine beißende Kälte mit sich, die ihr klamm in die Kleider kroch und sie laut aufkeuchen ließ. Bald bebte sie regelrecht und hörte sich selbst bibbern. Und wenn sie selbst sich hören konnte, das wusste sie, dann konnte das auch ein jedes Tier, ein jeder Mann in der Nähe.

Der Weg lag nun vollkommen im tückischen Nebel verborgen, und ihre Stiefel stießen unaufhörlich gegen Wurzeln und Steine, die sie nicht sah. Äste und Stämme zeigten sich ihr, wenn überhaupt, nur kurz bevor sie ihr ins Gesicht schlugen. Würde sie so weitergehen, könnte sie leicht einen Abhang hinabstürzen oder sich unversehens mitten in einem Dorf der hiesigen Menschen wiederfinden, die ihr vielleicht nichts Gutes wollten, sie womöglich als Tauschgut zurück ins Fort brachten und damit in den sicheren Tod schickten.

Und so blieb sie stehen und tastete sich mit ausgestreckten Händen ein Stück in den Wald hinein. Und als sie eine flache und schneefreie Stelle gefunden hatte, kniete sie sich hin und versuchte, irgendetwas Trockenes zu greifen, um damit ein Feuer zu machen. Doch die tauende Erde hatte alles, sämtliche Rinde, sämtliche Zweige und auch alles Laub und Moos, mit ihrem feuchten Atem angehaucht, und das Mädchen ertastete auch an den Bäumen keine toten Äste, die sie hätte abbrechen und anzünden können. Die Funken, die sie ihrem Feuerstein entlockte, waren kaum in die Luft gesprungen, da hatte die Feuchtigkeit sie schon zwischen ihren Fingern zerdrückt.

Sie versuchte es noch einmal und noch einmal und noch einmal, ein ums andere Mal erfolglos, und ohne die wärmende Bewegung kroch ihr die Kälte immer tiefer in die Knochen, so unerbittlich, dass das Mädchen laut dagegen anzukeuchen begann.

Schließlich kroch sie vorsichtig auf allen vieren über den Boden und entdeckte einen flachen Felsbrocken, der an einem Baum lehnte, oder einen Baum, der sich an einen Felsen schmiegte, ob das eine oder das andere, war schwer zu sagen, und sie zog ihre Decken aus dem Sack und fabrizierte aus der einen mithilfe zweier Astgabeln, die sie von dem Baum über sich abschlug, so gut es ging, ein Zelt. Die andere schlang sie eng um sich, doch die Kälte kroch darunter, und auch das Gestein strahlte seine Kälte ab, die ihr in die Knochen stieg. Sie fühlte sich elend. Und obwohl sie unendlich müde war, fand sie einfach nicht in den Schlaf.

Das sollte ihr eine Lektion sein, sagte sie sich, nämlich dass sie bei Tage sammeln musste, was sie unterwegs an trockenem Laub und Geäst fand, und es in ihrem Sack mitnehmen musste für später, wenn sie zu müde war zum Weitergehen. Denn ohne die Wärme eines Feuers konnte sie in diesen unwirtlichen Wäldern kein Behagen finden, und ohne ein Feuer fehlte ihr auch jeglicher Schutz vor gefährlicheren Tieren, die sie wittern und näher kommen könnten.

Sie glitt in einen unruhigen Halbschlaf. Bald schien es ihr, als wäre der Boden unter ihr nicht ruhig und beständig wie gutes, festes Land, sondern als wankte und stampfte er, als hätte man sie schlafend wieder auf das Schiff gebracht, das selbst in den Kalmen noch schaukelte und schwankte und niemals ganz verlässlich war, sondern so unstet wie die Wellen und Strömungen unter ihm.

Sie hatte dieses Schaukeln des Wassers von Anfang an geliebt, schon als sie noch in der Stadt am Dock vertäut waren. Und als sie später in die größeren Wellen hinausfuhren, war sie eine der ganz wenigen, deren Magen nicht in Aufruhr geriet. Sie kümmerte sich um die anderen, die würgten und stöhnten und spien, die immer dünner wurden und keinerlei Speisen zu sich nehmen konnten. Doch selbst wenn sie es vertragen hätten, war das Essen ein Graus, meist ein halbgares Elend aus wurmzerfressenen Erbsen.

Eventualiter hast du Salz im Blut, meine liebe Lamentatio, murmelte die Herrin unter der kühlenden Hand des Mädchens, die auf ihrer heißen Stirn lag. Eventualiter haben wir eines der Rätsel deiner Abkunft gelöst. Und sie lachte, nicht unfreundlich. Denn es stimmte, dass das Mädchen im Alter von vier Jahren aus dem Waisenheim in den Haushalt der Herrin gekommen war; man hatte es als Neugeborenes eines schlimmen Morgengrauens mutterseelenallein im Schmutz auf der Shiteburne Lane gefunden, halb erfroren und nackt und noch bedeckt von den Säften der Geburt.

Und das hatte der Dienstherrin ein Rätsel aufgegeben – welche Mutter könnte so erbärmlich sein, ihr Kind an solch einem schmutzigen Ort zu gebären, und welche so verzweifelt, es dort sterben zu lassen? Allein, so sagte die Herrin mit geheuchelter Traurigkeit, allein eine Hure. Und da sie eine Frau mit blühender Vorstellungskraft war, beschwor sie in ein paar Sätzen das Leben einer solchen Weibsperson herauf, gottlos und allein, auf einem Schiff von irgendwo weit her in die Stadt gebracht, wo sie niemanden kannte, und vielleicht nicht einmal der englischen Sprache mächtig, von den schändlichsten Ausdrücken einmal abgesehen, und wie sie sich aus dem Bordell in der düstersten, dumpfigsten Ecke der Stadt heimlich davongeschlichen hatte, um ihr Baby in die Welt hinauszuweinen. Und die Herrin besaß eine so gewandte Zunge, dass das Mädchen diese Geschichte für höchstwahrscheinlich wahr hielt, womit wenigstens die Frage nach einem ihrer Elternteile geklärt war.

Was den anderen, ihren Vater anging, so gefiel ihr dieser neue Gedanke, er könnte ein Seemann gewesen sein, denn das hätte ihren Hautton erklärt, viel dunkler als angelsächsische oder keltische oder normannische Haut, und auch ihr dunkles Haar und ihre dunklen Augen. Selbst auf der *Blessing*, jenem Schiff, das sie in die neue Welt gebracht hatte, hatte es unter den Seeleuten geborene Portugiesen und Mauren gegeben und sogar einen gedrungenen, sonnengebräunten Mann, dessen Gesicht durchaus Ähnlichkeit mit jenem gehabt hatte, welches das Mädchen aus dem Spiegelglas ihrer Herrin ansah. Doch im Gegensatz zu seinem war ihres, das hatten die anderen Dienstboten und die Künstlerfreunde ihrer Herrin ihr gesagt, zart und hübsch, und auf ihren Wangen lag ein rosiges Leuchten. Sie war zu Recht stolz auf den Eindruck, den es machte, ebenso wie auf ihren Körper, der gut und stark war und tanzen konnte.

Dort auf dem Schiff, umgeben von unruhig schlafenden Menschen, erlebte sie zum ersten Mal in ihrem Leben lange Tage des Friedens. Sie, die zuvor nur Eile und Fleiß gekannt hatte, musste sich um nichts als ihren kleinen Haushalt kümmern und hatte genügend Zeit, um auf die oberen Decks zu rennen und Luft zu schnappen, denn alles darunter war muffig und schmutzig und elend wie der erbärmlichste Winkel der Hölle. Bei gutem Wind kauerte sie still an einem Fleck, um die Seeleute nicht bei der Arbeit zu stören, blickte in die blaue Unendlichkeit und ward mehr und mehr von tiefem Staunen erfüllt. Nachts bewunderte sie die breite Spur des Mondes auf dem sich kräuselnden Wasser und beobachtete all die seltsamen Kreaturen, die vor ihren Augen oder in ihrer Fantasie an der Wasseroberfläche auftauchten, um das vorbeifahrende Schiff in Augenschein zu nehmen. Sie liebte den Geschmack des Windes, so salzig, und ließ den Mund offen, um ihn einzulassen.

Und als sie eines Nachts in der Stille träumend dasaß, zum Schutz vor dem schneidenden Wind in eine Decke gehüllt, bemerkte sie einen Mann, der sich ihr leise genähert hatte und jetzt nicht weit von ihr entfernt saß. Sie sah zu ihm hinüber, und als er ihren Blick erwiderte, verbarg er seinen Mund, denn er hatte schlechte Zähne, wenn auch ein schönes, scheues Gesicht, mit großzügigen Wangen und Fältchen in den Augenwinkeln. Er war Holländer, hochgewachsen und still, sein Englisch dürftig, und er war nicht viel älter als sie, ein Junge noch, jedoch in einem kräftigen Männerkörper. Er hatte bei einem Glasbläser gelernt, erzählte er ihr mithilfe von Gebärden und zeigte ihr eine glänzende Narbe, die vom Handgelenk bis zum Ellbogen verlief, von glühendem Glas, so vermutete sie jedenfalls. Sie berührte die Narbe, die sich in der Mitte ganz weich anfühlte und sich an den Rändern kräuselte. Langsam setzte sie die Lippen darauf und leckte. Er umfasste ihre Wangen mit seinen großen Händen, dann ließ er eine davon langsam an ihren Kleidern hinabwandern, bis sie zwischen ihren Beinen liegen blieb und einen Schauder auslöste, genussvoll drängendes Blut. Sie schmiegte sich an ihn, und sein Geruch sandte ein Kribbeln durch ihren Körper, und schon fand sie sich aufrecht an einer Wand wieder, ihr Gesäß in seinen Händen, er in ihren hochgerafften Röcken.

Sie lachte erschrocken auf, denn mit ihm, die Arme auf seinen starken Schultern, fand sie ein sehnendes Hienieden, eine fließende Erregung, die sie stark und schwach zugleich machte, und das war neu, damit hatte sie nicht gerechnet, denn vor dieser Nacht auf dem Schiff hatte der gleiche hektische, ihrer widerstrebenden Gestalt angedrohte Akt nur trockene, spröde Panik bedeutet, gefolgt von schneller Resignation und dem Spucken in die Hand, dann hatte sie die Augen geschlossen, denn die Türen waren zu, der ganze Haushalt hatte die Ohren versiegelt und hätte sich selbst ihren Schreien nicht geöffnet, also blieb sie stumm. Das hier war etwas anderes, etwas ganz anderes. Das hier war gut. Sie fühlte sich riesengroß. Als der Junge gegen ihre Wange lächelte, spürte sie seine Augenfältchen und war beglückt. Sie biss ihn in die Schulter. Wie eine Nuss knackte sie ihn zwischen den Zähnen auf und fand in ihm schmackhaftes Fleisch.

Er kam zum Ende, und auch wenn sich in ihr etwas aufbaute, das ihn noch länger wollte, das nicht weit entfernt war von ihrer eigenen Version seines Keuchens und Krümmens, gelangte sie in dieser Nacht nicht dorthin, aber es machte ihr nichts aus. Und später, während der langen Tage, an denen sie mit dem klaren kräftigen Wind und den Schulen von Delfinen, die dem Schiff folgten, immer weiter gen Westen segelten, erledigte sie in Windeseile ihre Aufgaben für die Familie, das Laufen und Holen und Putzen und Versorgen, damit sie sich alsbald davonschleichen konnte zu der Ecke auf dem Deck, wo die holländischen Handwerkerjungen beisammensaßen, einen Blick auf sein Haar erhaschen konnte, so hell, dass es glänzte wie Wasser. Ähnlich hell wurde es dann in ihrem Inneren, und wenn sie sich ansahen und er dabei rote

Wangen bekam, mochte sie ihn sogar noch mehr, auch wenn sie einander bei Tage nicht berühren konnten.

Sie war trunken, dachte sie, trunken von den verborgenen Kräften ihres kleinen Körpers, der ihr bisher kaum mehr gewesen war als ein Instrument zum Tanzen und Singen und Herbeischaffen von Dingen. Und während in ihrem Innern dieses sanfte Licht an Stärke gewann, ging selbst von dem Pfarrer, den sie so leidenschaftlich hassen gelernt hatte, wieder jenes blendende Strahlen aus wie damals in der Stadt, als sie neben ihrer Herrin gesessen und seiner Predigt gelauscht hatte, in den Monaten, bevor er sie zu seiner Angetrauten machte. Denn obgleich er seine Eitelkeit und seine gierigen Gelüste hinter der seichten Schönheit seines Gesichts verbarg wie ein bequemer Stuckateur die Mauerfäule hinter glattem weißem Gips, ging von ihm doch ein gewisser Charme aus, den er unwillkürlich gerade bei jenen Frauen spielen ließ, die ihm etwas Warmes, Herzliches entgegenbrachten.

Und auch wenn das Mädchen mit beiden Ohren zuhörte und ihr klügeres Ohr ihn noch immer verabscheute, ließ sie sich von seinen Gebeten und Predigten auf dem Schiff trösten und erbauen, und er, der ihre wachsende Milde spürte, lächelte sie mit seinen guten Zähnen und seinem außerordentlich wohlgestalteten Antlitz gefällig an. Und nun da für sie alles auf dem Schiff schöner war als das Leben in der Stadt, flaute selbst dieser Hass ab, sodass nun eine neue, unsichere Freundlichkeit zwischen ihnen lag.

Eines Abends drückte der Glasbläser ihr eine Art Ball in die Hand, der unter ihren Fingern leicht nachgab, und als sie daran roch, jauchzte sie erschrocken auf, denn er hatte ihr eine Orange geschenkt. Sie kannte Orangen und Zitronen aus der Stadt, rare Köstlichkeiten. Er lachte über ihre Freude, nahm ihr die Frucht aus der Hand und schälte sie vorsichtig mit seinem Messer, dann schob er ihr ein Stück in den Mund. Es schmeckte so, wie sie sich unter seinen Berührungen fühlte. Der Glasbläser kam ganz nah zu ihr heran und leckte ihr den Saft vom Kinn. Sie küsste seine Nase. Er sagte irgendetwas in seiner Sprache. Ohne die Worte zu verstehen, verstand sie, was er sagte, und erwiderte, Auch du bist mir lieb und teuer. Sie steckte ein handlanges Stück der Schale ins Oberteil ihres Kleides, und wenn sie sich tags bei der Arbeit bückte, roch sie die Orange und ihr Körper errötete, während ihre Hüften förmlich zu fließen begannen.

Wenn sie einschlief, an die Wärme der kleinen Bess geschmiegt, die auf dem Schiff noch redete und lachte, träumte sie von ihrem Glasbläser. Und in ihren Träumen besaßen sie ein kleines Haus an irgendeinem schönen Flecken Erde in der neuen Welt mit ein paar Acres Land ringsherum, dicht bewachsen und grün. Alles war tadellos von ihrer tadellosen Arbeit und erleuchtet von guten Kerzen und einem Feuer, und der Tisch war stets reich gedeckt. Und ihr Bett ward von seinem Körper gewärmt. O lass es so geschehen, oder lass es meinetwegen auch bloß eine armselige Hütte sein, düster und staubig, ihr einziges Kleid schmutzig und halb zerrissen und die Speisen kärglich, solange sie nur diesen Jungen bei sich hatte, der ihr Schutz und Wärme und Fleisch im Bauch wäre.

Doch es kam ein Tag, da begann der Rand des Himmels zu brodeln, und die Wellen wurden höher und höher, bis jede einzelne die Größe eines stattlichen Hügels hatte. Das Schiff wankte wie trunken, es stürmte, und der Regen prasselte so heftig herab, dass es schien, als würde sich ein Fluss aus den Wolken ergießen; man konnte nicht atmen, ohne Wasser in die Lungen zu ziehen, so voll war die Luft davon.

Als aus den Wellenhügeln schließlich Berge wurden, überließ man das Deck den Elementen. Im Frachtraum, wo Menschen und Tiere dahinsiechten, verloschen die Laternen, und es begannen die Tage der Dunkelheit, die Tage des wahren Elends.

Die Wellen krachten, und der Wind schrie, und das Getöse von draußen vermischte sich mit den Gebeten und Schreien im Inneren.

Wenn sich das Schiff dann die Flanke eines solchen Wasserbergs emporschwang, klammerten sich alle, die nicht bereits zu schwach oder gar tot waren, an die Netze an den Seitenwänden und hielten sich dort fest. War das Schiff oben, folgte eine grauenvolle Pause, lang genug, um sämtliche Sünden und Gräuel und Enttäuschungen, die sich der Seele bis dorthin eingeprägt hatten, noch einmal Revue passieren zu lassen. Ein Moment des Innehaltens, in dem alle laut weinten, denn sie wussten, was folgte. Mit einem grässlichen Ruck sackte das Schiff nach unten und fiel, immer weiter weiter weiter weiter weiter weiter in die Tiefe, und man schrie unwillkürlich, bevor einem sämtliche Luft aus den Lungen gepresst wurde, und alles, was zu Beginn des Sturms nicht festgezurrt worden war, flog kreuz und quer durch die stimmlose Stille, die Eimer voll Erbrochenem, die Nachttöpfe gleichen oder schlimmeren Inhalts, Löffel und kleine Reisetruhen und nasse, fledermausgleich flatternde Bücher und ein Säugling, der steif und kalt aus den Armen seiner Mutter gefallen war, ebenso wie die größeren Leichen, die nicht gesichert worden waren. Und weil es im Inneren des Frachtraums fast vollkommen dunkel war, wenn derlei lose Dinge im Fallen auf die leidenden Lebenden trafen, schien es, als würde eine Peitsche auf sie niederschnellen oder eine Faust sie aus tiefem Schlaf wecken, und sie schluchzten jämmerlich wie kleine Kinder in ihrer Qual. Dann krachte das Schiff ins Wellental, das Holz ächzte, als würde es jeden Moment brechen, und schmutziges Wasser schwappte über sie alle hinweg. Ein jedes Herz betete, dass es endlich so weit sein und das Schiff auseinanderbrechen möge, dass endlich das Meer hereinströmen, alle Seelen ergreifen und aus diesem unermesslichen Elend ins schwarze Jenseits des Todes befördern möge, denn sie glaubten nicht, dass sie den langen Weg den Wellenberg hinauf und den schauderhaften Sturz in die Tiefe ein weiteres Mal überleben würden. Doch sie überlebten.

Die meisten zumindest. Und sie litten höllische drei Tage lang ohne Unterlass. Als die Wellen noch bloße Hügel waren, hatte das Mädchen die kleine Bess mit Stricken an sich festgebunden, denn diese war zu schwach, um sich an den Netzen festzuhalten, und hätte auch nicht den Willen dazu gehabt. Mit ihrer eigenen Kraft bewahrte sie das Kind davor, von einer Seite des Frachtraums auf die andere geschleudert zu werden und sich das Genick zu brechen. Als die Wellen sich schließlich beruhigten, kam es ihr vor, als wäre jeder einzelne Knochen in ihr gebrochen, doch sie waren beide am Leben. Das Haar der kleinen Bess in ihrem Mund, das nach Milch und Lavendel schmeckte, und der zitternde warme Leib des Kindes auf ihrem eigenen, das waren die einzigen bleibenden Wahrheiten in der chaotischen Dunkelheit und vielleicht sogar das Einzige, was das Mädchen selbst unter den Lebenden hielt. Inmitten der ärgsten Qualen betete sie für ihren Glasbläser und sehnte ihn herbei, doch da er in den Momenten der größten, qualvollsten Not nicht da war, rückte er in die Ferne und wurde zu einer Erinnerung aus einem anderen Leben.

Am Ende des dritten Höllentages beruhigte sich die Welt. Die Wellen waren nur mehr große Hügel, die man emporstieg und hinabrutschte, und dann kleine Hügel, und bald streiften sie am Schiff entlang und brachten es kaum mehr zum Schaukeln. Als man die kleine Bess wieder losband, fühlte sich das Mädchen wie tot, so wund und erschöpft war sie. Die kleine Bess wimmerte, dicke Tränen rollten ihr die Wangen hinab, und um sich zu beruhigen, nuckelte sie sabbernd an der ganzen Hand.

Die Überlebenden schleppten sich hinauf an Deck, ihre Körper schwarz und blau unter dem hellen Licht der Sonne, mit zahllosen gebrochenen Knochen und alle in ärgster Pein. Der Sturm hatte keine einzige Seele verschont, eine jede hatte mit Gott verhandelt, hatte geschworen, dem Stolz und der Eitelkeit und der Gier zu entsagen, wenn er sie nur diesen Albtraum überleben ließ. Doch diese scheinbar tief ins Fleisch eingebrannten Schwüre verblassten, kaum dass der Sturm nachgelassen hatte, kaum dass die Blutergüsse verheilten und die Knochen sich wieder zusammenfügten, und alle machten als die Sünder weiter, die sie seit jeher gewesen waren.

Nachdem das Mädchen die kleine Bess an die frische Luft getragen hatte und dann zurückgegangen war, um zuerst ihrer Dienstherrin und dann dem Pfarrer auf dem Weg aufs Deck ein stützender Stab zu sein, raffte sie sich ein weiteres

Mal auf und schleppte sich zwischen all den Stöhnenden und Ächzenden hindurch, um ihren Glasbläser zu suchen. Doch sie sah ihn nirgends. Schließlich stieß sie auf die Gruppe, mit der er oft zusammengesessen hatte, bleiche, erschöpfte Holländer, die ihren Männerkörpern zum Trotz noch Jungen waren, und mithilfe von Gebärden und der wenigen Wörter ihrer Sprache, die sie von ihrem Holländer gelernt hatte, fragte sie, wo er war. Und sie blickten betrübt und errötend und einige mit tränenglänzenden Augen zu ihr auf und berichteten ihr, so gut sie konnten, dass ihr Freund zu Beginn des Sturms, als die Wellen noch nicht ganz so hoch waren, auf Deck gegangen sei, um nach ihr Ausschau zu halten, und dass sie ihn seitdem nicht mehr gesehen hätten.

Da wusste sie, dass ihr Junge von Bord gespült worden war. Und dass er verzweifelt und mutterseelenallein in den schwarzen, schwellenden Fluten getrieben war, ihrem jähen Auf und Ab ausgeliefert, bevor ihn eine Welle verschluckt und unter Wasser gedrückt hatte, bis er die Dunkelheit einatmete und ertrank. Der wunderschöne Körper, der ihr solchen Genuss bereitet hatte, und mit ihm der schöne Traum von einem Haus, von Feldern und Kindern, all das war jetzt dahin und lag auf dem Grund des Meeres, Futter für die Haie und Fische.

Für eine Weile wurde das Mädchen sehr ruhig und schweigsam. Sie sang nicht mehr. Sie verbrachte ihre Tage gemeinsam mit den anderen Dienstmädchen damit, zu schrubben und zu putzen und zu waschen, was während des Sturmes schmutzig geworden war, also alles. Sie unterbrachen das Schrubben nur, um beim Vernähen der Leichentücher derer zu helfen, die nicht überlebt hatten. In einem kummervollen Kreis standen sie um die Toten herum und lauschten der kurzen, klagenden Trauerrede des Pfarrers, des Mannes ihrer Herrin, bevor die Seeleute die Leichen über Bord ins Meer warfen, wo schon die Haie kreisten. Adlige waren ebenso gestorben wie Dienstmädchen; der Tod sah weder Geld noch Stand, sondern kam zu allen. Es muss gesagt werden, dass der Pfarrer um diese verstorbenen Seelen ehrliche Tränen weinte. Auch wenn sie ihn aus tiefstem Herzen hassen gelernt hatte, so weinte sie auf dem Schiff in dieser Zeit der Trauer an seiner Seite, und seine Trauer wie auch die der anderen linderte ihre eigene.

Dann kam die Rede auf, dass gegen Ende des Sturmes – als ein jeder Mann, der noch wanken und krauchen konnte, selbst der Gouverneur, die jüngeren Brüder von Grafen, der Wundarzt und der Kapitän, die Gentlemen also, von denen keine Mühsal erwartet werden konnte, gemeinsam versuchten, das durch den Rumpf hereindringende Wasser hinauszupumpen und zu schöpfen – jemand zum Masttop des Großsegels hinaufgeschaut habe und dort eines kleinen Lichtballs gewahr geworden sei, der fröhlich herumsprang. Und man munkelte sogleich, das Licht sei der Geist einer Seele, deren Körper die Schrecken des Sturmes nicht überlebt hatte. Jeder, der jemanden verloren hatte, die Mütter toter Säuglinge und die Freunde derer, die ertrunken waren oder sich das Genick gebrochen hatten, ein jeder hielt diese Seele für die seines geliebten Angehörigen, der zurückgekehrt war, um seinen Hinterbliebenen Trost zu spenden.

Eine Weile überlegte das Mädchen, ob dieser leuchtende

Ball wohl ihr Glasbläser gewesen sein könnte. Doch dann erinnerte sie sich an sein sanftes und bescheidenes Wesen und fand, er könne es nicht gewesen sein, denn ein Lichtball war in der Tat ein sehr prahlerisches Schauspiel. Nein, sie wusste, als seine Seele den Körper verlassen hatte, war sie durch den Sturm hinweg direkt emporgestiegen zu Gott und bei seiner rechten Hand zur Ruhe gekommen.

Auch wenn sie mit den Leichen beschäftigt waren und damit, sich vom Schmutz zu befreien, den der Schrecken hinterlassen hatte, waren sich die Überlebenden des schlimmsten aller Verluste bewusst geworden, als sie sich mehr tot als lebendig an Deck geschleppt, in alle vier Himmelsrichtungen geschaut und festgestellt hatten, dass die anderen Schiffe fehlten. Es gab keine schlimmere Einsamkeit, als sich allein und ohne jedes Zeichen von Zivilisation in einer Einöde aus Wasser wiederzufinden. Sie glaubten die anderen Schiffe in den Schlünden von Seeungeheuern verloren, nur die *Blessing* segelte noch im Sonnenlicht. Und selbst jene, die sich während der drei Sturmtage energisch an ihr Leben geklammert hatten, fielen jetzt der Verzweiflung anheim und sehnten den Tod herbei.

Umso größer war der Jubel, als schließlich am Nachmittag jenes ersten, entsetzlich einsamen Tages in der Ferne die *Falcon*, dann die *Lion* und schließlich die *Unitie* auftauchten. Alle hatten Verluste zu beklagen. Als traurige Flottille schlingerten sie siech das letzte Stück des Ozeans entlang.

Endlich entdeckten sie im Wasser das erste Treibgut von Land: Seegrasflecken mit Laub und Ästen darin, und über ihnen flogen taubengroße Seevögel. Und dann sahen sie das

Land selbst, ein paar dunkle Striche am Horizont, die grün wurden, als sie näher kamen, und ein wahres Paradies zu sein schienen, saftig und üppig. Sie fielen auf die Knie und sagten leidenschaftlichen Dank. Näher herangekommen, sahen sie Vögel inmitten riesiger Bäume umherhuschen, die kerzengerade und finster vor ihnen aufragten und voller Ranken hingen. Noch dichter an Land hörten sie Seevögel schreien, und ihr Klang war so vertraut wie der der Möwen am Kai der Stadt, aus der sie kamen.

Sie schleppten sich die Bay hinauf, die vier Schiffe, die noch übrig waren, und trafen schließlich mit letzter Kraft am Ort ihrer Bestimmung ein, der Siedlung am James River, benannt nach ihrem König.

Dort jedoch lag ein dichter, widerlicher Rauch über dem Fort, und die Männer, die herauskamen und sie anstarrten, standen wie bleiche Skelette am Ufer. Aus ihren offenen Mündern stieg noch mehr Rauch auf, Tabakrauch, der den beißenden Hunger lindern sollte, denn es herrschte bereits Mangel, wohin man blickte.

Das Mädchen stand auf dem Deck, neben seiner Dienstherrin, und ließ den Blick durch die Reihen der schwachen und kränklichen Männer schweifen, deren Mienen angesichts dieser Schiffe, die keine wirkliche Erleichterung, sondern nur noch mehr hungrige Mäuler brachten, unverhohlenes Entsetzen verrieten.

Und ihre Dienstherrin, die auf dem Schiff beträchtlich gealtert war oder aber ihre Tricks verlernt hatte, sodass sich ihr wahres Alter zeigte, sagte bestürzt und mit bleichen Lippen, Es war ein schrecklicher Fehler, hierherzukommen.

Tage und Wochen später kamen einige der Schiffe den Fluss hinaufgesegelt, die man für immer verloren geglaubt hatte: die *Diamond*, die *Swallow* und viel später die *Virginia*. Und auch wenn es gut war, dass die Verluste sich als weniger groß herausstellten als angenommen, so war es doch, da war man sich einig, ein schrecklicher Jammer, dass gerade die beiden Schiffe, die beinahe alle Vorräte und die meisten der offensichtlichen Anführer an Bord gehabt hatten, vom Sturm zerschmettert am Meeresgrund lagen.

Selbst jetzt, in den dichten Maschen des feuchten Nebels, der das Mädchen schaudern ließ, selbst jetzt, wo der Boden zu atmen schien, als wäre sie ein Floh auf der Brust eines Riesen, selbst in Anbetracht all dessen, was sie verloren hatte, also praktisch allem, durchflutete sie beim Gedanken an die Überfahrt in die neue Welt ein abgrundtiefer Kummer. Er wurzelte in allem, was sie gemeinsam durchlitten hatten, doch am meisten betrauerte sie ihren ganz persönlichen Verlust, den des Glasbläsers. Sie betrauerte, was er mit seinem wunderschönen Körper gewesen war und was er für ihre Träume bedeutet hatte. Mit ihm waren die kräftigen, hellhaarigen Kinder verschwunden, die sie in diese neue Welt gesetzt hätten, ebenso wie die Acres von Land, die sie den Menschen hier abgekauft oder abgenommen hätten, auf denen sie gepflügt und gesät und die sie verteidigt und zu ihrem eigenen Königreich gemacht hätten, das für sie nun in diesem Leben außer Reichweite war. Sie, die als stolze Mutter starker Jungen alt wurde. Eine Liebe, die für ein ganzes Leben reichte. Alles dahin.

Ein letztes Mal durchwehte sie diese Phantomversion ihres

Lebens, dann stieg sie auf in den klammen Nebel und zerstreute sich darin, und das Mädchen war wieder allein auf dem kalten Boden, allein auf der schwankenden Erde.

6.

Die Sonne musste aufgegangen sein, denn allmählich veränderte sich der Nebel. Jetzt trat der Umriss ihrer Hand daraus hervor, wenn sie sie auf halber Armlänge vors Gesicht hielt. Ihr eigener Körper, mal sichtbar und dann wieder nicht, wurde zu einer geisterhaften Erscheinung.

Wärme sickerte in die Welt und wurde geborgen vom tief hängenden Nebel, der die Sonnenstrahlen einfing.

Ringsherum erklang jetzt ein beunruhigendes Klopfen, ein Getrappel wie von Tausenden Tieren, und sie dachte voller Furcht an eine Stampede von irgendetwas Kleinem und Flinkem, etwas Rattenartigem, an eine ganze Flut von Ratten. Als dann ein Wassertropfen den senkrechten Ast ihres Deckenzeltes hinunterrann und ihr auf die Stirn fiel, verstand sie, dass die Wärme des Tages die Schneereste in den Bäumen schmolz und als Regen auf die Erde fallen ließ.

Kurz darauf war ihre äußere Decke durchweicht. Weil das Mädchen Durst hatte, wrang sie die nassen Ränder in ihren Zinnbecher aus, fischte mit einem sauberen Zweig die Insekten heraus und trank das wollige Wasser in einem Zug aus.

An diesem durch und durch nassen Morgen konnte es keine Rast geben, das wusste sie. Und obwohl ihr die Erschöpfung nach der Nacht nur noch tiefer in den Knochen steckte als zuvor, stand sie, noch etwas wackelig, auf. Sie stöhnte unwillkürlich, so schmerzte alles. Sie packte ihre Sachen in den Sack und wollte sich gerade durchs Gestrüpp zurück zum Pfad tasten, als sich ganz in der Nähe etwas regte. Ein Eichhörnchen huschte immer wieder um den Stamm eines Baums herum, schimpfte und keckerte und schlug drohend mit dem buschigen Schwanz. Als sie sich am Stamm entlangtastete, entdeckte sie direkt über ihrem Kopf den Eingang seines Kobels, und sie schob die Hand in das schwarze Loch und zog fünf rosa Eichhörnchenjunge heraus, die sich träge wanden. Sie durchbohrte eins nach dem anderen mit der Messerspitze, tötete sie und steckte die kleinen Würmchen auf einen Stock. Dann griff sie noch einmal in den Kobel, um das Moos und die Federn herauszuholen, womit das Eichhörnchen ihn ausgepolstert hatte, und stopfte es als Isolierung in ihre Stiefel, und was dann noch übrig war, verstaute sie zum Feuermachen in ihrem Sack. Als sie ein letztes Mal in den Kobel griff, entdeckte sie einen kleinen Vorrat an Nüssen, und zu ihrem Entzücken waren es gute, süße Haselnüsse. Danke, liebes Eichhörnchen, sagte sie zu dem zornigen Ding, das sie jetzt förmlich anbellte, vielleicht vor Trauer. Es sah aus, als würde es sie anspringen und totbeißen wollen, und sein Zorn war gerechtfertigt, aber es traute sich nicht näher heran.

Und obwohl die Eichhörnchenmutter in Sichtweite war und sie sich zutiefst unanständig fühlte, nahm sie dann, weil sie doch so hungrig war, wie sie beschämt dachte, etwas von dem weichen Moos aus dem Kobel sowie einige trockene, innere Rindenteile, machte daraus ein Feuer und briet die kleinen Eichhörnchen, und sie waren so zart, dass die Knochen ihr beim Kauen auf der Zunge zergingen. Und weil das

Feuer noch immer nicht heruntergebrannt war, holte sie auch den Fischschwanz aus ihrem Sack, der bereits zu stinken begann, und briet auch den auf der Glut. Auf dem Boden kauernd, aß sie ihn langsam auf und fühlte sich nun viel besser. Sie hatte ihren Becher unter einen Ast gestellt, von dem es beständig herabtröpfelte, und als sie fertig war mit Essen, hatte sie darin genug geschmolzenen Schnee gesammelt, um ihren Durst zu stillen.

Der Nebel hatte sich so weit gelichtet, dass die Umrisse der Bäume am nahe gelegenen Waldrand hervortraten, und dann wurden selbst die entfernteren Bäume sichtbar, wenn auch nur schemenhaft. Die Luft war voll schillernder Tropfen. Wenn ihr von Zeit zu Zeit einer davon auf den Kopf fiel, traf er sie so jäh und so kalt, dass sie sich beinahe gedemütigt fühlte, so als hätte sie jemand mit einem Ei beworfen.

Sie ging, so schnell sie konnte, denn der Boden war noch fest und nicht allzu schlammig. Bald würde das Tauwetter alles so weich und rutschig werden lassen, dass sie kaum noch vorankäme, und außerdem würde sie sonst auskühlen in den nassen Sachen, und wenn sie dann nicht schnell genug ein Feuer in Gange brächte, könnte das ihr Ende bedeuten.

Um sich im Gehen bei Laune zu halten, begann sie sich auszumalen, in welcher Gestalt wohl ihr Retter kommen mochte, denn in dieser Erwartung war sie aufgewachsen, vom Augenblick ihrer Geburt an hatte man ihr erzählt, ein Heiland werde kommen und sie erlösen. Sie müsse geduldig und demütig seine Ankunft erwarten, auch das hatte sie tief verinnerlicht.

Nach eingehendem Nachdenken und vielleicht auch weil ihr Herz noch schwer war vom Verlust ihres Holländers, war sie sich sicher, dass ein Fremder sie erlösen würde, ein Franzose. Denn, so sagte sie sich, auch wenn sie in den zurückliegenden Nächten zu Fuß gegangen war, hatte sie es bereits so weit nach Norden geschafft wie jene der Männer aus dem Fort, die mit Booten Erkundungsfahrten gemacht und bei ihren Begegnungen mit den Powhatan und den Pamunkey Metallwaren, Leinenzeug und Zucker gegen Berge von Mais und Trockenfisch eingetauscht hatten. Bei ihrer Rückkehr wurden diese Männer von den hungernden Engländern dankbar und so höflich wie sonst nur Diplomaten empfangen, gutgläubig lauschten sie den Geschichten ihrer Begegnungen. Sie würde also nördlich von hier viele Meilen weit nicht auf andere Menschen aus ihrem Land treffen, erst ganz oben im Norden, wo sie in den eiskalten Fischgründen Dorsche fingen, und sie hatte keine Idee, wie sie sich am endlosen Band der Küste für diese Männer bemerkbar machen sollte. Sie wäre sicher ein zu winziger Punkt am Ufer, als dass sie sie vom Wasser aus entdecken würden, und selbst wenn sie in wochenlanger Arbeit Holz für ein ausreichend großes Feuer zusammentrüge, würde sie damit eher die Menschen von hier auf sich aufmerksam machen als die Engländer. Und sie hielt es nicht für möglich, dass sie eine Rettung durch sie überleben würde, denn unter Menschen, die ihren Gott verhöhnten und verachteten, würde sie sicher sterben.

Nein, sie dachte an die Franzosen, weil sie Franzosen von Herzen gern mochte, denn unter den Lords, Künstlern und Schriftstellern, die zu ihrer Dienstherrin gekommen waren, um dort Dünnbier zu trinken und Kuchen zu essen, waren auch Franzosen gewesen. Einige dieser Franzosen, die allesamt in Parfümwolken gehüllt waren, dass ihr davon schwindlig wurde und sie sich sanft von Blumen attackiert fühlte, hatten es ihr besonders angetan. Der Netteste von ihnen hatte eine rote Knollennase und gichtige Füße gehabt, die ihn winzige Schritte machen und wie ein Gänserich zischen ließen, doch aus seinem Blick hatte Fröhlichkeit gestrahlt. Er hatte das Mädchen gemocht und mit seinem seltsamen, lispelnden Akzent sein süßes Appetithäppchen genannt, sie auf seinen Schoß gezogen und, wenn die Dienstherrin anderweitig beschäftigt war, die Hände in ihr Mieder geschoben und dort stets etwas Süßes hinterlassen, kandierte Zitronenschalen, Ingwer oder getrocknete Datteln. Woche für Woche kam er zu den Nachmittagsgesellschaften der Dienstherrin. Und jedes Mal brachte er dem Mädchen für einen Kuss einen Satz in seiner Sprache bei. Schämm-lehfrongssäh, Kuss. Tuscheh-moah-labba, Kuss. Und da sie seit dem zarten Alter von vier Jahren nur darauf trainiert worden war, ein singender und tanzender kleiner Papagei zu sein, hatte sie auf diese Weise, mit Küssen, auf die sie hätte verzichten können, und Naschereien, die ihr durchaus zusagten, genügend Französisch für eine leidliche Konversation aufgeschnappt.

Dann fiel ihr wieder ein, wie unwirtlich und entbehrungsreich dieses unzivilisierte Land war, in das es sie verschlagen hatte, und sie musste über sich selbst lachen, denn kein so edler Franzose wie jene, die Parfüm und seidene Strümpfe und Puder im Gesicht und Rouge auf den Wangen trugen, würde sich an so einem Ort wiederfinden. Nein, hierher begaben sich nur raue Kerle wie die in der Siedlung, vor denen sie geflohen war, oder unkultivierte Bauern, Soldaten oder Jäger oder die gierigen Söhne des Adels, die keine Moral kannten und bereitwillig morden würden, um Herren über mehr Land und Vermögen als ihre ältesten Brüder zu werden.

Genau aus diesem Grund, vermutete das Mädchen, hatte sich der Pfarrer, der zweite Ehemann ihrer Dienstherrin, der Gesellschaft auf den Schiffen angeschlossen. Doch weil er im Herzen ein Heuchler war, wie sie inzwischen sehr wohl wusste, hatte er in seiner Sonntagspredigt eine andere, sehr viel frommere Geschichte erzählt. Im trüben Winterlicht der Kirchenfenster stehend, hatte er in den Köpfen der versammelten Gemeinde feurige Visionen von den armen Seelen heraufbeschworen, die dort auf dem fernen Kontinent in Dunkelheit lebten und nichts wussten von der Liebe und Gnade des einen, wahren Gottes. Doch auch sie, das Volk eines gottlosen Kontinents, auch sie waren nach dem Vorbild Adams erschaffen worden; auch ihnen war, genau wie den Engländern, im Leibe die Gestalt des großen Schöpfers eingeschrieben. Und es sei die Pflicht, nein!, die Berufung eines jeden frommen Engländers, der Mut und wahren Glauben besaß, dorthin zu gehen, wo die Not am größten war, um jene armen Seelen aus dem dunklen Tal des Unwissens hinaus zum Licht zu führen.

In einer wirkungsvollen Pause hatte er die Hände zusammengelegt und die Gemeinde mit seinem seelenvollsten, schönsten Blick bedacht, bevor er verkündete, er werde mit dem nächsten Schiff in die neue Welt fahren und habe sich seinen Platz schon gekauft. Und alle Herzen in der Gemeinde wurden von Freude ergriffen ob dieser frohen Kunde, und der

Kollekteteller war schwer am Ende des Tages, und wenn einige in der Gemeinde betrübt waren, weil sie einen so ansehnlichen Pfarrer mit so seidener Zunge verloren – träumten des Nachts doch beileibe nicht nur die Frauen von ihm –, so spendeten sie in ihrem selbstsüchtigen Anflug von Gram nur umso großzügiger.

Nur das Mädchen hatte gesehen, wie ihre Dienstherrin, die nichts von dieser übereilten Entscheidung ihres neuen Mannes gewusst hatte, die Fingernägel so tief in die Handballen gegraben hatte, dass dort rote Halbmonde entstanden waren und das Mädchen ihr eigenes Taschentuch zwischen die blutenden Hände ihrer Dienstherrin und den feinen rosa Stoff ihres Rocks hatte halten müssen, damit jene ihr schönes Kleid nicht beschmutzte.

Zu Hause hatte ihre Herrin dann sämtliche Dienstmädchen zum Teppichklopfen auf den Hof geschickt und die Köchin angewiesen, aus vollem Halse zu singen, damit die Nachbarn nichts von dem Wortgefecht mitbekämen, für das sie sich gerade rüstete. Das Mädchen half ihrer Dienstherrin aus dem Mantel und blieb gerade lange genug, um sie in schärfstem Tone sagen zu hören, Das Geschenk Gottes, von dem du sprachst, mein lieber Gatte, ist sicherlich nicht das Geschenk des Glaubens, den du den gottlosen Menschen der neuen Welt bringen willst, sondern vielmehr das der Reichtümer und des Landbesitzes, mit dem Gott dich dort segnen würde, habe ich recht?

Und mit einem Lächeln auf dem fein geschnittenen Gesicht, das sie besänftigen sollte, säuselte der Pfarrer, Aber du musst doch zugeben, meine liebe Gattin, dass du mit deinem Esprit und deiner Schönheit, mit deiner Musik und deinem

Geschmack eine sehr viel feinere Herzogin abgeben würdest als das schlampige Weib meines Bruders.

Wahrlich, sagte sie, keinesfalls besänftigt, doch ich wäre viel lieber für immer die Frau, ja selbst die Witwe eines Pfarrers, als einen Monat lang Herzogin wertloser Ländereien in der Ferne zu sein und dann durch einen Pfeil im Hals ermordet zu werden.

Worauf er erwiderte, O, das habe ich wohl bedacht, und meine Pläne sehen vor, dich in London zurückzulassen, bis ich mich in der neuen Welt so komfortabel eingerichtet habe, dass ich dich nachholen und in dir angemessener Weise empfangen kann.

Und nun, wusste das Mädchen, würde der Streit erst richtig beginnen, denn die Dienstherrin war ein gar eifersüchtiges Eheweib und sah sich, durchaus nicht zu Unrecht, wie das Mädchen fand, stets von Bedrohungen umgeben; sie würde niemals einwilligen, in London zurückzubleiben, schließlich könnte er anderswo die Bekanntschaft jüngerer und schönerer Frauen machen. Das Mädchen schlich hinaus und die Treppe hinunter, und auch wenn sie in der Küche versuchte, nicht zu lauschen, hätte sie sich die Finger in die Ohren stecken müssen, um nichts mitzubekommen. Und während sie zuhörte, wurde ihr schwer ums Herz, denn sie wusste, dass der Leib des Pfarrers ein starker Wein war, der ihre Dienstherrin in einen Rausch der Lust versetzte, und dass nichts und niemand sie dazu bringen könnte, von ihrer Trunksucht zu lassen. Das Mädchen sollte recht behalten. Das Haus wurde verkauft, die Möbel der Familie wurden eingelagert; Kit, der böse Sohn ihrer Dienstherrin, der gerade von der Universität kam, bekam ein eigenes, wohlfeileres Haus mit nur drei Dienstboten, und für die Dienstherrin, die kleine Bess und das Mädchen wurde eine Passage auf demselben Schiff gebucht, das auch der Pfarrer nahm. Niemand hatte daran gedacht, das Mädchen zu fragen, ob sie mitzukommen wünschte. Und erst jetzt begriff sie, dass sie sich diese Frage nicht einmal selbst gestellt hatte.

Um den bitteren Beigeschmack des Gedankens loszuwerden, wandte sie ihre Überlegungen wieder ihrem zukünftigen Retter zu. Im Gehen erschuf sie ihn sich im Kopf, ließ ihn hoch oben im Norden leben, im tiefen Schnee, der ihr nichts ausmachte, solange sie ein Feuer hatte, an dem sie sich wärmen konnte. Seine Hütte setzte sie ans Ufer eines schimmernden Sees inmitten grüner Hügel, dann erdachte sie sich ihn selbst, gab ihm die großen, unschuldigen Augen des Glasbläsers, die gütig strahlten, und dessen ganzes liebes Gesicht, aber vielleicht unter einem Vollbart, und sie dachte ihn sich ebenso groß wie jenen, mit den gleichen breiten Schultern und großen Händen, ebenso sanft und voller roter Brandnarben. Das innere Bild raubte ihr förmlich den Atem, und sie konnte den Blick kaum losreißen von den Muskelsträngen am Rücken ihres Franzosen, der zugleich der ihres Holländers war.

Sie verwendete dann einige Zeit auf den Bau der Hütte, die zum Schutz vor der Kälte zwar eng und dunkel wäre, aber sauber, und in den Ecken lägen weiche Nerz- und Biberpelze, in denen sie und ihr Trapper sich ihr Bett einrichten würden, und für das geräucherte Fleisch würden sie unter den Bodenbrettern eine Lagerhöhle ausheben, dann bräuchten sie bloß die Klappe zu öffnen und sich mit einem Messer ein schönes Stück Wildbret abschneiden oder eine fette Forelle aufspießen. Die Regale bestückte sie im Geiste mit Zuckerhüten, so groß, dass sie sie bis an ihr Lebensende nicht aufessen könnte, dazu mit gutem Tee, Kräutern, Pfeffer, Salz und Gläsern mit Marmelade, Honig, Trockenfrüchten, Nüssen und Mehl. Er würde dort auch etwas Tabak aufbewahren, den er sie in seiner eigenen Pfeife rauchen ließ, vielleicht sogar einer Tonpfeife mit dem Gesicht eines lachenden Mannes, wie sie der Freund ihres Holländers gehabt hatte. Und sie würden einander nie satthaben, denn solange das Wetter es zuließ, würde er hinaus zu seinen Fallen gehen, bis tief ins Frühjahr hinein, und sie würde in selbstloser Einsamkeit in ihrer warmen, sauberen Hütte auf ihn warten und ihm, sobald er zurückkam, einen feinen Stew schmoren, und mit den Liedern, die sie aus voller Kehle sänge, würde sie die Kojoten und die Wölfe vertreiben, die um die Hütte herumschlichen, um sich zu den Fleischvorräten darunter durchzugraben. In manchen Nächten würde sie diese Wölfe in den Hügeln heulen hören, doch selbst so ganz allein würde sie keine Angst haben, denn dort in der Hütte, zu der ihr Trapper draußen im Schnee hurtigen Schrittes zurückkehrte, konnte ihr nichts passieren.

Und sie würde dieses beschauliche Leben mit ihrem guten Trapper genießen, dieses Leben allein mit ihm, nackt mit ihm unter freiem Himmel oder in der Hütte voller Pelze, wenigstens für ein paar Jahre. Eine Frau im Fort hatte ihr ein Kraut gezeigt, das hier leicht zu finden war und in Form eines starken Teegebräus verhinderte, dass sich ein Kind in ihren Leib einpflanzte, und dieses würde sie oft trinken, denn hier in der einsamen Wildnis ohne eine andere Frau in der Nähe zu gebären, wäre zu entsetzlich, um es sich vorzustellen.

Nachdem er dann so viele Pelze beisammenhätte, dass

ihnen nichts mehr weiter zu tun bliebe, würde er sich in das Boot setzen, das er mit seinen beiden starken Händen gebaut hatte, den Fluss hinaufsegeln zu den Franzosen und seine Pelze dort gegen Gold eintauschen. Dann würden sie noch einmal den Ozean überqueren, und darauf freute sie sich ganz und gar nicht, allein vom Gedanken an diese zweite Überfahrt bekam sie eine Gänsehaut, doch sie hätte sich spätestens dann gelohnt, wenn sie in Paris vom Schiff gingen, um abermals all die schönen Kleider zu sehen, Parfüms zu riechen und die feinen Speisen einer zivilisierten Stadt zu genießen. Später würden sie in einer eleganten Kutsche, die sie sich dann leisten könnten, durch eine schöne Landschaft mit Kühen zum Hof seiner Familie fahren. Sie wusste nicht viel über die Geografie Frankreichs und im Übrigen auch nicht über das Leben auf dem Land, das Mädchen kannte nur die Stadt und die trostlosen Weiten hier. Auf dem Hof würde sie seine Mutter mit der schönen Sprache umgarnen, die sie von ihm in ihren Jahren in der einsamen Natur gelernt hätte, und sie würden glücklich mit einer Schar von Dienstboten auf dem Bauernhof leben und auch die angrenzenden Höfe kaufen, ihren Reichtum aus der neuen Welt in Stücke der alten übersetzen. Ihre Aufgaben als Ehefrau würden sich darauf beschränken, die Dienstboten zu überwachen, die Butter zu kosten, die die Milchmägde machten, und alt und kugelrund zu werden von all den guten Speisen, die sie sich unablässig einverleiben würde; Tag für Tag würde sie essen, bis sie nicht mehr konnte, nach der argen Not, die sie hier an diesem Ort kennengelernt hatte. Ja, sie würde dick und rund werden an ihrem Lebensabend, so riesig, dass die Bodendielen unter ihren Schritten bebten, würde von morgens bis abends den Käse und die Marmeladen kosten, die sie selbst herstellte, und ihr Leben in frommem Fleiß und der Liebe zu ihrem Ehemann führen, bis sie eines Tages, umringt von ihrer trauernden Familie, in ihrem eigenen feinen Federbett an Altersschwäche sterben würde. Es würde sie nicht stören, eine Papistin zu sein, nicht einmal, zu einem Kruzifix zu beten und an Heilige zu glauben. Denn obwohl man in ihrem Land mit Entsetzen über Papisten sprach, war sie sich insgeheim sicher, dass der Gott der Papisten, auch wenn sich das Drumherum unterscheiden mochte, kein anderer Gott war als der, zu dem alle Christen beteten. Und dass die Tode all jener Menschen, die Gegenteiliges verfochten, unnötige Tragödien waren. Doch war von Männern freilich kein gesunder Menschenverstand zu erwarten, von frommen schon gar nicht.

Über viele Meilen hinweg getragen von Tagträumen ihrer Zukunft, war sie den ganzen Morgen ohne Pause auf den Beinen.

Die Bilder in ihrem Kopf nahmen sie so gefangen, dass sie ganz aus dem Blick verlor, in welche Richtung sie ging.

Als sie am späten Vormittag einmal auf den Boden sah, entdeckte sie Stiefelabdrücke im Schlamm. Sie blieb stehen.

Ein Stiefel bedeutet einen Fuß.

Ein Fuß in einem Stiefel bedeutet ein Mann aus ihrem Volk.

Ein Fuß in einem Stiefel so weit im Norden, so weit entfernt von den Franzosen, das konnte nur heißen, dass ein Mann aus ihrem Volk ihr auf den Fersen war, dass er sie jagte wie ein Tier.

Ihr Herz verkrampfte sich in ihrer Brust, und sie hatte solche Angst, dass sie sich augenblicklich auf den Boden kauerte und einen Laut ausstieß, für den sie sich sogleich hasste.

Klein zusammengekauert, den Umhang mit der Kapuze übers Gesicht gezogen und die Hände in den Lederhandschuhen, war sie vielleicht nicht als menschliches Wesen erkennbar und würde inmitten der braunen Grasbüschel in den Wäldern vielleicht nicht auffallen.

Doch jetzt von Nahem erkannte sie selbst in ihrer Panik, wie klein der Stiefelabdruck im Schlamm war, gerade so groß wie ihr eigener. Und als sie aufblickte, erkannte sie genau jene Wiese, über die sie vor einigen Stunden gegangen war, die sie vor lauter Träumerei jedoch nicht recht beachtet hatte. Und diese büschelige, schiefe Kiefer am Rand hatte sie mit Sicherheit gesehen, denn im Vorbeigehen hatte sie, gerührt und beseligt von ihrem erträumten Leben, liebevoll ihren Stamm gestreichelt.

Sie war im Kreis gelaufen, begriff sie schließlich. Sie drückte die Fingerknöchel in die Augen und holte tief Luft, um sich zu beruhigen und den glühenden Zorn auf sich selbst verrauchen zu lassen, der an die Stelle der Angst getreten war.

Es dauerte nicht lange, da erinnerte sie sich an einen kleinen Jungen im Fort, der ihr einen Trick beigebracht hatte. Genau wie er brach sie einen langen Ast ab, steckte ihn in den Boden und markierte das Ende seines Schattens mit einem Stein. Während sie wartete, trank sie Wasser, pinkelte und aß die letzten Haselnüsse, die sie dem armen Eichhörnchen gestohlen hatte.

Als der Schatten weitergewandert war, markierte sie erneut sein Ende und konnte auf diese Weise eine Linie von West nach Ost ziehen, und so wusste sie, wo Norden zu finden war. Dann fixierte sie in dieser Richtung einen nahe gelegenen Baum, dann einen etwas weiter entfernten und dann noch einen dritten, und im Weitergehen achtete sie darauf, dass die drei in einer Reihe blieben.

Sehr viel später, als der Nachmittag schon blasser wurde, gelangte sie zu einem so kürzlich abgebrannten Waldstück, dass die Gegend sämtlicher Farben beraubt schien; alles war schwarz und grau und dazu totenstill, kein einziger Vogel, kein Tier war mehr zu hören. Sie dachte an ihren Nachtschrecken, die schwarzgraue Landschaft mit den riesigen Knochentieren darin, denen Lehm von allen Gelenken bröckelte, und sie schauderte. Hier würde sie nicht länger bleiben als nötig. Die Papisten, hatte sie gehört, glaubten an einen Ort namens Purgatorium, an den die Seelen gingen, um zu warten, und das Purgatorium war nicht Himmel und nicht Hölle, sondern etwas Drittes dazwischen, wo ungetaufte Babys herumkrabbelten, die aber keine Sünder waren, weil sie noch nicht die Organe des Bösen entwickelt hatten, und wo die edelsten unter den Heidenseelen mit den Geistern weißer Tauben Federball spielten. Auch die Geister der Tiere kamen dorthin; dicht gedrängt verweilten die Seelen der Geschlachteten. Der verbrannte Wald, in den sie ihr Weg geführt hatte, kam ihr sehr ähnlich vor.

Unter dem verkohlten Skelett einer riesigen Eiche entdeckte sie schließlich Pilze, die das Feuer getrocknet hatte, Pilze in Hülle und Fülle, und sie setzte sich und probierte ein Stück. Köstlich war es, rauchig und aromatisch. Sie wartete darauf, dass ihr von dem Gift die Zunge zu schwellen begann oder wilde Träume einsetzten – die Bediensteten im Fort pflückten immer eine bestimmte Sorte wilder Pilze und aßen sie um der bunten Träume willen, die das Leben im Elend erträglich machten –, doch als sie nach einiger Zeit noch immer keine schädliche Wirkung feststellen konnte, erklärte sie die Pilze für genießbar. Sie pflückte sie alle und legte sie in ihren Sack.

Dann ging sie durchs letzte Tageslicht weiter, zurück in die nicht verbrannte Welt, wo die noch immer kahlen Büsche strahlten vor Lebendigkeit, wo die Vögel sangen und zankten und wo sie förmlich hören konnte, wie der frische Saft in den Bäumen flüsternd aufstieg.

Nach einem kleinen Anstieg gelangte sie auf eine Lichtung und blickte staunend auf ein so undurchdringliches und hohes Dickicht aus Brombeerbüschen, dass nicht einmal die kleinsten und flinksten Vögel oder die dickpelzigsten Bären all die wintergetrockneten Beeren hätten fressen können, ganz egal, wie voll sie sich die Bäuche schlugen. Bären und Vögel hatten nur die äußeren Früchte angerührt, sodass tiefer in den Hecken immer noch mehr als genug hingen. Wenn sie mit den Armen vorsichtig in das dornige Gestrüpp hineinging und sich mit dem Messer eine Öffnung freischnitt und hineinkroch, konnte sie die getrockneten Beeren abpflücken und ihren Sack damit füllen. Aber zuerst stopfte sie sich den Mund voll, und ihr stiegen Tränen in die Augen, so sauer waren die Beeren und dann so süß.

Sie steckte die Beeren abwechselnd in den Mund und in den Sack, bis er dick und schwer war und sie beinahe mehr hatte, als sie tragen konnte. Jetzt meldete sich wieder ihr Bauch zu Wort, und sie musste vorsichtig aus der Hecke herauskriechen, sich neben einen Baum hocken und der warmen, fauligen Flut freien Lauf lassen, die die Beeren und davor die Pilze in ihren Eingeweiden aufgerührt hatten. Dann trank sie ihren Zinnbecher aus, den sie in weiser Voraussicht unter einen Ast gestellt hatte, von dem es träge herabtröpfelte.

Es wurde jetzt immer dunkler, und sie brauchte irgendeinen Unterschlupf, bevor die Nacht ganz hereinbrach, die Nacht mit all den wilden Tieren, die darin herumstreiften. Noch dazu spürte sie, dass es eine sehr kalte Nacht werden würde.

Als sie jedoch aufstand, merkte sie, dass ihr schnelle Bewegungen schwerfielen, so steif und wund waren ihre Glieder nach dem langen Marsch.

Auch der Boden hatte am Ende des milden Tags seine Tücken. Über den Pfad, dem sie folgte, wenn es denn einer war, ließ die Schneeschmelze jetzt wahre Bäche rauschen, und stellenweise musste sie sich mit großer Vorsicht durch das Wasser und den rutschigen Schlamm manövrieren, der schmatzend und knatschend ihre Stiefel festhielt.

Als sie schließlich schon nicht mehr weit sehen konnte, hatte sie noch immer nichts gefunden, was ihr Schutz geboten hätte, und wurde unruhig.

Da entdeckte sie auf einmal in einer Felswand, die sich neben ihr etwa so hoch wie der Giebel eines Hauses in den Himmel erhob, eine schmale, schwarze Öffnung. Als sie näher heranging, hauchte das dunkle Maul der Höhle sie mit einer seltsamen, modrigen Wärme an, die sie neugierig machte.

Irgendetwas in ihr riet zu äußerster Vorsicht, und sie zwang sich zu langsamen und möglichst lautlosen Bewegungen. Doch schon bald machte die Kälte der hereinbrechenden

Nacht ihr mehr Angst als die Höhle mit dem Unbekannten, das dort lauern mochte. Geduckt tastete sie sich in den schwarzen Spalt vor und spürte sofort, dass es dort warm genug wäre und sie wenigstens dem Tauwetter entkäme. Es war rabenschwarz in der Höhle; die Dunkelheit schien förmlich zu wogen und zu pulsieren.

Sie eilte wieder nach draußen und verwendete ihre letzten Kraftreserven darauf, einen Armvoll trockenes Brennholz zu sammeln und nach Nestern von irgendetwas Trockengebliebenem zum Anzünden zu suchen. Dann schlug sie mit dem Beil ein paar weiche, grüne Äste von den Tannen, um sie als Matratze auf den kalten Steinboden zu legen, der ihr die Wärme ansonsten regelrecht aus dem Fleisch saugen würde. Die Zweige rochen so sauber und so stechend, dass sie hoffte, sie würden auch das Ungeziefer vertreiben, das auf ihrer Kopfhaut, in ihrem Schritt und in den Achseln sein Unwesen trieb und ihr ein leichtes, aber stetes Unbehagen verursachte.

Jetzt, da sie wusste, dass sie in der Höhle süßer Schlaf erwartete, machte sie ein kleines Feuer und sah zu, wie sich die Nacht vollends über die Bäume des kleinen Tals legte, durch das sie gekommen war. In der Ferne zeichneten sich die Rückgrate der Bäume scharf vor dem flammenden Rot der untergehenden Sonne ab, die noch ein letztes Mal aufzulodern schien. Dann verlosch plötzlich sämtliches Licht, und der Mond erklomm seinen Thron am tief schwarzblauen Himmel.

Im Licht des Feuers packte sie ihren Sack aus, um ihre guten Sachen zu pflegen, denn sie waren ihre einzigen

Freunde, und jedes Ding hatte so etwas wie einen Charakter bekommen. Das Beil war barsch, aber treu wie ein Hund, das Messer war zornig und doppelzüngig, doch stets einsatzbereit, der Feuerstein ein schweigsamer Zeitgenosse, der Sack zerstreut, die Decken friedfertig und der Zinnbecher übereifrig und auch etwas gierig, und die Stiefelzwillinge waren ihre beiden besten Freunde und auch die tapfersten, auch wenn sich beim linken Stiefel ein Nagel von unten durch die Sohle bohrte, der ihr argen Kummer bereitete. Sie pflückte Kletten und kleine Zweige von ihrem Mantel, klopfte den Schlamm ab und befreite die Stiefel von ihrer dicken Schmutzschicht, dann polierte sie sie mit dem Saum eines der inneren Kleider, bis sie im schwachen Licht glänzten.

Als sie schließlich keine Lust mehr hatte, ihren Hunger noch länger zu unterdrücken, nahm sie zwei Händevoll getrocknete Beeren und ein paar Pilze und aß beides zusammen, was ganz wunderbar schmeckte, herzhaft und süß und sauer zugleich. Dann legte sie sich schlafen; das Feuer war ihr etwas zu groß und heiß geraten, denn die übelwollende Dunkelheit hinten in der Höhle war ihr noch immer nicht geheuer, sie schien sie zu beobachten wie ein riesiges, dunkles Auge. Und auch wenn sich ihr Körper nach Schlaf verzehrte, überlegte sie unaufhörlich, was sich wohl in dem Schwarz verbergen mochte, und ihre Gedanken galoppierten wild in alle möglichen Richtungen. Selbst während sie die Höhle mit wilden Bestien und Gestalten bevölkerte, wusste sie, dass sie ein Dummkopf war. Doch sie konnte ihre Fantasie einfach nicht zügeln. Kalte Schauder der Angst liefen ihr über den Rücken.

Sie versuchte sich zu beruhigen, indem sie dem Blut in

ihren Ohren lauschte, und während sie das flackernde Licht auf dem Stein über sich beobachtete, flog in einer schwarzen Eruption ein teerartiger Strom quiekender Fledermäuse vorbei und verschwand zum Maul der Höhle hinaus in die Bäume. Sie erschrak zu Tode und wartete mit wummerndem Herzen, doch die Fledermäuse kamen nicht zurück.

Langsam sickerte die Wachsamkeit aus ihr heraus und der Schlaf in sie hinein.

Mitten in der Nacht, als das Feuer nur noch glühende Asche war, ließ eine böse Vorahnung sie hochschrecken.

Sie wusste, dass sie die Augen zukneifen, die Luft anhalten und sich totstellen musste.

Denn sie hatte es gespürt, und jetzt hörte sie es auch. Irgendetwas Großes kam mit scharrenden Schritten auf sie zu, hauchte seinen heißen Atem auf ihre Füße und Knie, zwischen ihre Beine, auf ihren Hals und ihren Kopf. Obwohl sie keinen Atemzug wagte, stieg ihr ein widerlicher Gestank in die Nase, muffig und feucht und so intensiv, dass sie ihn, auch ohne zu atmen, förmlich schmeckte.

Und sie stellte sich vor, wie ein feuchtes Maul sich über ihrem Kopf öffnete, wie scharfe Zähne sie packten und zubissen, wie ihr Schädel gequetscht wurde und knackte und sie haltlos in den Tod glitt. Sie stellte sich Klauen vor, kratzende Schuppen, die furchigen, zusammengefalteten Riesenfledermausflügel eines Drachen.

Doch das Tier, wie auch immer es aussehen mochte, stöhnte so tief, dass sie von Kopf bis Fuß eine Gänsehaut bekam, dann hievte es seinen massigen Körper auf die andere Seite des Feuers, weg von ihr, und zum Höhleneingang hinaus. Sie hörte es mit schweren Schritten durch die Bäume in die Nacht trotten, sie lauschte, bis sie es nicht mehr hörte.

Erst dann erlaubte sie sich, wieder zu atmen, war sie doch gerade um Haaresbreite dem Tod entronnen. Sie musste sich zwingen, die Augen zu öffnen, so sehr fürchtete sie das, was sie sehen würde. Doch es war dunkel in der Höhle, so dunkel, dass sie nicht einmal ihre metallenen Sachen um sich herum schimmern sah, und sie packte alles hastig in den Sack, zog die Stiefel wieder an und schnürte sie und floh, so schnell sie nur konnte, bloß weg vom Lager jenes Biests, das sie sich inzwischen als Drachen vorstellte, als großes schwarzes Ungetüm mit Schlangenhaut und schwerfälligem Schwanz, eine seltsame Bestie dieses seltsamen Landes.

Das Seltsamste überhaupt war sein Anflug von Gnade für einen Happen wie sie, dachte das Mädchen.

Diese Gnade würde sicher nicht von Dauer sein, das Biest würde sie bereuen und bald zurückkommen.

Und sie rannte noch schneller davon.

Sie flog förmlich über den jetzt wieder dünn überfrorenen Schlamm, hinein in den dunklen wilden Wald, denn was hinter ihr lag, war weit todbringender als alles, was vor ihr liegen konnte.

Am Himmel versetzten die schnell ziehenden schwarzen Wolken die Sterne in Angst und ließen sie zittern.

In einiger Entfernung von der Höhle, zwei oder drei Meilen vielleicht, gestattete sie es sich, etwas langsamer zu laufen und zu atmen, bis das Stechen in ihrer Lunge nachließ. Ihr war heiß, sie schwitzte und musste schnell etwas tun, denn der Schweiß begann schon abzukühlen, und sie wusste sehr wohl, dass eine solche kühle Nässe im kalten Wetter sie krank machen konnte, wenn sie nichts dagegen unternahm.

Trotz ihrer Erschöpfung zwang sie sich weiterzugehen, um warm zu bleiben und mit ihrer Körperwärme ihre Kleider zu trocknen. Schneidend pfiff der Wind durch die Nacht. Jeder einzelne Schritt ließ sie zusammenzucken. Erst als sie so weit abgekühlt war, dass sie kalte Hände bekam und ihre Lederhandschuhe suchte, bemerkte sie, dass sie noch in der Höhle lagen, wo sie sie ausgezogen hatte, um ihre Sachen zu pflegen. Sie sah sie jetzt vor sich, im schwachen Schein ihres Feuers vom Abend, sinnlos in Gebetsposition davor aufgestellt, damit sie trockneten.

Und das war wie ein wirklicher, heftiger Schlag gegen die Brust, denn nun würden ihre Hände nackt und schutzlos den Elementen ausgesetzt sein, bekämen Schnitte und Kratzer. Sie musste die Stirn gegen die saubere Rinde einer Kastanie legen und dort einige tiefe Atemzüge nehmen, damit ihr Schmerz verging.

7.

Weiter eilte sie durch die Nacht. Sie sang die Lieder aus ihren Tanzpüppchen-Jahren, bis ihr keine mehr einfielen und sie keine Lust hatte, alle noch einmal von vorn durchzusingen, und dann zählte sie ihre Schritte, doch das dauerte nicht lange, denn in Wahrheit wusste sie nicht, was nach neunhundertneunundneunzig kam, auch wenn ihr vage bewusst war, dass irgendwann eine Tausend ins Spiel kam. Was sie an Bildung besaß, war Zufall, Aufgeschnapptes aus mitgehörten Unterhaltungen und Dinge von Bildern in den Büchern, die Kit ihr gezeigt hatte, der Sohn ihrer Dienstherrin, entweder um mit seinem überlegenen Verstand zu prahlen oder um ihr Angst einzujagen.

Tief in der Nacht gelangte sie zu einer Stelle, an der der Weg sich öffnete und den Blick auf eine weite, halbdunkle Ebene freigab. Das musste der zweite Fluss nördlich der Siedlung sein, der vor ihr lag, und das Eis auf dem Wasser war vom Tauwetter der letzten Tage aufgebrochen. Ächzend und knirschend stießen die Schollen gegeneinander, und sie musste an einen Stall voll quiekender Schweine denken. Sie wusste sofort, dass sie zu Fuß keine Chance hatte, diesen Fluss zu überqueren. Sie sah sich wie ein Floh von Scholle zu Scholle springen und lachte, weil sie bald ausrutschen und hineinfallen und ertrinken würde. Dann hörte sie auf zu lachen und weinte.

Für eine Weile gönnte sie sich den Luxus der Verzweiflung; sie kauerte sich auf den Boden und legte den Kopf in die Arme. Als sie wieder aufstand und sich das Gesicht abwischte, wusste sie, dass sie nichts tun konnte, außer stromaufwärts zu gehen, nach Westen, weg von der Bucht im Osten, und dem Ufer dieses Flusses zu folgen, bis sie eine Stelle fand, an der der Fluss schmal und flach genug war, um hindurchzuwaten.

Bald jedoch fiel ihr Blick auf einen schwarzen Fleck im Uferschilf, und als sie sich bückte, sah sie ein schlafendes Entenpärchen in seinem frisch gebauten Nest, dicht aneinandergeschmiegt und die Köpfe zwischen den Federn. Was für ein Glück, welch ein Geschenk! Sie dankte Gott im Stillen dafür. Das Mädchen schob die Hand unter die Ente, die sie in ihrer Erschöpfung gar nicht bemerkte, und ertastete die guten Eier dort, erst wenige Stunden zuvor gelegt. Es waren drei an der Zahl, und das Mädchen legte eins nach dem anderen in ihren Sack. Dann betrachtete sie die Tiere, wohl wissend, dass sie nicht beide tragen und im selben Tempo weitergehen konnte. Schweren Herzens entschied sie sich für die Ente, nicht für den Erpel, denn sie war kleiner und noch kraftlos vom Eierlegen.

Das Mädchen packte ihren Kopf, zog ihn hoch und drehte ihr den Hals um, so schnell, dass der Erpel den Tod seiner Partnerin in seinem Schlummer gar nicht bemerkte.

Wenn er am Morgen erwachte, würde er feststellen, dass

er über Nacht seines Traums von Weibchen, Nest und Küken beraubt worden war, und in seiner Einsamkeit würde er trompetend wehklagen, mit den Flügeln schlagen und in den Himmel schießen, denn nur im Fliegen fand seine Trauer ein Ventil.

Die Vorstellung versetzte ihr einen Stich ins Herz, denn sie kannte das fassungslose Suchen nach jemandem, der nicht mehr da war.

Das Mädchen jedoch wäre dann bereits weit weg, hätte windgeschützt in einem Ring aus Tannen mithilfe der Decke ein kleines Zelt gemacht, um darin das Fleisch der Ente zu räuchern und ihre Eier in die Glut des Feuers zu legen, um sie noch etwas länger aufbewahren zu können. Das abtropfende Entenfett würde sie in ihrem Becher auffangen, aushärten lassen und in ein kleines Körbchen stürzen, das sie während des Wartens aus trockenem Schilf geflochten hatte, und dieses praktische Körbchen würde sie mit einem abgerissenen Stück ihres Rocksaums um die Hüfte binden, sodass das Fett draußen an der Luft kühl und fest blieb. Und mit diesem Fett würde sie sich die Hände einreiben, die schon in den paar Stunden, seit sie die Handschuhe verloren hatte, aufgerissen und stellenweise blutig waren, und sich auf diese Weise ein wenig Erleichterung verschaffen. Doch jetzt, noch immer mitten in der Nacht und mit der schweren Ente und ihren zerbrechlichen Eiern im Gepäck, ging das Mädchen vorsichtig das Ufer entlang. Sie war körperlich inzwischen zu erschöpft für jedweden tieferen Gedanken.

Als es schließlich dämmerte und ein matter weißer Tag anbrach, war sie in einen so festen Schlaf gefallen, dass sie nichts mitbekam vom Lied des ersten Vogels, das die ganze Welt in Bewegung setzte.

Im Schlaf sprach eine Stimme zu ihr. Was, Mädchen, ist das Ziel deiner Reise?, fragte die Stimme.

Ich will leben, sagte das Mädchen. Wenn ich stehen bleibe, sterbe ich.

Bist du bereit, fragte die Stimme, so tiefes Leid zu ertragen?

Ich leide nicht zum ersten Mal, sagte sie.

Aber zum ersten Mal so wie jetzt, sagte die Stimme.

Es haben schon andere vor mir gelitten, und Hiob erduldete Schlimmeres und wurde dafür belohnt, dass er Gottes Prüfungen in Demut ertrug.

Und wenn deine Leiden keine Prüfungen Gottes sind, sondern vielmehr Strafen für deine Taten und deine verdorbene Seele?, fragte die Stimme.

Wenn es so ist, sagte das Mädchen zornig im Schlaf, dann werde ich das Leiden geduldig ertragen und dankbar sein für das Leben, das mir bereits geschenkt wurde, und weil ich meine Sünden bereut habe, weiß ich, dass in der Ewigkeit die Erlösung auf mich wartet.

Und obwohl sie das sagte, regte sich in ihr etwas, das sie quälte. Sie schob es mit einiger Mühe hinter ein Tor in ihrem Inneren. Hier lag ihre wahre Schuld; ihre Hände erinnerten sich noch an das warme, glitschige Gefühl in der Nacht.

Beim Aufwachen blitzte Ärger über diese Ungerechtigkeit in ihr auf, denn sie wusste sehr wohl, dass es auf der Welt weit schlechtere Seelen als ihre gab, böse Seelen, deren Zungen sich selbst in diesem Moment an frisch gebratenem Dorsch und köstlichen Weinen ergötzten. Die sich das Gesicht puderten, ihren Leib in Samt und Seide hüllten und berauschendes Parfüm auf Puls und Halsbeuge tupften.

Nicht einmal die Köchin mit ihrem blonden Bartflaum, zu Hause in der Stadt eine der schlimmsten Zeitgenossinnen, war hierher an diesen wilden Ort gezwungen worden. Sie war eine zänkische, gemeine, scharfzüngige Frau, die die kleinsten Dienstmädchen so hart mit ihrem langen Eisenlöffel schlug, dass sie Striemen an Po und Rücken bekamen, und einmal zerbrach sie einem Fischhändler mit drei harten Fußtritten den Wagen, weil er es gewagt hatte, ihr zu alten Stör zu bringen. Und obwohl sie ein durch und durch schlechter Mensch war, ein Mensch, der niemals auch nur in die Nähe des Himmelstors käme, wenn ihre Seele schließlich ihren Körper verließ, hatte man die Köchin nicht in diesen lebendigen Tod gezwungen, hatte sie nicht an Bord des Schiffs gehen müssen, das sie alle über den Ozean brachte, war sie nicht gezwungen worden, so schreckliche Leiden zu erdulden, wie selbst die unschuldige, liebe kleine Bess im Fort sie hatte ertragen müssen. Die Köchin war heute sicher zur frühmorgendlichen Musik der Kirchenglocken erwacht, als Erste in ihrem neuen Haushalt, und in die Küche geschlurft, sie hatte das Feuer angeschürt und das Brot ins Backhaus gebracht und dann beizeiten eine erste Mahlzeit aus warmem Schwarzbrot und Dünnbier eingenommen, während sich jenseits der Türen des Hauses allmählich die riesige Stadt mit all ihren Annehmlichkeiten und Amüsements, mit ihren Speisen und Freuden und anderen Seelen regte, die vielleicht sogar eine so unwirsche, verbitterte Frau wie sie mochten.

Und doch bin ich es, die immer nur geliebt und gedient hat, die nun allein durch diese Wildnis irrt, dachte das Mädchen.

Ich bin arm und elend, mein Herz ist zerschlagen in mir. Ich fahre dahin wie ein Schatten, der vertrieben wird, und werde verjaget wie die Heuschrecken. Meine Knie sind schwach vom Fasten, und mein Fleisch ist mager und hat kein Fett.

Dann ließ das Mädchen die Verbitterung fahren und sagte, Mein Leben lang habe ich meine Pflicht getan, ich habe mein Bestes gegeben und weiß doch tief in mir, dass ich gesündigt habe, und so will ich dieses Leiden in Reue annehmen.

Doch der dunkle Fleck ihrer Schuld blieb, ein Schatten in ihrem Inneren.

Da war es wieder, das wütende Messer in ihrer Hand, die Klinge, die feucht glänzte von Eingeweiden.

Denn Gott in seinem Zorn war gerecht.

Sie nahm ihre Verfehlungen an und fand innerlich zur Ruhe, dann stand sie auf, schüttelte die Reue ab und richtete den Blick nach vorn – auf das, was sie tun musste, um am Leben zu bleiben.

Doch jetzt, wo das Tauwetter den Boden feucht und morastig gemacht hatte und das Ufer ein Sumpfgebiet mit Schilf und knietiefem Schlamm war, gestaltete sich der Weg den Fluss hinauf viel schwieriger.

Sie mühte sich ab, und der kalte Schlamm sickerte ihr in die Stiefel und verursachte bei jedem Schritt Unbehagen.

Der Tag war wärmer als der vorige, und außer den Eisschollen im Fluss und der einzelnen zarten Wolke, die in den blauen Himmel getupft war, gab es kein Weiß mehr in der Welt.

Als sie genau hinsah, entdeckte sie sogar einen Hauch von Grün an den Zweigen, und sie blieb stehen und gewahrte überglücklich die ersten Knospen an den Zweigspitzen der kühneren Bäume. Sie knabberte daran und stellte erfreut fest, dass einige mild und leicht pfeffrig schmeckten. Sie könnten eine Mahlzeit ergeben.

O ich danke dir, mein Herr, dass diese kahle Einöde, durch die ich irre, so viel weniger feindlich ist, als ich es zutiefst fürchtete, dachte sie.

Und so pflückte sie im Gehen die zarten, jungen Blätter, aß sie und wanderte mit dem Geschmack von frischem Grün auf der Zunge.

8.

Um Mittag herum machte sie Rast, aß eins der Enteneier, die sie zuvor gegart hatte, und trank von dem atemberaubend kalten Flusswasser. Sie machte ein Feuer und trocknete ihre Stiefel und ihre drei Paar Strümpfe darauf, wärmte aber am Rand zuerst einen Stein an, um während des Wartens bequem die Füße darauf abzustellen.

Sie wusch und untersuchte sie; arg mitgenommen waren sie inzwischen, wund und rot und stark geschwollen, und an den Fersen schaute das rohe Fleisch hervor, nachdem mehrfach Blasen aufgeplatzt waren, die geblutet und den Grund für weitere Blasen im tieferen, empfindlicheren Fleisch gebildet hatten.

Viel schlimmer war jedoch, dass der Nagel, der sich durch die Sohle des linken Stiefels bohrte, bereits eine blutige Furche in ihre Ferse gegraben hatte. Sie schlug mit dem Griff des Beils dagegen, bis er nicht mehr ganz so weit herausragte, und schnitt dann mit dem Messer vorsichtig ein Stück ihrer Wolldecke ab, das sie doppelt nahm und unten in den Stiefel hineinsteckte.

Als sie fertig war, hatte die Wärme des Feuers die Blasen getrocknet, und die Haut über den Wunden spannte. Die offene Wunde an der Unterseite der Ferse blutete nicht mehr, sondern war jetzt mit Schorf überzogen und pochte. Sie stopfte ihren Strumpf dort mit etwas von der flaumigen Samenwolle der Rohrkolben vom letzten Jahr aus und fixierte ihn, indem sie den abgerissenen Saum eines der unteren Kleider darumwickelte, immer und immer wieder. Wenn der Nagel sie beim Gehen piken wollte, dachte sie, würde er jetzt nur in Stoff piken, nicht in ihre Haut.

Auch wenn sie es für sicher gehalten hatte, zum Trocknen und Wärmen ein kleines Feuer zu machen, war es töricht gewesen. Zutiefst töricht, auch wenn sie das nicht ahnen konnte.

Denn der Rauch war nicht unbemerkt geblieben: Ein Mann hatte sich herangeschlichen, um zu sehen, was da auf einmal in der Luft lag. Und jetzt saß er staunend im Halbdunkel des Waldes und beobachtete, und tief in seinem Inneren brach ein ungeheurer Tumult los.

Der Mann war keiner von jenen, die hier geboren waren. Das wäre dem Mädchen klar gewesen, hätte sie ihn gesehen, doch was er war, hätte sie wohl nur schwerlich ergründen können. Er war eine Art Schimäre, halb Mensch und halb Tier. Menschliche Augen lagen tief in einem Filz, der aus Haupthaar und Bart und dem Haar auf Rücken, Schultern und Brust bestand, alles miteinander verwoben, sodass er eine Art schmuddelige, eng anliegende Tunika trug, aus der seine Unterarme und Beine herausragten. Seine Filztunika war an den Rändern schwarz, aber von der Sonne und den Jahren vergilbt, und um den Mund und an den Schläfen, wo das Haar gerade frisch herauswuchs, war es silbergrau. Und was sich nicht unter der Haartunika befand, war von einem Flickenteppich aus kleineren Fellen bedeckt, Chipmunk-, Bisamratten-, Eichhörnchen- und Hasenfelle, vernäht mit getrocknetem Darm. An den Enden seiner Finger kringelten sich lang und gelb seine Nägel. An den Füßen trug er als Schuhe zwei Kaninchen, im Ganzen gehäutet und mit den langen Ohren um seine Knöchel gebunden. Er roch wie etwas, das lange tot war.

Vierzig Jahre zuvor war der Mann als spanischer Jesuitenpriester auf einem Schiff ganz aus dem Süden hinaufgekommen, um eine Missionsstation mit aufzubauen. Damals war er jung gewesen, lebhaft und geistreich und witzig, ein gut aussehender, lockiger Bursche. Die lange Reise hatte er genutzt, um ein wenig von der Sprache der Powhatan zu lernen, und zwar von ihrem Führer, einem Jungen, den man auf einer vorherigen Mission gefangen genommen und nach *la florida* gebracht hatte, wo man ihn die Sprache und die Religion der Spanier lehrte. Der Junge mochte ihn, und im Austausch für die Sprache der Powhatan brachte ihm der Spanier Latein bei. Denn der junge Priester, der als kleiner Junge zu den Jesuiten gekommen war, sprach Latein mit derselben Freude und Leichtigkeit wie das Spanisch seiner Mutter, die ihn weggegeben hatte. Doch die Jesuiten in ihrer Geringschätzung erzürnten die Männer, die sie auf ihrem Land empfingen, und nach einem Sommer, in dem die Missionare ihr Wohngebäude und ihre Kirche mit der eisernen Glocke errichtet und, so gut es ging, Gemüse angebaut hatten, erlebten sie einen langen, harten Winter, in dem sie alles, was aus Metall war, nach und nach gegen Nahrung eintauschten. Sie wurden – so unmöglich das schien – ihren Gastgebern gegenüber noch fordernder, baten nicht um Hilfe, sondern bestanden in scharfem Ton darauf. Noch dazu sagten sie den Menschen von hier, dass sie, wenn sie nicht vor dem auf Wasser gehenden, dreiköpfigen Gott der Spanier niederknieten, Heiden bleiben und somit nach dem Tod an einem Ort der ewigen Qualen schmoren würden. Auf etwas so Grausigem zu beharren, empfanden die Powhatan als ungehörig von diesen ungebetenen und undankbaren Gästen. Und so planten sie, die Priester nachts zu attackieren. Und der Junge, der zwar wieder bei seinem Volk lebte, den jungen Priester aber wirklich mochte, bat diesen am Abend des geplanten Überfalls, ein Stück mit ihm spazieren zu gehen. Der Priester vertraute seinem Freund und wandelte mit ihm im Mondlicht, und die beiden sprachen über alles Mögliche, über Gott und die Liebe und den Hunger und darüber, dass Schönheit die Seele von all dem Schmutz der Sünde reinzuwaschen vermochte, wie der junge Priester zu der Zeit glaubte. Als sie zurückkamen, stand die Mission in Flammen, und die Priester lagen mit aufgeschlitzten Kehlen in ihren Betten, und das warme Blut ihrer Herzen ergoss sich auf den Boden.

Da erhob der Junge in seinem Erbarmen und seiner Zuneigung den Knüppel gegen seinen Freund und verzog so drohend die Miene, dass der andere Mordlust darin las, hatte er doch die brennende Missionsstation gesehen, und er rannte verängstigt in den Wald, mit nichts weiter zum Überleben als dem, was er am Leibe trug.

Wochenlang irrte er umher und verhungerte in dieser Zeit beinahe, sodass ein tiefer Wahnsinn Besitz von ihm ergriff, aber die Powhatan beobachteten ihn aus einigem Abstand und legten ihm Nüsse und frisches Wild vor die Nase, und er überlebte. Schließlich entdeckte er eine riesige Eiche mit hohlem Stamm, und mit dem eisernen Kreuz um seinen Hals und den Schalen von Austern schabte er ihn noch weiter aus, bis darin eine Höhle entstand, die fast so groß war wie die steinernen Schäferhütten auf den Feldern rings um seine Heimatstadt Alicante. Mit Matten aus geflochtenem Schilf schützte er seine Baumhütte vor den Elementen, und innen stattete er sie mit Regalen aus, die er aus Zweigen und Steinen fabrizierte und auf die er die Nüsse, Beeren, den wilden Reis und getrockneten Fisch und die knorrigen Wurzelstöcke von Rohrkolben und andere Pflanzenteile legte, die, sofern sie ihn nicht vergifteten, seine Nahrung wurden. Bald lernte er, an flachen Stellen im Fluss aus Steinen kleine Wehre zu bauen und darin Fische zu fangen, und mit Zwillen aus Schlingpflanzen, Sehnen, Stöcken und Steinen erlegte er kleine Tiere. Von der Abenddämmerung bis zum Morgen schlief er, und auf diese Weise, ohne irgendeine Art Messer oder Feuer, das ihn im tiefsten Winter warm gehalten oder auf dem er Fleisch hätte braten können, lebte er seit fast vierzig Jahren. Fleisch aß er roh. In ihm wimmelte es von Würmern.

Er wusste nicht, dass seine Landsleute nicht weit von dort, wo er hauste, noch einmal angelandet waren, um die massakrierten Priester zu rächen, und erst wieder nach Hause segelten, als die Dörfer der Einheimischen in Brand standen und die Erde rot war von ihrem Blut, dem von Frauen und Kindern und Greisen, denn ein Imperium kennt keine Gnade und ist niemals satt.

Während er allein in seinem Baumstamm lebte, redete er mit sich selbst in einem Latein, das mit der Zeit sämtliche Deklinationen und Artikel verlor und das genau wie sein Verstand allmählich immer zerlöcherter und verschlissener wurde.

Er begann zu glauben, er sei ein heiliger Eremit, den die unsichtbare Hand Gottes in die Wildnis geführt hatte und dort festhielt, damit er das Werk Gottes verrichtete. Er nannte sich Sanctus Ioannes Cavae Arboris. Die Powhatan, die diesen seltsamen Mann im Wald nie vergessen hatten und ihm oft einen zusätzlichen Happen bescherten, indem sie ihm ein frisch geschossenes Reh auf den Weg legten, kleinere Tiere in die Fallen jagten und hin und wieder ein Häufchen Nüsse irgendwo hinterließen, wo er sie finden und wie alles andere ganz und gar als den Ertrag seiner eigenen Schläue deuten würde, betrachteten ihn als Baumgeist, freundlich und durchaus nicht machtlos, hatte er doch all die Jahre in absoluter Einsamkeit überlebt. Denn Menschen waren nicht dafür gemacht, immer allein zu sein, Menschen konnten nur in Gesellschaft anderer Menschen überleben.

Und die ganze Zeit waren seine einzigen Gesprächspartner die Krähen gewesen, die Nachkommen eines Nests voll junger Krähen, die er eines einsamen Frühjahrs gestohlen und von Hand aufgezogen hatte und die beinahe menschliche Lautäußerungen von sich gaben. Er hatte ihnen die Knochen und Innereien seiner Beute gefüttert und in seltsamen, bellenden Lauten mit ihnen kommuniziert, woraufhin sie seine fliegenden Augen wurden und Alarm schlugen, wenn Beute in seine Fallen ging, oder ihn vor bevorstehenden Wetterumschwüngen warnten und kleine Wurfspiele mit ihm spielten, mit einer Walnuss oder einem runden weißen Stein. Und die Krähen waren es gewesen, die ihn auf den Rauch unten am Flussufer aufmerksam gemacht hatten, auf den Rauch und das unbekannte Wesen, dieses seltsame Tier, das so anders war als die anderen Menschentiere der Gegend.

Jetzt kauerte er atemlos in seinem Versteck und beobachtete diese Person in den gewobenen Kleidern der Christen, die er seine gesamte Einsiedlerzeit über nicht gesehen hatte. Es gelüstete ihn, den wollenen Mantel anzufassen, sein Gesicht in den weichen Stoff zu drücken und das gute Wollfett des Schafes darin zu riechen, denn er hatte die Schafe früher bei seinen leiblichen Eltern sehr gemocht, ihre einfältigen Gesichter und das hoffnungsvolle Blöken und im Frühjahr die süßen Lämmer und ihre Luftsprünge. Es war viele Leben her, seit er zum letzten Mal anderer Menschenhände Werk in seinen eigenen gehalten hatte.

Und diese besondere Form von Menschen, die mit Brüsten, hatte er in seinen langen Jahren im Wald nur ein paarmal aus der Ferne gesehen, aber da waren es jene von hier gewesen, die paddelnd in Booten saßen und lautlos vorüberglitten, und er war nie dicht genug gewesen, um das Fleisch von einem zu berühren.

Und auch das Feuer starrte er gierig an, hatte er doch seit Ewigkeiten kein Feuer mehr gesehen und ohne es leben gelernt, auch wenn er einige Male ernsthaft geglaubt hatte, er würde erfrieren. In mehr als vierzig Jahren hatte er, immer denselben Pfaden in dem kleinen Radius rings um seine Baumhöhle treu, nur ein paar Mal den fernen Rauch der Powhatan gesehen, weiter nichts, nur das Feuer von Blitzen im Himmel. Jetzt roch er Rauch, und in ihm regte sich Freude, eine süße zarte kummervolle Freude, und er dachte an die Gemächer seines freundlichen Jesuitenmeisters, der ihn aufgezogen und ausgebildet hatte, den Kamin in seinem Schlafzimmer und den herrlich dicken und wunderschön gemusterten Teppich aus dem Orient, auf dem ihn der Meister oft hatte schlafen lassen, wenn er es besonders bequem haben sollte.

Jetzt betrachtete er diese kleine Person mit ihren schmutzigen, gewobenen Kleidern, ihrem Beil und ihrem Messer und fragte sich, ob es bedeuten konnte, dass noch andere Christen in der Nähe waren. Aber er wusste natürlich, dass das nicht sein konnte, schließlich hatte er keine jener schwarzen Rauchwolken gesehen, mit denen Christen das Land rodeten, und das hätten sie sicherlich getan, gäbe es in der Nähe auch nur eine kleine Siedlung. Denn wenn selbst die von Gott über alles geliebten Jesuiten in einem Massaker von hier vertrieben werden konnten, wenn selbst sie erfuhren, dass dieses Land nicht für sie bestimmt war, könnte sicherlich kein anderer Christ auch nur ansatzweise fromm genug sein, dass die Powhatan ihn einen Fuß darauf setzen ließen.

In seinem Kauderwelsch-Latein murmelte er leise vor sich hin, dass er sehr vorsichtig sein musste mit diesem Ding, sehr vorsichtig.

Ein Ding war das, ein Ding; er hatte vergessen, wie sie hießen, diese Dinger, die an schändlichen Stellen bluteten. Dinger mit Brüsten, mit Löchern. Böse Dinger, Eva-Dinger, Huren-Dinger, Mutter-Dinger, Ehe-Dinger, Dinger, aus denen Babys kamen. Sie-Dinger. Diese Nicht-Mann-Dinger. Ach, das Wort für diese Art von Mensch wollte ihm einfach nicht einfallen. Diese Dinger, die vom Bösen beseelt waren, seit Adams Gefährtin von dieser Schlange gebissen wurde, die sie dazu brachte, von der Frucht zu kosten und damit die

Erbsünde über die gesamte Menschheit zu bringen. Denn wenn keine Christen in der Nähe waren, und wie sollten sie, dann konnte dieses Sie-Ding in Wirklichkeit gar nicht hier sein.

Bestimmt war dieses Sie-Ding ein Teufel, den Gott geschickt hatte, um ihn wieder zu quälen.

Denn Teufel hatten ihn über die Jahre immer wieder heimgesucht in allen möglichen scheußlichen Formen, etwa in der winziger stechender Moskitos, die seine unbedeckte Nase piesackten, und als er sie erschlug, sah er in seiner Hand, dass es keine Moskitos waren, sondern kleine rote Teufel mit gespaltenen Hufen und Reißzähnen und dreizackigen Schwänzen. Oft kamen auch weitaus bösartigere Teufel, provozierten und verhöhnten ihn, Eichhörnchen mit den Gesichtern kleiner Hutzelmännchen, Wildschweine mit rot glühenden Augen und prächtigen weißen Federkämmen auf dem Rücken oder Dämonen, die mit flinken Schildkrötenfüßen lange, nasse Fischschwänze hinter sich herzogen und einen Atem ausstießen, der wie sämtlicher Schwefel der Hölle stank. Es waren über die Jahre viel zu viele Dämonen gewesen, die er hatte bekämpfen und überwältigen müssen. Mit jedem einzelnen hatte er gerungen, bis er ihn am Ende, keuchend und erschöpft, bezwungen und getötet hatte und auf diese Weise endlose Hingabe zu seinem ihn stets prüfenden Gott bewiesen hatte.

Jetzt ruhte sein Blick auf diesem Nicht-Mann-Ding, das sich die rotblauen Zehen am Feuer wärmte und die Stiefel säuberte, nach denen er sich sehnte; mit einem Stock, wie er zuerst annahm, bevor er aufkeuchte und das kühle Glänzen von

Metall erkannte. Ein Messer, tatsächlich, ein Messer, was könnte er nicht alles mit einem Messer anstellen!

Pater noster qui es in caelis, santificetur nomen tuum. Adveniat regnum tuum. Fiat voluntas tua, sicut in caelo et in terra. Cultrum nostrum quotidianum da nobis hodie.

Er wusste jetzt wahrhaftig, dass auch diese Kreatur ein Dämon war, gekommen, um ihn zu verlocken.

Und dass er auch dieses Ding umbringen musste, um seinen Glauben aufs Neue zu beweisen.

Und so hob er zwei Steine vom Boden auf, die perfekt waren zum Werfen.

Doch er warf sie nicht, noch nicht, denn es war bestimmt keine Sünde, einen Augenblick zu warten. Den Anblick dieses Nicht-Mannes zu genießen. Es war so endlos lange her, dass er einen gesehen hatte, und obwohl er von klein auf den Jesuiten versprochen gewesen war und in seinen wachen Gedanken stets peinlich auf Frömmigkeit achtete, konnte er nicht leugnen, dass er als Jugendlicher im Schlaf oft von den schändlichen Teilen dieser Nicht-Männer geträumt hatte, von ihren riesigen, fleischigen Brüsten und den weichen nassen Löchern, die sie, wie ihm ein anderer Oblate flüsternd erzählt hatte, anstelle eines Gliedes trugen und in die das männliche Glied sich vergraben sollte. Er war aus solchen Träumen aufgewühlt und mit einem nassen Fleck in den Nachtkleidern erwacht. Und solche Kreaturen waren ihm durchaus ein angenehmer Anblick und – O, wie plagte ihn sein Gewissen! – fühlten sich auch gut an, wie er ein- oder zweimal erfahren hatte, als er von dem anderen Oblaten in die Nacht von Sevilla gelockt worden war, wo er sich, noch im selben Moment reuevoll schluchzend, in den Leib einer Hure versenkt hatte. Jetzt regte sich dieser seit Langem schlummernde Teil in ihm.

Am Ufer wickelte sich die Teufelin zerrissenen Stoff um den Fuß und zog dann die vielen Strümpfe wieder an, auch wenn einige dünn waren wie Spitze, Loch an Loch und voller Schlamm, und sie verschloss mit den Fingern die Schnallen an den Stiefeln, die steif wie Holz zu sein schienen, nachdem sie getrocknet waren. Dann aß sie ein großes Ei, dessen Schale sich einfach so von dem weißen Rund ablöste, ein Wunder, hatte er doch ganz vergessen, was Feuer mit Eiern machen konnte. Und sie trank aus einem Becher – einem Becher! Bei diesem Anblick kamen ihm beinahe die Tränen – und packte dann all ihre Sachen in einen Sack, den sie unter ihren Röcken festband. Zwischen ihren Beinen sah er kurz ihre haarige Scham aufblitzen, und er spähte begierig nach mehr, doch es gab nicht mehr zu sehen.

Dann warf sich die Teufelin den wollenen Umhang um die Schultern, stand auf, was ihr offenbar Schmerzen bereitete, und huschte über Kies und Schiefer das Ufer entlang davon. Und schnell war es, dieses Nicht-Mann-Ding, so flink und so geschickt, und obwohl er selbst den Wald hier kannte wie den eigenen Leib, hatte er doch seine liebe Not, es nicht aus den Augen zu verlieren.

Gerade als er so erschöpft war, dass er überlegte, ob er den ersten Stein werfen und die Dämonin erschlagen sollte, weil es anstrengend war, ein so überaus hurtiges Ding über Meilen hinweg zu verfolgen, kam sie zu der Stelle, an der das Boot lag, das er mit Austernschalen aus einem umgestürzten Baum geschnitzt hatte. Monde um Monde täglicher, schweißtreibender Arbeit hatte es ihn gekostet, und sein Herz hing sehr an diesem Boot, mit dem er den Fischen nachjagen, seine Reusen hüten und auch lange, friedliche Nachmittage in der Sommersonne genießen konnte, an denen er eine Hand durchs Wasser gleiten ließ und die Schönheit und das Getümmel unten in der Tiefe betrachtete. Die Dämonin stieß einen freudigen Laut hervor und versetzte seinem Boot einen Tritt, dass es wie eine Trommel klang. Ehe er ganz begriff, was sie dort tat, bückte sie sich, schob das Gestrüpp beiseite, hinter dem das Boot versteckt war, und blickte sich mit zusammengekniffenen Augen um, dann nahm sie das perfekt zum Paddeln geeignete, von seinen Händen glattgewetzte Stück Treibholz in ihre eigenen, schob das Boot vom Ufersand und ließ es, während sie flink hineinkletterte, sanft ins Wasser gleiten.

Dann stemmte sie das Treibholz-Paddel gegen die Ufersteine, bis das Boot inmitten der Eisschollen auf dem Fluss trieb, und augenblicklich wurde es von der Strömung ergriffen und so schnell davongetragen, dass er kaum seine Schockstarre überwunden hatte, als ihm klar wurde, dass die Dämonin nur noch knapp in Wurfweite war.

Er rannte aus dem Wald, brüllend vor Trauer um alles, was er gerade verlor, sein Boot, die Dämonin, mit deren Leib er vielleicht hätte ringen müssen, und all die guten Dinge, die sie in dem Sack unter ihren Röcken trug, das Beil den Becher das Messer die Decken den Stein das Feuer.

Und sie im Boot sah die wilde Kreatur, die schreiend aus dem Wald kam, nicht Mann, nicht Tier, ein Ungeheuer aus ihren Nachtschrecken, das hinein in den hellen Tag schoss, und sie schrie und paddelte wie wild und stieß sich mit aller Kraft an den Eisschollen ab.

Er watete knietief ins eiskalte Wasser und warf den ersten Stein, und er verfehlte das Boot um keinen halben Meter und platschte ins Wasser.

Den zweiten Stein jedoch schleuderte er voller Verzweiflung, und dieser zischte förmlich durch die Luft und verfehlte sein Ziel nicht.

Er traf das Mädchen an der härtesten Stelle des Kopfes, ganz oben an der Scheitelkrone.

Sie fiel rückwärts ins Boot, und einen quälenden Atemzug lang war sich der Mann sicher, dass es kentern und die Dämonin ertrinken würde, aber stattdessen fand das Boot an einer großen Eisscholle Halt und fing sich wieder.

Sie aber blieb liegen, und er dachte voller Stolz, dass sie sicherlich tot war, denn einen solchen Schlag gegen den Kopf konnte niemand überleben, und er hatte mit einem ähnlichen Wurf schon viele Rehe, Truthähne, Bisamratten und Füchse getötet.

Doch die Strömung trug das Boot schneller davon, als er folgen konnte. Der Fluss stahl ihm sein Boot und das Messer und den Becher; er stahl sein Boot.

Danach stand er am Ufer und weinte. Jetzt würde er viel weniger Fische zu essen haben, denn seine Reusen weiter draußen waren ohne das Boot nicht erreichbar. Was aber das Schlimmste war: Er wusste nicht, ob die Dämonin wirklich tot war, und konnte seinem Gott keinen Glaubensbeweis erbringen.

Und seine Felle waren nun nass bis hinauf zu seiner eigenen baumelnden Scham, die sich vor Schreck fast bis in seinen Körper zurückgezogen hatte.

Und seine Krähen in den Bäumen lachten ihn aus, sie

schrien förmlich vor Lachen, besaßen sie doch genau den schwarzen Humor, der sich am Leid anderer ergötzte. Er drohte ihnen mit der Faust, schrie hasserfüllte Flüche zu ihnen hinauf, worauf sie aus dem Baum stoben und in den Himmel schossen.

Später erweckte er die niedergebrannten Glutreste, die das Mädchen zurückgelassen hatte, zum Leben, um sein erstes Feuer seit Jahrzehnten zu machen. Er würde darauf das Fleisch eines Bibers braten, und es würde sich als hundertmal zarter erweisen als rohes Fleisch. Doch noch während er in die Glut blies, hielt er plötzlich inne und ohrfeigte sich.

Endlich war es ihm eingefallen.

Femina, sagte er laut, jenes Wort, das wie alles an diesem schicksalhaften Tag zu spät kam.

9.

Der Bug des Bootes hatte sich auf eine Eisscholle geschoben, und den ganzen langen Nachmittag trug die Strömung es den Fluss hinab in Richtung der Bucht.

Neugierig am Himmel kreisende Vögel sahen, dass in dem Boot ein Menschenmädchen von blassbläulicher Farbe lag, das wie tot aussah, und dass sich über ihren Schädel eine große, dunkle Schwellung ausbreitete, als wüchse ihr unter der Haut das Horn eines Einhorns. Als einige Vögel hinabstießen, um von ihr zu kosten, entdeckten sie, dass sie noch lebte, denn ihre Zähne klapperten, und das ließ sie ängstlich wieder davonfliegen. Das Wasser, das durch die Risse des Bootes gesickert war und jetzt von unten an den Kleidern des Mädchens und an ihrem Ohr und ihrer Wange leckte, hatte sie so weit abgekühlt, dass sie bewusstlos zitterte.

Im Traum war sie an einem Strand, an dem alles grau war: der Himmel, die Steine und das Meer mit den Wellen, die nicht in einem fort heranrollten und brachen, sondern erstarrt und reglos standen.

Sie sah sich um und konnte sich keinen Reim darauf machen, hier war nichts, nur Wasser und Stein. Schließlich entdeckte sie in weiter Ferne, kaum noch sichtbar, die kleine Bess, ja, das musste die kleine Bess sein.

Jetzt rannte sie über die Steine hinweg auf ihr geliebtes Mädchen zu, rutschte und strauchelte und fing sich wieder und wollte unbedingt zu ihr. Doch sosehr sie sich auch abmühte, sie kam niemals bei ihr an und begann im Traum zu weinen. Ihr Gesicht in ihrem bewusstlosen Dämmerzustand überzog sich mit Schweiß und Tränen, die der Wind alsbald in weißen Reif auf Wangen und Wimpern verwandelte.

Endlich erreichte sie im Traum die kleine Bess, so als wäre sie plötzlich gesprungen, hätte drei Meilen in der Luft überwunden und wäre direkt neben dem Kind gelandet, das auf einem Stuhl saß, die Hände im Schoß gefaltet und die Haltung so tadellos, wie sie im Leben nie gewesen war, nein, die kleine Bess war schludrig gewesen und verspielt wie ein Kätzchen, sie hatte ihre hübschen sauberen Kleidchen beschmutzt und mit Essen bekleckert, sodass man ihr einen alten, groben Leinenunterrock hatte umbinden müssen, damit ihre guten Sachen sauber blieben. Der Stuhl stand dem reglosen Meer zugewandt. Ihr flachsblondes Haar war offen, und die Enden der Strähnen wehten im Wind und schleiften über die Strandkiesel, so lang waren sie. Und als das Mädchen das Haar betrachtete, das sie so viele Male gebürstet hatte, schrie sie selbst im Traum kummervoll auf, denn das Kind war das Liebste, was sie je erblickt hatte. Es war simpel und leer wie ein Spiegel, und genau wie ein Spiegel war es das Ebenbild dessen, was die Betrachterin in sich selbst sah. Von dem Moment an, als die Dienstherrin von Bess' Beeinträchtigung erfuhr, von dem ewig kindlichen Geist in einem wachsenden und heranreifenden Körper, erkannte sie in ihrer Tochter die eigene Schwäche als Frau, ihre Unzulänglichkeiten und ihre unverblümte Minderwertigkeit gegenüber egal welchem Mann, und sie empfand eine hartnäckige, beständig an ihr nagende Scham und mied ihre Tochter. Das Mädchen Lamentatio dagegen, wenn auch eine bloße Dienstbotin, hatte immer in das Gesicht des nur wenige Jahre jüngeren Kindes geschaut und darin den Mut gesehen, den es brauchte, um so zerbrechlich jeden Tag zu erdulden, hatte erkannt, welch frommen Gehorsam die Kleine in der Stille ihres Geistes trug und welch rührenden Eifer zu gefallen im Herzen.

Und hier in dieser starren, toten Landschaft wehte wenigstens ihr Haar lebendig im Wind.

Doch das Mädchen in seinem Traum wurde von Entsetzen ergriffen, denn bald wurde ihr klar, dass das Gesicht ihres liebsten Kindes ausgelöscht wäre, würde sie um den Stuhl herumgehen, nur ein glattes Stück Fleisch anstelle der sanften braunen Augen, der Nase und des kecken, blütengleichen Mündchens.

Und so ging sie nicht herum, um die Kleine anzusehen, sosehr sie auch nach einem Wiedersehen hungerte. Sie stellte sich hinter sie und vergrub die Hände in ihrem seidigen blonden Haar, doch es fühlte sich nicht wie Haar an, sondern kalt wie winzige, biegsame Eiszapfen, und sie schrie vor Kummer laut auf.

Sie kam zu sich, als so viel Wasser ins Boot gelaufen war, dass nicht mehr nur ihre Fingerspitzen, sondern auch ihre Handgelenke und die Ränder ihrer Ohren darin lagen und kalt wurden. Als sie sich links und rechts am Dollbord festhielt und hochzog, wummerte ihr Kopf so entsetzlich, dass sie sich in den Fluss übergeben musste. Der Sack um ihre Hüfte war schon halb durchweicht, sein durstiger Stoff sog sich immer weiter mit Wasser voll, und mit schmerzenden, steif gefrorenen Fingern hob sie ihre Röcke, band ihn los und legte ihn in ihren Schoß, wo es trocken war. Das Nachmittagslicht trübte sich bereits ein, bald begann die Dämmerung, und das Mädchen, dessen ganzer Rücken von eiskaltem Wasser durchweicht war und dessen Zehen unbeweglich in den Stiefeln steckten, schlotterte vor Kälte. Vor ihr lag die Mündung der Bucht, das offene Meer, und zwar entsetzlich nah. Auch wenn sie mit ihrem angeschlagenen Kopf halb bewusstlos war, leitete sie anhand der tief stehenden Sonne ab, welches Flussufer das nördliche war. Als sie das Boot von der Eisscholle schob, die sie gerettet hatte, glitt es für einen endlosen Moment immer tiefer ins Wasser, bevor es eine andere Scholle erreichte. Und auf diese Weise, stoßend und paddelnd und zitternd im kalten Wind, arbeitete sich das Mädchen durch das Eis zum Ufer vor, ehe schwarz und hart die Nacht über dem Fluss hereinbrechen konnte.

Dann fiel ihr ein, dass sie vielleicht noch nicht weit genug weg war von dem verfilzten Tier-Mann, und diese Erkenntnis traf sie wie ein Schlag, denn wer wusste schon, wie schnell und ausdauernd er war und ob es noch andere Kreaturen wie ihn in diesem seltsamen Land gab oder noch weitaus schlimmere. Doch zwischen dem sicheren Tod, wenn ihr Boot hinaus auf den tosenden Atlantik gezogen würde, und dem denkbaren Tod durch das Unbekannte wählte sie das einzig Mögliche.

Der Wind war schneidend kalt, und sie watete laut schluchzend durch das flache Wasser ans Ufer und zog dabei mit letzter Kraft das Boot hinter sich her. Sie wusste, dass sie die nassen Sachen ausziehen und die noch einigermaßen trockene Decke um sich wickeln musste, und doch weinte sie noch lauter, als sie ihr mageres bläuliches Fleisch dem Wind aussetzte, auch wenn ihr, endlich in die Decke gehüllt, wärmer wurde. Nicht weit entfernt lag trockenes Treibholz, und sie sammelte einen Armvoll auf, aber sie zitterte so heftig, und ihre Hände waren so erfroren, dass sie eine halbe Ewigkeit brauchte, um Feuer zu machen. Sie war sich sicher, dass sie sterben würde, bevor aus einem Funken ein Flämmchen wurde. Doch irgendwann gelang es. Sie baute das Feuer so groß wie möglich, denn Überleben war jetzt wichtiger, als zu vermeiden, dass Menschen und Tiere hier in der Gegend auf sie aufmerksam wurden, und sie verteilte all ihre Kleider auf den Steinen rings um das Feuer und legte die nasse Decke direkt davor, und sie wendete jedes einzelne Stück, bis die Flammen alles getrocknet hatten. Und so saß sie zusammengekauert am Feuer und sog die Wärme in sich ein, bis ihre Haut sich wie verbrannt davon anfühlte.

Und dann breitete sie die aufgeweichten Beeren und Pilze, inzwischen ein einziger klebriger Klumpen, auf einem flachen Stein aus und versuchte sie zu trocknen, denn schließlich waren sie noch genießbar. Sie aß noch eins der Enteneier, doch beim Entenfleisch musste sie aufgeben, denn sobald sie kräftig kaute, sprühten in ihrem Schädel Funken.

Als sie einen brennenden Ast aus dem Feuer nahm und losging, um noch mehr Holz für die Nacht zu suchen, sah sie inmitten der Steine überall kleinere und größere Salzwasserpfützen, die gen Himmel leuchteten wie unzählige Augen und jede ihrer Bewegungen zu beobachten schienen.

Vorsichtig befühlte sie die Beule auf ihrem Kopf – die straffe Haut, unter der alles empfindlich war und pochte, sodass bei der kleinsten Berührung die Welt vor ihren Augen verschwamm – und nahm schließlich, als sie wieder die Kraft dazu hatte, ein weiteres brennendes Stück Holz aus dem Feuer und ging damit zu einer der tiefen Pfützen, um sich, verunstaltet, wie sie war, im Spiegel des Wassers zu betrachten. Über ihr ganzes Gesicht zog sich ein fleckiger Bluterguss, und ihre Augen waren von zwei tiefblauen Veilchen umrandet. Ihre Wangen waren eingefallen und die Lippen leicht zurückgezogen, als würde sie wütend knurren.

Einst hatten ihr Fremde die Hand unters Kinn gelegt, hatten ihre feinen Gesichtszüge, die langen, geschwungenen Wimpern und die bronzene und zugleich rosige Haut bewundert. Man hatte sich an ihr ergötzt, wenn sie auf dem Markt mit ihrem kleinen Körbchen hinter ihrer Dienstherrin herging, für jeden Beobachter ein Ebenbild dieser, und die Marktfrauen hinter ihren Ständen hatten vergnügt gelacht, wenn sie die beiden sahen, die hochgewachsene, gepuderte Schönheit in ihrem Putz und die Miniaturausgabe dahinter. Sie steckten dem Mädchen ein Stück Obst oder ein Häppchen Käse zu, so wie man einem Schoßhündchen Leckerbissen füttert. Und selbst der vertrocknete alte Goldschmied, der erste Ehemann der Dienstherrin und Vater der kleinen Bess, hatte das Mädchen in den ersten Jahren, als sie frisch aus dem Findelhaus kam, geliebt und ihr Naschwerk mitgebracht und sie auf den Schoß genommen, und er war ein überaus gütiger Mann gewesen, wenn auch einer, der nur selten nach Hause kam. Und auch wie der Glasbläser sie angesehen hatte, so hoffnungsvoll. All diese frühere Schönheit starb in dem Moment, als sie sich im Feuerschein auf dem dunklen Wasser des Beckens sah; die Verklärung wich und diejenige, die sie auf dem Gesicht zu tragen geglaubt hatte, verschwand.

Dann entdeckte sie jenseits ihres Spiegelbilds, tiefer im Wasser einen hellen Fleck – ein Bündel Austern. Und obwohl die Vorstellung, den Arm noch einmal in die Kälte zu stecken, schier unerträglich war, tat sie es, wenn auch laut fluchend. Sie riss die Austern vom Stein ab und zog sie aus dem Wasser, Dutzende von ihnen. Noch an Ort und Stelle knackte sie mit ihrem Messer mühsam eine auf, schlürfte ihr Fleisch und spürte, wie es ihr kalt und noch lebendig die Kehle hinabrutschte und sich dabei bewegte.

Dass sie sich in den Finger geschnitten hatte, bemerkte sie erst, als sie die anderen Austern aufs Feuer legte, um sie in ihren Schalen zu rösten, und dann saugte sie an ihrem aufgeschlitzten Finger und genoss das Salz und den scharfen Geschmack ihres Bluts.

Als sich die Schalen der Austern öffneten und das garende Fleisch darin zum Vorschein kam, entdeckte sie in einigen von ihnen dicke Perlen, und sie holte sie vorsichtig heraus und bewunderte sie. Obwohl sie in ihrer Hand lagen, sah sie sie an den Ohrläppchen edler Adelsdamen, sah sie aufgefädelt und schillernd im weiß gepuderten Dekolleté ihrer Dienstherrin liegen. Und sie musste lachen darüber, dass ihr das Schicksal ein so wertvolles Geschenk hier in der Wildnis machte, wo es ohne eine Möglichkeit des Handels nur Tand war. Zum Wegwerfen konnte sie sich trotzdem nicht entschließen, und so ließ sie die Perlen in ihren Sack rieseln, denn sie spürte sie jetzt förmlich aufgefädelt auf ihrer eigenen

Haut, und vielleicht ließen sie sich, falls es doch noch zu einer Begegnung mit den Franzosen kam, gegen etwas zu essen und ein Dach über dem Kopf eintauschen. Als ihr die Austern gar erschienen, aß und genoss sie sie, salzig und süß, wie sie waren, und so weich, dass man sie gar nicht zu kauen brauchte.

Ihr war immer noch kalt; nie wieder würde ihr nicht kalt sein, dachte sie. Sie legte noch mehr Treibholz auf, sodass das Feuer ihr beinahe das Kleid und den Umhang ansengte, doch so wurde auch ihr Rücken warm, auch wenn er der Dunkelheit zugewandt war. Schließlich ließ sie das Feuer niederbrennen und zog Schicht für Schicht die gewärmten Sachen wieder an, wobei sie sich so wenig wie möglich bewegte, um die schmerzhaften Blitze hinter den Augen zu vermeiden.

Bevor sie sich gestattete zu schlafen, pinkelte sie, und es brannte so scharf, und der Urin war so braun, dass sie wusste, sie musste Wasser suchen. Und so schleppte sie sich das steinige Ufer entlang, bis sie eine kleine Quelle fand, die hinaus in die Bucht floss, füllte ein ums andere Mal ihren Zinnbecher und trank, bis sie mehr als voll war, bis sich ihr Hals weniger rau anfühlte und sie noch einmal pinkeln musste. Er zog sich hin, der Weg zurück zum glimmenden Feuer dort hinten am Ufer.

Als sie endlich dort ankam, wickelte sie sich fest in ihren Umhang und die beiden Decken ein und schlief an den vom Feuer gewärmten Stein geschmiegt, über sich das umgestülpte Boot, denn sie war zu angeschlagen und schwach, um einen besseren Unterschlupf zu suchen.

Jetzt, wo sie den Bauch voller Austern und Ei hatte und auch nicht mehr fror, sehnte sie sich einfach nur nach Schlaf. Sie schlief die ganze Nacht, bis auch die letzte Glut verlosch, sie schlief den Vormittag durch bis weit in den Nachmittag des vierten langen Tages hinein, den sie jetzt schon allein durch diese Wildnis streifte.

Als sie wach wurde und sich zu regen versuchte, bereiteten ihr Kopf, Haut und Glieder so höllische Schmerzen, dass sie laut aufschluchzte. Doch das Licht, das so sanft über der Bucht lag, ließ sie neuen Mut fassen.

Sie war sich inzwischen sicher, dass sie sterben würde, wenn sie zu lange an ein und demselben Ort blieb. Als sie sich jedoch mühsam hochgerappelt hatte, musste sie allein von der Anstrengung des Stehens erbrechen.

Auf allen vieren schleppte sie sich am Ufer entlang, bis sie eine Kiefer mit Tröpfchen von Harz am Stamm fand, kratzte mit einem Stöckchen so viel wie möglich davon ab und sammelte es auf einem Stück Rinde. Zurück am Boot, brachte sie ganz langsam, um nicht umzukippen, das Feuer wieder in Gang, erwärmte das Harz auf einem Stock so weit, bis es geschmeidig wurde, und versuchte, damit die undichten Stellen im Boot abzudecken. Dann baute sie in der Mitte des Bootes aus Treibholz ein kleines Podest, auf dem ihr Sack trocken bliebe, wenn doch Wasser hereinkäme, und stellte zum Schöpfen sicherheitshalber noch den Zinnbecher zwischen ihre Füße. Sie schob das Boot ins Wasser und stieß sich vom Ufer ab, und allein bei dieser Bewegung fühlte sich ihr Schädel wie ein aufgeschlagenes Ei an, aus dem der Glibber herausfließt, sodass sie laut aufstöhnte.

Das Boot nahm Fahrt auf, getragen vom Wasser, und sie lernte zu paddeln, sich an Steinen abzustoßen und zu steuern, das Land immer zu ihrer Linken, zur Rechten die Bucht. Der Wind pfiff ihr eisig kalt um die Ohren und kroch ihr unter die Kleider bis auf die kühle, feuchte Haut. Zwar schmerzten ihre Arme und ihr Rücken von der Anstrengung, aber im Boot konnte sie sich während ihrer Reise einigermaßen ruhig halten und ihr armes Hirn vor weiterem Schaden bewahren.

Als das Nachmittagslicht schließlich längere Schatten warf und sie anlegte, um sich ein Nachtquartier zu suchen, war sie weit entfernt von dort, wo sie morgens aufgewacht war, selbst zwei zügige Tagesmärsche über den gefrorenen Boden hätten sie kaum so weit gebracht. Sie war dankbar für ihr gutes Boot, und ihr Körper war gerade so weit geheilt, dass sie vorsichtig das geräucherte Entenfleisch kauen konnte und auch die Austern, die sie gegessen hatte, bei sich behielt.

Sie zog das Boot die Böschung hoch, legte es etwas versteckt zwischen den Bäumen ab und ging in den Wald hinein, dessen Wärme sie vermisst hatte. Nach all dem Lärm des Winds und des Wassers in der Bucht herrschte hier eine herrliche Ruhe. Je tiefer sie in den Wald kam, desto wärmer wurde ihr. Mit vorsichtigen kleinen Schritten stieg sie langsam eine Anhöhe hinauf und gelangte auf eine kleine Wiese, die golden leuchtend im letzten Sonnenlicht lag. Unter dem silbrig glänzenden, trockenen Wintergras sprießte schon frisches Grün, und kleine gelbe und schwarze Vögel tauchten hinein und flogen wieder hoch, als würden sie die Wiese mit unsichtbaren Stichen nähen.

Das Mädchen setzte sich und beobachtete ein großes Stachelschwein, das träge wie ein Kronprinz in vollem Pomp seine Stacheln durchs Unterholz schleppte, und beinahe musste sie lachen, verkniff es sich aber, weil es sehr schmerzhaft gewesen wäre.

Das hier, dachte sie, ist eine der guten, ruhigen Gegenden dieses neuen Landes.

Sie breitete eine Decke auf ein paar dicken, weichen Grasbüscheln aus, die sogar das Daunenbett übertrafen, in dem die Dienstherrin in der Stadt geschlafen hatte. Als sie sich darauflegte, umfing sie der liebliche Duft irgendeines Krautes, das hier wuchs. Ihr Umhang und die andere Decke waren warm genug, und sie brauchte kein Feuer zu machen, um nicht zu zittern.

Sie beschwor den Geist ihres Glasbläsers herauf, bis er neben ihr lag, unsichtbar zwar, doch hätte sie die Hand nach seiner ausgestreckt, sie hätte sie greifen können. Das ist der Flecken Erde, den wir hätten finden sollen, sagte sie schweigend zu ihm. Hier wären wir glücklich geworden.

Und sie merkte, ja hörte förmlich, wie sein Mund sich zu einem Lächeln verzog, sie spürte beinahe die Wärme seiner Hand, die ihre fast berührte.

Sie fiel in einen schweren, traumlosen Schlaf, und als sie mitten in der Nacht aufwachte, waren sämtliche Sterne aufgegangen, und der Mond, nur einen Spalt von einem vollen Rund entfernt, leuchtete hell von oben herab.

Reglos saß sie da und betrachtete staunend die funkelnden Sterne am Himmel.

Sie lauschte den nächtlichen Geräuschen aus dem Wald und hatte zum ersten Mal keine Angst.

Das Steine werfende Biest so viele Meilen hinter ihr, dieses menschenähnliche Ungeheuer, hatte irgendetwas in ihrem Inneren zerbrechen lassen, doch dieser Ort hier schien etwas anderes wieder in ein Gleichgewicht zu bringen, so als wäre ein tiefes, unterschwelliges Summen, dessen Dissonanz sie zuvor gar nicht bemerkt hatte, jetzt wieder harmonisch.

So helle, so strahlende Sterne wie hier hatte sie zum letzten Mal auf dem Schiff in der Mitte des Ozeans gesehen, und sie lehnte sich zurück und fühlte sich wieder umgeben von endlosen Weiten aus Wasser unter dem noch endloseren Himmel, so überflutet von Unermesslichkeit, dass sie sich winzig vorkam.

Doch jetzt spürte sie unter sich wieder die Erde, die sich drehte, und wusste, dass sie ein Teil davon war, wesentlich und groß genug.

Eine ganze Weile sah sie sich in Gottes Hand liegen, mitten in seiner Handfläche, und die Nacht waren seine schützend um sie gewölbten Finger, die das gleißende Licht der Ewigkeit abhielten. Und die Sterne und der Mond waren der Raum, der darin leuchtete. Und die Luft tat ihrem Kopf gut. Die Luft streichelte mit langen, kühlen Fingern den Schmerz darin weg.

Genauso hatte es sich angefühlt, als die Dienstherrin sie geliebt hatte, damals als sie wunderbar klein und die Dienstherrin froh war, sie aus dem Armenhaus der Pfarrei zu sich zu holen, denn sie wurde einfach nicht mehr schwanger nach Kit. Einige süße Monate lang war das Mädchen für die Dienstherrin wie eine Tochter gewesen.

Im Armenhaus hatte man ihr den Namen Lamentatio gegeben, um an die Schande zu erinnern, die ihr anhaftete, und als Zunamen Venal, auf dass sie ein Leben lang einen Hinweis auf den Beruf der Hure um den Hals trüge, den ihre Mutter allerhöchstwahrscheinlich ausgeübt hatte. Doch als sie zu ihrer Dienstherrin und ihrem ersten Mann, dem Goldschmied, kam, wurde sie plötzlich bei allen möglichen Namen gerufen, Mädchen und Dienstmagd und Dummkopf und Kind und Zett, war sie doch stets die Kleinste und Geringste und Letzte, die genannt wurde, der seltsamste aller Buchstaben im Alphabet.

Viel hatte sie von dem Armenhaus nicht mehr in Erinnerung, nur feuchten Stein, Lärm, den hefigen Geruch aus den Brauereien, die faulige Luft vom Fluss, die durch die Fenster hereindrang, und die Maikäferrennen, die sie spätabends mucksmäuschenstill austrugen, um die Witwen, die sich um sie kümmerten, nicht zu wecken, und sich keine Prügel mit Schuhen und Gerten einzuhandeln.

Am besten erinnerte sie sich an die Zeiten der Pest, als selbst kleine Arme wie ihre gebraucht wurden, um all die sterbenden Babys zu halten. Die armen Würmchen – sie spürte noch jetzt, wie sie in ihren Armen verzweifelt nach Luft rangen und ein jedes in seiner kleinen Lunge ertrank. Drei Babys wiegte und tröstete sie, damals selbst nur um die vier Jahre alt, und sie taten ihr so schrecklich leid, dass sie sie stundenlang herumtrug, während die anderen Kinder ihrer eigenen schon überdrüssig wurden, sie herumreichten wie schmuddelige Püppchen oder ablegten und durch die Gegend stromerten und nur ab und zu zurückkamen, um die Hand über ihre Mündchen zu halten und zu sehen, ob sie schon tot waren. Ihre drei Babys jedoch hielt sie mit bleischweren Armen an sich gedrückt, bis sie eine Veränderung spürte und ihr Atem versiegte und das, was an Seele in dem kleinen Körper gewesen war, zu Gott hinaufschwebte. Sie ließ sie selbst dann nicht los, als eine schreckliche Ruhe an die Stelle der entwichenen Seele trat.

Als die kleine Lamentatio vier oder fünf war, kam sie eines Tages der alte Pfarrer holen; er hatte ein Gesicht wie ein Stück rohes Fleisch, und sobald er im Anmarsch war, versteckten sich aus gutem Grund alle Mädchen. Er brüllte ihr zu, sie solle sich ein weniger widerliches Schürzchen anziehen und unten in der Küche Gesicht und Hände sauber schrubben. Brummelnd sah er zu, wie sie sich den Schmutz vom Gesicht rubbelte, denn er war nicht zufrieden und wischte mit einem Taschentuch voll saurer Spucke an ihr herum, bis ihre Haut ganz wund war und sie die Tränen nicht mehr unterdrücken konnte und leise sagte, Nein, Sir, das ist kein Schmutz, das ist die Farbe, die tief in meiner Haut ist.

Dann gab er seufzend auf und sagte, Jetzt komm mit.

Und sie rannte hinter ihm her zur Tür hinaus, verließ das einzige Zuhause, das sie je gekannt hatte, und fand sich in den schlammigen Straßen, wo sich Schweine und Milane um Essensreste zankten und wo furchterregend groß die Pferde vorbeitrappelten. Auf dem Boden hockte ein sabbernder Bettler, der Krämpfe simulierte, und weiter in den engen, stinkenden Tiefen der Stadt mussten sie über einen toten Hund mitten auf der Straße steigen, und als das Mädchen dabei mit dem nackten Zeh versehentlich seine Flanke streifte, zerplatzte von dieser hauchzarten Berührung sein praller, aufgeblähter Bauch und sämtliche Säfte spritzten heraus wie Wein aus einem Schlauch und ergossen sich über die Straße, und von dem Gestank übergab sie sich auf ihre Kleider.

Woraufhin der Pfarrer sie fluchend zu einem Brunnen zerrte und sich waschen ließ, bis sie tropfnass und durchgefroren war. Dann packte er sie am Arm und schleppte sie mehr oder weniger den langen Weg bis zu einer ruhigen, sonnigen Straße in einer Gegend voll großer Häuser, und an einer der Türen blieb er stehen und klopfte.

Sie wurden in einen kühlen weißen Flur gebeten, in dem es so lieblich roch, dass die Nase des Mädchens den Geruch aufsog wie einen Honigtrank.

Durch die hintere Tür konnte sie in einen Garten voller Bäume und Blumen sehen. Es gab dort ein Gewächshaus, wie sie später entdecken würde, mit Zitronenbäumen auf Wagen, die die Gärtner bei schönem Wetter hinaus in die Sonne schoben und wieder nach drinnen, wenn ein Anflug von Kälte in der Luft lag. Eine Hausangestellte schwebte vorbei und sagte, die Herrin empfange sie oben im Saal.

Und so gingen sie hoch und kamen zu einer großen, dunklen Tür. Sie öffnete sich. Da war sie zum ersten Mal, ihre Dienstherrin, sie saß mit einer so großen Halskrause in ihrem Sessel und ward von der Sonne, die durch das Fenster in ihrem Rücken hereinschien, so hell von hinten erleuchtet, dass sie wie ein dunkler Kopf auf einem Tablett aussah.

Was haben wir denn da?, fragte sie in ihrer eigenwilligen, melodischen Stimme. Einen Strich, einen Gedanken, ein kümmerliches Würmchen?

Gebt Euch Mühe und seht genau hin, sagte der Pfarrer mit einem falschen Lachen, dann erkennt Ihr ein starkes Mädchen, Herrin. Vielleicht sogar die liebste Dienerin Ihres Haushaltes. Sie ist wirklich überaus fleißig, und sie kennt ihre Gebete und hat ein folgsames Herz.

Nein, sagte die Herrin, viel zu klein, sie taugt ja nicht einmal zum Bratspießdrehen. Zu klein für die Küche, zu klein zum Lumpenzerpflücken. Ich weiß wirklich nicht, was ich in diesem Haushalt mit einem solchen Persönchen anfangen sollte. Sieh mich an, Kind, und sag mir, was du bist.

Das Mädchen blickte abermals auf und sah nur eine Blüte des Schreckens.

Nichts, flüsterte sie nach einer Weile.

Nichts ist nichts!, sagte die Herrin schrill. Selbst ein Stäubchen wie du ist irgendetwas. Was genau, wird sich zeigen. Und die Herrin sah das Mädchen lange an und ließ sie eine kleine Drehung vollführen, und das Zimmer wackelte.

Ein seltsames Wesen, sagte sie schließlich, wirklich seltsam. Mir scheint, ich entdeckte in ihren Zügen etwas Maurisches.

Und sie nahm ihr Handgelenk, und später wurde dem Mädchen klar, dass die Dienstherrin staunte, wie hell ihre olivfarbene Haut im Vergleich zu der des Mädchens wirkte, denn die Familie der Dienstherrin stammte aus den dunkleren Teilen Italiens; sie waren Musiker an den königlichen Höfen gewesen, und auch wenn es einige von ihnen zu Wohlstand gebracht hatten, konnten sie sich davon keine helle Haut kaufen, jedenfalls nicht über die bleihaltige Farbe hinaus, die sie Venezianisches Weiß nannten.

Ei, das mag sein, sagte der Pfarrer, aber sie ist doch recht hübsch geraten. Er lächelte mit seinem Kotelettgesicht zu dem Mädchen hinab.

Die Herrin seufzte und sagte schließlich mit einer wegwerfenden Geste, Na schön, ich nehme sie. Auch wenn ich nicht sehe, was für eine Art von Dienstmagd sie sein könnte.

Die Dienstherrin begann daraufhin, hart zu feilschen; ein solcher Floh sei zu nichts zu gebrauchen, außer dass er verspeisen werde, was sie ihm vorsetzte, sagte sie. Das Mädchen werde Bett und Tisch und Kleider bekommen, der restliche Lohn werde zurück ans Armenhaus gehen, denn die Witwen dort, da waren sich der Pfarrer und die Dienstherrin einig, hatten dem Mädchen einen gewaltigen Dienst erwiesen, indem sie es vier Jahre lang in den klammen, kalten, von Krankheiten heimgesuchten Räumen hatten wohnen lassen.

Als schließlich alles ausgehandelt war, rauschte die Herrin mit raschelnden Kleidern zur Tür hinaus, und der Armenhauspfarrer trottete hinter ihr her. Das Mädchen blieb allein in dem großen Raum mit dem gewirkten Bildteppich an der Wand, auf dem ein Einhorn zu sehen war, und dem Licht, das sich über den Schilfgrasboden zurückzog, bis es von den Fenstern verschluckt wurde. Plötzlich stand ein feister dunkelhaariger Junge mit finsterem Blick vor ihr. Es war Kit, der Sohn der Dienstherrin, den sie am nächsten Tag dabei beobachten würde, wie er den frisch geschlüpften Küken im Taubenschlag zum Vergnügen die Beine ausriss. Schweigend streckte er die Hand aus. Sie, die an diesem neuen Ort allem und jedem vertraute, legte ihre hinein, woraufhin er sie packte und ihr zartes Handgelenk verdrehte. Sie hatte reichlich Erfahrung damit, vor einem übermächtigen Zorn klein und schwach zu sein, hatten die Kinder im Armenhaus die Brutalität der Welt doch manchmal direkt an der Oberfläche getragen, deshalb wusste sie, dass sie weder aufschreien noch eine Miene verziehen oder den Arm wegreißen durfte, und sie hielt die Luft an und sah ihm unnachgiebig ins Gesicht, bis sich draußen Schritte näherten. Dann verschwand er wieder im Dunkel des Flurs. An ihrem Handgelenk wuchsen zwei pflaumenblaue Flecke. Mürrisch kam die Köchin herein, in der Hand eine Kerze, in deren Licht der Flaum an ihrem Kinn golden leuchtete, und nahm das Mädchen mit nach unten in die Küche, wo auf dem Tisch ein Berg grüner Äpfel lag und duftende Fleischpasteten abkühlten.

Das Mädchen entdeckte bald, dass es Glück gehabt hatte, denn gerade erst hatte sich ein Raum in der Aufmerksamkeit ihrer Dienstherrin geöffnet. Erst ein paar Tage zuvor hatte das Äffchen, das sie als Haustier hielt, seine goldene Leine in die Händchen genommen und sich hinaus auf die Straße geschlichen, um dort zitternd darauf zu warten, von einem Pferd totgetrampelt zu werden, denn es konnte das Leben in solcher Knechtschaft nicht mehr ertragen. Die Herrin hatte nach Ersatz Ausschau gehalten, und bald hatte sie das Mädchen, erst zum Spaß und dann aus Unachtsamkeit, beim Namen ihres toten Äffchens gerufen, Zett. Aber nein, Frau, das geziemt sich nicht, hatte der Goldschmied entsetzt protestiert, das Mädchen ist ein Menschenkind und dein Zett war bloß ein flohzerbissener Affe, den du einem Seemann am Hafen abgekauft hast. Aber die Herrin folgte nur ihrem eigenen launischen Herzen, und weil es ihr Spaß machte, das Mädchen so zu nennen, war es für sie bald nur noch Zett, und wenn jemand anderes sie rufen wollte, hatte er seine liebe Mühe, sich an ihren richtigen Namen zu erinnern, Lamentatio.

Und so machte die Dienstherrin sie sich ganz zu eigen, ihr kleines Projekt, und sie brachte ihr allerlei Lieder bei und begleitete sie auf der Laute, die sie gar lieblich spielen konnte, denn ihre ganze Familie war sehr musikalisch. Sie lehrte das Mädchen verschiedene Tänze: Courante, La Volta. Sie unterwies sie im Rätseln, lehrte sie, ihren Geist und ihren Charme einzusetzen, und machte auf diese Weise einen wahren Leckerbissen aus ihr, der die Maler und Mimen und Künstler und Dichter ins Haus lockte, welche die Herrin so gern ihre Freunde nannte.

Doch an jenem Abend direkt nach ihrer Ankunft, gleichsam ihrer Wiedergeburt aus dem Armenhaus mit seinen mannigfaltigen Entsetzlichkeiten und Abgründen, war das Mädchen, nachdem die Köchin und eine andere matronenhafte Hausangestellte ihr schmutziges Kittelchen verbrannt, sie in kochheißem Wasser gebadet, ihr die Läuse und Nissen vom Kopf gepflückt und sie dann in ein frisches Leinenunterhemd gesteckt hatten, das in Windeseile eigens für sie genäht worden war, mit dem Kopf auf dem Küchentisch eingeschlafen, und es war das bequemste Bett, das sie je gehabt hatte, denn sie war satt gegessen und umgeben vom Brot des nächsten Tages, das noch gehen musste. Nachts wachte sie davon auf, dass ihre Dienstherrin ihr die Wange streichelte, und als sie die Augen aufschlug, leuchtete ihr Gesicht von oben herab, vergoldet vom Licht ihrer Kerze und krakeliert von der weißen Farbe, die sie entgegen dem Luxusgesetz stets auftrug und zu entfernen vergessen hatte, als sie sich am Abend zum Schlafen bereit gemacht hatte. Die Herrin nahm sie bei der Hand, führte sie hinauf zu ihrem eigenen Bett und ließ sie am Fuß der Matratze schlafen, denn sie war eine phlegmatische Frau mit dünnem, trägem Blut und hatte stets kalte Füße, und diese wärmte sie sich fortan gern am Rücken des Mädchens und an ihrem weichen kleinen Bauch, denn warum sollte ein

Hauch von nichts wie Zett nicht auch ein Fußwärmer sein, diese Aufgabe war so gut wie jede andere, wie die Dienstherrin immer sagte. Und das Mädchen hatte es noch nie zuvor so sauber, behaglich und ruhig gehabt, und als sie am nächsten Morgen erwachte, glaubte sie, mit ihren Ohren stimme etwas nicht. Sie hörte weder Babys weinen noch Kinder unter den Prügeln der Witwen schreien, weil sie nachts auf ihre Pritsche gepinkelt hatten. Es war vollkommen still, abgesehen vom sanften Schnarchen ihrer Dienstherrin, den leisen Geräuschen der Hausangestellten, die unten gähnend und sich rekelnd wach wurden, und der Köchin, die schon seit drei Stunden in der Küche stand und jetzt das Frühstück für die Dienstherrin auf einem Holztablett auftürmte und die Magd anzischte, es hinaufzubringen, aber ein bisschen plötzlich, du nichtsnutziger Faulpelz, du liederliche, milchgesichtige dumme Gans.

Da wachte die Dienstherrin auf und sah, dass das Mädchen mit ängstlichem Blick zu ihr hochschaute. Sie knetete ihm mit ihren kalten Zehen den Bauch und sagte mit rauer Stimme, Hab keine Angst, Kind. In diesem Haus tut dir niemand etwas zuleide.

Und das Mädchen schloss die Augen und schmiegte sich an die Füße, die sie auf gewisse Weise streichelten.

Genau wie der Wind hier auf dieser Wiese sie streichelte und ihr eine Sicherheit versprach, die er vielleicht nicht bieten konnte. Und das Mädchen, jetzt wie damals, schlief.

Doch als sie morgens in einer sanften, nebligen Dämmerung erwachte, fiel ihr Blick auf die Spur einer herumschleichenden Katze oder eines Wolfs, der in der Nacht vorbeigekommen war. Die Abdrücke der Pfoten, nachttopfrund und tief in den Schlamm eingedrückt, der in der frühmorgendlichen Kälte leicht angefroren war, befanden sich nur eine Handbreit von ihrem Kopf entfernt und waren so groß, dass sie vor Schreck laut keuchte, als sie sich den Rest des Tiers vorstellte. Es musste drei Mann hoch gewesen sein. Zitternd begriff sie, wie nah es ihr gekommen war, dass es an ihr geschnüffelt hatte, während sie schlief, und vielleicht in Versuchung gewesen war, sich diese mehr als leichte Beute zu schnappen. Aber dann war das Tier in der Hoffnung auf einen fetteren Brocken weitergezogen, und das Mädchen war mehr als froh, dass sie nur Haut und Knochen ohne jedes Fleisch war.

Sie legte sich zurück, bis der Schwindel in ihrem Kopf nachließ, und ihr Hauch von einem Körper vibrierte förmlich vor Leben, während dieser jüngste Schreck sie durchströmte und allmählich abebbte.

10.

Sie erwachte betend, O Herr, erbarme dich meiner, erbarme dich, mein Gott, lass dein Erbarmen über mich leuchten, denn ich traue auf dich. O Herr, auf den ich traue, lass mich nicht zu Schanden werden. Amen.

Sie packte langsam ihre Sachen, mied jede Erschütterung ihres pochenden Kopfes. Sie hatte Schmerzen an so vielen Stellen, dass daraus eine Art Ganzkörperschmerz geworden war, der sie ausfüllte und ein taubes Gefühl verursachte. In ihrer Vorstellung war sie eine Matratze voller Maishülsen.

Den Abhang zum Wasser rutschte sie hinunter, bemüht schwanengleich, um Erschütterungen möglichst zu vermeiden. In ihrem Sack hatte sie noch ein paar Nüsse und eine Handvoll klumpiger Beeren und Pilze. Das Körbchen mit dem Entenfett an ihrer Hüfte hatte sie irgendwo verloren.

Sie überlegte, etwas zu essen, doch allein der Gedanke sandte Wellen der Übelkeit von ihrem Magen in Arme und Beine. Sie trank, und obwohl sie sich ein wenig an die Kälte des Wassers gewöhnte, die ihrem glühenden Kopf guttat, begann sie so heftig zu zittern, dass ihr Kiefer knackte und klapperte. Ihre Hände waren wie innerlich gefroren, so stocksteif und gelähmt, dass sie ihr kaum gehorchten. Das heftige Schlottern zeigte ihr, wie sehr das kalte Wasser den Wünschen ihres Körpers zuwiderlief, und noch während es durch ihre Kehle floss, wusste sie, dass es schrecklichen Schaden anrichtete.

Sie kniete sich hin und machte ein kleines Feuer, dann nahm sie den Zinnbecher, pflückte ein paar Kiefernnadeln und kochte sie darin, bis das Wasser braun war und herb und harzig roch. Der heiße Kieferntee reinigte ihr Blut und brachte es förmlich zum Leuchten; sie spürte geradezu, wie es strahlend durch sie hindurchlief. Ihr Zittern beruhigte sich. Die Übelkeit ließ nach. Sie nahm sich Zeit, um noch einen weiteren Becher Tee zu kochen und auch diesen ganz auszutrinken, dann beschloss sie, weiterzupaddeln, denn noch immer gab es keinen anderen Weg als den nach vorn, Schritt für Schritt in Richtung Hoffnung, in Richtung Erlösung.

Es war ihr fünfter Tag in der Wildnis, und sie sehnte sich danach, wieder ein Dach über dem Kopf zu haben.

Das Land hatte es jetzt so eilig mit dem Tauen, dass sie sich nur mit Mühe überhaupt vorwärtsbewegen konnte, obwohl sie noch Tage zuvor förmlich über den gefrorenen Boden geflogen war, doch jetzt sog der Schlamm bei jedem Schritt schmatzend an ihren Stiefeln wie ein Kind am Daumen. Einmal rutschte sie aus und fiel auf die Knie, sodass ihr ohnehin schon schmutziger Umhang und die Kleider besudelt wurden und ihre übereinandergeschichteten Strümpfe bis auf die Haut aufrissen, auch wenn der Schmerz eines blutigen Knies bei all den schlimmeren Schmerzen praktisch nichts war.

Sie würde weiter die Bucht hinauffahren, immer dicht am Ufer entlang, bis sie zum nördlichsten Fluss gelangte, den sie über die Schulter des Gouverneurs hinweg auf der Karte gesehen hatte. Diesen würde sie dann so weit wie möglich hinaufzufahren versuchen, denn er schien direkt nach Norden zu verlaufen, und der Weg über Wasser hatte sich an diesen schlammigen Tauwettertagen als günstiger erwiesen als der über Land.

Erneut dichtete sie sichtbare Löcher im Boot so gut wie möglich mit angewärmtem Harz ab, doch benommen, wie sie war, berührte sie es mit der Hand, und das klebrige Zeug hing dick und schwarz an ihren Fingern und ging einfach nicht mehr ab. Sie legte ihren Sack mit seinem kostbaren Inhalt auf die kleine Plattform, die sie eigens dafür gebaut hatte, stieg zitternd ins Boot und stieß sich vom Ufer ab. Erleichtert kehrte sie zurück auf das vergleichsweise zahme Wasser, denn die Wellen schaukelten sie zwar ein wenig, doch solange sie sich mit ihnen wiegte, weckten sie nicht das fauchende Ungeheuer ihrer Qual.

Der Wind versuchte sie bald hierhin und bald dorthin zu schieben, während das Land auf der anderen Seite der Bucht unsichtbar in grauer Ferne lag, und sie musste mit aller Kraft paddeln und dagegensteuern, denn sie wusste, dass der Weg nach Osten ins sichere Ertrinken führte. Immer wieder schöpfte sie mit ihrem Zinnbecher Wasser aus dem Boot, aus Angst, es könnte volllaufen und sinken, auch wenn sie ihre Stiefel auf das kleine Podest stemmte, das sie für ihren Sack gebaut hatte. Sie hielt sich dicht genug am Ufer, um sich einreden zu können, dass sie es vielleicht noch an Land schaffen würde, falls das Boot kenterte oder auf einer der Eisschollen aus den Flüssen, die in die Bucht mündeten, aufsetzte und sie plötzlich ins Wasser warf. Wie schwer sie ihr Umhang, ihre

Kleider und Stiefel in die Tiefe ziehen würden, bedachte sie nicht; sie wusste nicht, dass sie im Nu ertrinken würde, sobald sie ins Wasser fiele, die Glieder so steif von der eisigen Kälte, dass sie niemals würde an Land schwimmen können.

Was sie verwirrte, waren die Sumpfgebiete am Rand der Bucht, durch die sie manchmal nicht von einem Fluss zu unterscheiden war, und die seltsamen Strömungen, die durch Ebbe und Flut entstanden und sie mal vorwärtsschoben und mal zurückzogen, sodass sie in Ufernähe aussteigen und das Boot durchs flache Wasser hinter sich herziehen musste. Wenn plötzlich eine Insel auftauchte und das Wasser teilte, verlor sie oft die Orientierung, verwechselte die Bucht mit einem Fluss, bis die Insel schließlich hinter ihr lag und das Wasser sich wieder weitete. Außerdem wurde sie andauernd von Windböen attackiert, die ihr kleines Boot zur Seite schoben, sodass sie wie wild paddeln musste, um nicht zurück ans Ufer getrieben zu werden. Und das Schlimmste war vielleicht, dass die Sonne, die ihr den größten Teil der Reise die Richtung gewiesen hatte, das Gesicht jetzt hinter dicken grauen Wolken eines trüben Himmels verbarg und ihr nicht mehr so bereitwillig zeigte, wo Osten und wo Westen war.

Als sie sich in einer kurzen Atempause zu orientieren versuchte, rief sie sich noch einmal die Zeichnung vor Augen, die sie über die Schulter des Gouverneurs hinweg gesehen hatte, auf der die Flüsse wie Strahlen von der Bucht abgegangen waren. In der Hoffnung, schnell in jenes Gebiet ganz im Norden zu gelangen, wo sie die Franzosen vermutete, hielt sie sich an das feste Land zu ihrer Linken. Doch wäre sie eine Weihe gewesen und hätte sich in die Lüfte erhoben, sie hätte gesehen, dass sie nicht in der Bucht geblieben, sondern von

Wind und Verwirrung und dem Druck des Meerwassers in einen Fluss getrieben worden war, der in die Bucht mündete. Sie glaubte, sie würde sich auf jene Menschen zubewegen, deren Gott ihr vertraut war, käme gepflasterten Straßen und eingemachtem Obst und Hefebrot näher. Aber stattdessen trug ihr Boot sie von ihnen weg.

Es wäre töricht, dachte sie, jetzt anzuhalten und Pause zu machen, wo ihr kleines Boot vom Wind und der Strömung so wunderbar vorangetrieben wurde, als würde es freudig übers Wasser tanzen. Und dass der Wind ihren Kopf kühlte, war gerade sehr angenehm. Statt eine Pause zu machen, um die verkrampften Glieder auszustrecken und an Land nach Wärme und Nahrung Ausschau zu halten, aß sie also, was sie noch in ihrem Sack hatte, bis nicht der kleinste Rest an Essen mehr darin war, und hielt ihren Durst eine Weile aus. Obwohl sie pinkeln musste, hielt sie ein. Ihre Dienstherrin hatte während der kältesten Winternächte eine kleine Kupferpfanne ihrer italienischen Vorfahren benutzt, die sie mit heißen Steinen gefüllt und zwischen das Bettzeug geschoben hatte, bevor sie selbst mit ihrem zarten Körper zwischen die Laken geschlüpft war, und daran dachte das Mädchen jetzt, an ihre eigene Wärmepfanne in Form ihrer Blase voll heißer Pisse. Und sie lachte über sich selbst, wenn auch nicht laut, nur gehaucht, damit die schmerzhaften Blitze nur in den Randbereichen ihres Schädels einschlugen.

Einmal schlief der Wind ein, sodass die Strömung aus der Bucht sie für ein paar Stunden sanft übers Wasser trug. Friedlich dahinschippernd, versank sie in süßer Versonnenheit, sah gedankenverloren die Bäume im goldenen Licht vorüberziehen und betrachtete die Sonnenstrahlen, die schräg ins Wasser fielen. Sie empfand in diesen Stunden ein größeres Vergnügen als je beim Betrachten der lebensecht gemalten Tafelbilder in den Sälen der Freunde ihrer Dienstherrin.

Ihre Stimmung war jetzt milde, der Raum ihrer Gedanken unendlich weit, und als sie so ins Wasser hinabblickte, entdeckte sie unter sich in der Tiefe einen großen grauen Fisch, der flink und verspielt neben dem Boot herschwamm, mal in seinem Schatten und mal im Licht, ein wenig so wie die Delfine, die während der großen Überfahrt im Kielwasser des Schiffs herumgetollt waren. Und jetzt tauchte er auf und kam näher, und irgendetwas an diesem Blick, dem nassglänzenden schwarzen Auge des Fisches, der sich vom Schatten ins Licht bewegte und zu ihr hinaufsah, verschlug ihr förmlich den Atem und ließ sie laut Ja sagen. Irgendetwas an der vibrierenden Intensität dieses Blicks unterschied sich so grundlegend von allen anderen strahlenden Momenten ihres Lebens, dass er für einen Augenblick die Wolke des Trübsinns durchdrang, die sie normalerweise umgab. Und ihr schien, als könnte sie jetzt förmlich sehen, dass unter all dem Gewöhnlichen, unter dem grauen und bedrückenden Stoff, aus dem ihre Tage gemacht waren, etwas lebte, das eher einer komplizierten Geometrie glich, einer filigranen Welt unter der Oberfläche der materiellen. Und dieser schnelle und herrliche und so seltene Treffer mitten ins Herz erinnerte sie daran, wie einer der Goldschmiedelehrlinge so lange auf ein winziges Klümpchen Gold eingehämmert hatte, bis sich ein hauchdünnes Blatt über den gesamten marmornen Arbeitstisch ausbreitete, wobei die eindrücklichsten Momente jene gewesen waren, in denen das Blatt leicht einriss und den Blick auf die scharfen Adern des Marmors freigab, bevor weitere Schläge es wieder heilten.

Und als dieser Moment verstrichen war, fand sie sich ein klein wenig verändert, nicht mehr dieselbe wie zuvor.

Als die Sonne allmählich zu sinken begann, hatte sie sehr lange Zeit in ihrem kleinen Boot gesessen, den ganzen kühlen Tag lang. Die Bäume am Waldrand fingen mit ihrem zarten neuen Laub das letzte Licht ein und leuchteten grün wie aus einer anderen Welt. Der Fluss war jetzt so schmal, dass sie das andere Ufer sehen konnte, dunkel und bereits im Schatten. Sie steuerte das Boot, bis es auf Grund lief, und schob sich dann mit ihrem Treibholzruder noch ein Stück weiter, bis sie sicher aus dem Boot springen konnte. Dann stand sie dort eine Weile, den Kopf in den Händen, und wartete darauf, dass das Schmerzgewitter in ihrem Kopf nachließ.

Auf diesem halbwegs trockenen Land angelangt, rauschte die Erinnerung an den Wind auf dem Fluss ihr noch derart in den Ohren, dass sie kaum auf gefährliche Geräusche achten konnte oder auch nur den schrillen Gesang der Ufervögel in ihrem wilden Paarungseifer wahrnahm. Sie kam zur Besinnung, weil ihre Blase sie nun derart quälte, dass sie keinen Moment länger warten konnte, und als sie sich am Ufer hinhockte, plätscherte es, kaum dass sie die Röcke gehoben hatte, heiß und braun und brennend aus ihr heraus. Und sie war hungrig, wahnsinnig hungrig. Ihre angeschwollenen Finger, die so lange das Treibholzpaddel umklammert hatten, hatten plötzlich Ähnlichkeit mit Würsten, und sie starrte sie an, bis sie sie förmlich schmecken und spüren konnte, wie sie sich zwischen den Zähnen anfühlen würden, und nachdem sie sie etwas zu lange angesehen hatte, lachte sie über sich selbst und brach den Bann.

Der Wind war jetzt allerdings noch kälter und harscher, und das bereitete ihr Sorge. Sie hatte den Osten den längsten Teil des Tages im Rücken gehabt, doch jetzt, wo sie an Land war und den ganzen Himmel überblicken konnte, sah sie die schwarze Wolke, die den Sonnenuntergang verdunkelte. Sie wusste, dass ihr nur wenig Zeit blieb, um sich einen Unterschlupf zu suchen, bevor das herannahende Unwetter über sie hereinbrechen würde. Ansonsten wäre sie seinem Wüten schutzlos ausgeliefert wie ein zappelnder rosa Wurm.

Zur größten Not, überlegte sie, könnte sie unter das Boot kriechen und das Gewitter dort abwarten, aber dann würde binnen Minuten das Wasser von unten hereinlaufen, und vielleicht gab es ja irgendwo in der Nähe einen besseren Unterschlupf, womöglich sogar ein wettergeschütztes Fleckchen, an dem sie ein Feuer machen, sich wärmen und noch mehr heilenden Kiefernnadeltee kochen könnte und wo sie vielleicht sogar etwas zu essen fand.

Und wenn sie sich diesen Unterschlupf erneut mit einem stinkenden, gefährlichen Biest teilen musste, so dachte sie grimmig, dann hätte sie ihr Feuer, sie hätte das Beil und das Messer und den verzweifelten Willen, nicht sterben zu wollen. Diesmal würde sie nicht fliehen, sondern kämpfen.

Und so rannte sie die Uferböschung hinauf in den Wald, durch rutschigen Schlamm und durch Brombeeren und Dornen, die nach ihrem Mantel schnappten und kleine Löcher hineinrissen, wie sie später sehen würde, und während sie sich gegen den Protest ihres Körpers immer weiter vorantrieb, nahm der Schmerz in ihr so immense Ausmaße an, dass sie nicht wusste, wie sie ihn fassen sollte. Tiefer im Wald war es unwirklich still geworden; die Vögel hatten ihre lustvollen Lieder verstummen lassen und selbst irgendwo Schutz gesucht, und die vierbeinigen Tiere beobachteten sie von ihren Verstecken aus. Es war ein schauriger Flecken Wildnis, denn vor nicht langer Zeit musste ein Sturm hindurchgegangen sein, der zahlreiche Bäume umgerissen hatte, in deren freiliegenden Wurzeln Erdklumpen und sogar kleinere Felsbrocken hingen. In ihrem Fieber spürte sie diese in den Himmel ragenden Wurzeln in sich selbst, empfindlich wie offene Zähne, ein Echo dessen, was sich in ihr regte.

Dann verdunkelte sich der Wald und erglomm in einem zornigen Grün, und sämtlicher Wind, sämtliche Geräusche verstummten.

Eile dich, Mädchen, und suche dir ein Versteck, sagte sie zu laut zu sich selbst.

11.

Jetzt rannte sie, so schnell es ihr angeschlagener Kopf erlaubte, suchte nach einer Höhle oder überhaupt irgendetwas, das ihr Schutz bot, und sie bereute es, das umgedrehte Boot zurückgelassen zu haben, als auf einmal etwas durch die Baumkrone über ihr krachte und so deutlich nach einem Stein klang, dass sie instinktiv die Arme über den Kopf warf. Aber das, was heruntergefallen war, streifte nur Äste und Stamm, kullerte ein Stück über den Boden und blieb schließlich zu ihren Füßen liegen, und sie sah voller Entsetzen, dass es ein faustgroßer Klumpen Eis war.

Etwas so Großes, das aus dem Himmel auf sie herabfiele, würde vollenden, was der Tier-Mann nicht geschafft hatte, und ihr das Hirn endgültig zerschmettern, dachte sie grimmig.

Dem Geräusch nach zu urteilen, fielen noch weitere Hagelbrocken durch die Baumkronen, klackernde und polternde Geschosse, die scharf krachend Zweige und Äste abbrechen ließen, die zarten hellgrünen Blättchen abrasierten und Kerben in die Baumrinde schlugen, und als es plötzlich noch mehr wurden und sie nicht mehr einzeln, sondern zu Dutzenden und bald zu Hunderten herabprasselten, schwoll ihr Prasseln zu einem ohrenbetäubenden Getöse an, und sie nahm ihren Sack über den Kopf wie einen Helm, so als wären der Stoff oder die Dinge darin auch nur annähernd stabil genug, um sie zu schützen, und sie rannte trotz der Marter in ihrem Kopf so schnell sie irgendwie konnte zum dicksten umgestürzten Baum, den sie sehen konnte. Es war eine große alte Ulme, die länger dort gelegen haben musste als die restlichen Bäume, denn Wind und Wetter hatten ihre Rinde abgeschält, und die Wurzeln ragten weiß wie sonnengebleichte Knochen in die Luft.

Sie duckte sich in eine kleine Höhlung unter den Wurzeln, und draußen im Wald, wo sie noch kurz zuvor entlanggerannt war, war alles nur noch prügelndes Eis.

Hier unter den Wurzeln der Ulme war sie einigermaßen geschützt vor dem Hagel, und sie drehte sich um und beobachtete, wie die Eisbrocken herabschossen, vom Boden abprallten und kleine Wölkchen aus Erde, Humus, Holzsplittern und halb zerfallenem Laub aufstieben ließen. Mit einem Anflug von grimmiger Freude kam ihr in den Sinn, dass jeder einzelne Hagelbrocken ihre Spur an Land verwischte und sie dem Tier oder Mann entzog, die ihr auf den Fersen sein könnten. Als sie mit dem Beil probehalber ein paar Schläge in das Holz machte, dort, wo der Baum auf dem Boden auflag, war es ganz weich und ließ sich in Stücken und fasrigen Längen mühelos ablösen, so durch und durch vermodert war es durch die Feuchtigkeit, die vom Boden her eindrang.

Mit dem Beil, dem Messer und mit bloßen Händen hackte, schnitt und grub sie ein Loch in den Stamm, das groß genug war, um mit den Füßen voran hineinzukriechen. Um sie herum prasselten Eisklumpen herab, schlugen auf und schnellten hoch, und sie musste an Fische in einem Teich denken, die im Frühjahr zum Fliegenfangen aus dem Wasser sprangen.

Sie nahm sich einen Augenblick, um eine der Decken fest an einer freiliegenden Wurzel zu verknoten, als Baldachin zum Schutz gegen das entsetzliche Unwetter draußen und damit die Steine nicht in ihre schummrige Höhle sprangen. In dieser neuen, dunklen Behaglichkeit, etwas geschützt vor dem Weltuntergang draußen, machte sie aus dem trockeneren Holz und einigen erreichbaren Rindenstücken und Ästen ein kleines Feuer. Etwas gewärmt, hüllte sie sich gegen das krabbelnde Getier in dem Loch in die zweite Decke und drückte sich in den Baum. Mit den Händen schob sie etwas von dem modrigen Holz, das sie aus dem Baum geschabt hatte, zu einem schützenden Wall gegen die Elemente zusammen.

Sie konnte spüren, wie die größeren Hagelbrocken auf den Stamm schlugen, ein Trommeln, das ihr bis in die Knochen drang. Doch sie hatte es warm und dunkel und gut in der kleinen Höhle, und es war so laut und ihr Körper so erschöpft, dass sie fast augenblicklich in einen tiefen Schlaf fiel.

Sie schlief wie eine Tote und atmete kaum, so lange, dass sie beim Aufwachen nicht mehr wusste, ob es Tag oder Nacht war. Als sie merkte, dass sie weder Arme noch Beine bewegen konnte, geriet sie in Panik. Stockdunkel, wie es war, glaubte sie sich in einem Sarg, zwei Meter tief unter der Erde. Ich bin nicht tot!, rief sie laut und erkannte dabei ihre eigene Stimme nicht. Dann fiel ihr wieder ein, dass sie den Baum ausgehöhlt hatte, und sie wand sich mühsam aus ihrem Loch. Ihre Feuerstelle war nicht einmal mehr lauwarm, und sie musste etwas von dem trockenen Kernholz des Baumes herausschlagen, um ein neues Feuer in Gang zu bringen.

Als sie die Decke über sich berührte, war sie steif wie ein Brett, überzogen von einer fünf Zentimeter dicken Schicht aus Eis.

Sie klopfte mit dem Nacken des Beils gegen den Eisvorhang, und als sie ihn beiseiteschob, offenbarte sich die Welt als einziges Wunder. Der nächtliche Wald lag silbrig glänzend vor ihr. Auf den Hagel war Eisregen gefolgt, was sie nicht mitbekommen hatte, so tief hatte sie geschlafen und so gut hatte das modrige Holz, das sie instinktiv vor dem Eingang ihrer kleinen Höhle aufgehäuft hatte, die Nässe abgehalten. Sämtliche Bäume waren von einer so dicken Eisschicht überzogen, dass sie wie gläsern wirkten, und die Sterne strahlten so hell auf die Welt herab, dass die Welt stupide staunend zurückstrahlte.

Für einige Augenblicke war sie wie gebannt von dem faszinierenden Anblick; dann wich ihre Faszination der blanken Verzweiflung.

Sie war so hungrig, doch in der Eiswüste da draußen würde sie nichts Essbares finden. Das Eis hatte die pfeffrigen Knospen an den Zweigen abrasiert, hatte mit seiner Faust die frisch gelegten Eier in den Nestern zertrümmert und sicher auch die zart sprießenden Wurzeln in der Erde gefrieren lassen, und wenn es taute, würde davon nur noch schwarzer Matsch übrig sein. Der erwachende Frühling war in eine winterliche Wüste zurückverwandelt worden.

Verdruss, Verdruss, und ohne dass sie es merkte, rannen Tränen aus ihren Augen. Noch nicht einmal Wasser hatte sie. Dann zwang sie sich, noch einmal nachzudenken, griff nach einem Eisklumpen, der sich in den Baumwurzeln verfangen hatte, wischte den Schmutz ab und legte ihn in ihren Zinnbecher. Sie stellte ihn aufs Feuer, und als der Hagel schmolz, schmeckte er nach Wald, nach Moos und Rinde, aber auch nach der zornigen Wolke, die ihn so grimmig zu ihr hinabgespien hatte.

Sie wollte gerade wieder die Beine in das modrige Baumloch stecken, da kam ihr noch eine Idee, und sie nahm einen brennenden Zweig als kleine Fackel und inspizierte den klammen Hohlraum. Als sie die Finger in das weiche, feuchte Holz drückte, entdeckte sie etwas Blasses, das sich bewegte, und zog schließlich eine Insektenlarve aus ihrem Versteck. Sie legte sie in ihre Handfläche und sah eine Weile zu, wie sie sich wand, dann steckte sie sie in den Mund und biss zu. Sie schmeckte ein bisschen nach Wald und einem Hauch von Schwarznüssen, und angenehm knackig war sie auch, dachte sie, gar nicht bitter, wie sie befürchtet hatte. Und vor allem würden die Larve und ihre Freundinnen ihren hungrigen Bauch füllen. Und so suchte sie das modrige Holz ab, bis sich ihr Zinnbecher langsam mit gräulichen Larven füllte, die sich wanden wie Babys, und weil ihr Anblick durchaus etwas abstoßend war, schloss sie die Augen, als sie sie in den Mund steckte, doch sie aß sie alle auf. Und ihr Bauch freute sich. Und auch ihr Kopf schrie jetzt nicht mehr ganz so laut und gewährte ihr etwas Frieden.

Das Feuer hatte ihren kleinen Unterschlupf so weit gewärmt, dass das Eis auf ihrer Wolldecke größtenteils geschmolzen war. Sie stellte ihren Becher unter einen tröpfelnden Deckenzipfel, bis er voll war, und trank ihn aus; immer und immer wieder trank sie und stillte ihren Durst, bis sie das nackte Hinterteil hinaus in die eisige Welt halten und auf den strahlenden Mitternachtsglanz pinkeln musste. Dann kroch sie wieder in ihr modriges Baumloch und schenkte ihrem Körper für den Rest der Nacht Schlaf.

Als sie aufwachte, sah sie fast nicht den kleinen roten Vogel, der durch eine Lücke zwischen den Wurzeln zu ihr hereinschaute, so grell war das Morgenlicht, das auf die eisummantelte Welt fiel.

Der Vogel hüpfte unter die aufgespannte Decke. Aus einem glänzenden schwarzen Auge sah er das Mädchen eine ganze Weile an.

Ach, mein Mädchen, sagte der Vogel schließlich sanft. Ist es so weit? Fügst du dich nun endlich drein?

Worein?

In die Erlösung deiner unsterblichen Seele von dieser niederen körperlichen Gestalt, sprach der Vogel. Um im Königreich des Himmels deinen Lieben zu begegnen, nach denen du dich so sehnst.

Es wird für mich keinen Himmel geben. Ich gehöre nicht zu den Auserwählten, dachte das Mädchen.

Über deine Seele wirst nicht du die letzte Richterin sein, erwiderte der Vogel.

Und das Mädchen brauchte sehr lange, um darüber nachzudenken. Leicht bebend beobachtete sie der Vogel aus seinem glänzenden schwarzen Perlenauge. Dann gelangte sie zu einer Entscheidung. Nein, sagte sie. Noch nicht.

Der Vogel hüpfte seufzend zurück in den gleißenden Riss, der sich im Tag aufgetan hatte, breitete die Flügel aus und flog davon. Und das Mädchen sank wieder und noch tiefer in den Schlaf.

12.

Die alten Nachtschrecken bevölkerten jetzt ihre Träume.

Sie sah einen flachen grauen See, in dem sich etwas Waberndes, Weiches ausbreitete, das einem Batzen Ausgespienem glich und an den Rändern übernatürlich grün zu leuchten begann.

Irgendetwas in der Nähe schrie, unsichtbar zwar, doch so schrill und so laut, dass sie den Windhauch des Schreis auf ihrer Haut spürte, denn sie kauerte nackt wie ein Neugeborenes am Rand dieses bizarren Teichs, wie sie entsetzt feststellte.

Und in diesen ersten Nachtschrecken mischte sich ein anderer, noch älterer, der ihr sehr vertraut war; ein tiefvioletter Himmel wurde von verästelten Blitzen zerrissen, als bräche er in tausend Scherben, und sie rannte, rannte um ihr Leben, denn was es auf sie abgesehen hatte, war so furchterregend, dass ihr Kopf vor lauter Panik nicht begriff, was es war, aber sie spürte es hinter sich, spürte es näher kommen, seinen Atem und seine donnernden Schritte auf dem Boden, über den sie jetzt förmlich flog, es holte auf und war gleich da und sprang sie an.

Und die alten Nachtschrecken wechselten sich in atemloser Folge mit den Schrecken aus dem Hier und Jetzt ab, Entsetzliches gegen Entsetzliches, und alles geriet ins Rutschen.

Jetzt war sie im Haus ihrer Dienstherrin, und sie standen am Fenster des Sonnensalons, der sich ein Stück über die Straße hinauslehnte, und die Küchenjungen hatten frisches Schilfgras für den Boden gebracht und hier und da eine Handvoll frischer Kräuter verstreut, sodass ihr der Duft von Lavendel, Thymian, Rosmarin und Zitronenmelisse in die Nase stieg, denn Kit, der Sohn ihrer Dienstherrin, kam von der Universität nach Hause und brachte vier adlige Freunde mit.

Und da waren sie auf einmal, kamen zu Pferde die Straße entlang, und Kits weiße Windhunde trabten wie kleine Rösser hinter ihnen her. Die Dienstherrin stieß einen freudigen Schrei aus und ließ sich in ihrem Sessel nieder, wo das trübe Licht ihrem Alter überaus schmeichelte, und sagte, Schnell, schnell, Zett, bring meine Farbe in Ordnung. Und während man unten schon die Jungen hereinstapfen hörte und die Dienerschaft sie laut begrüßte, nahm das Mädchen den Pinsel, frischte die weiße Bleifarbe im Gesicht und am Hals ihrer Dienstherrin sowie auf dem größten Teil ihres freiliegenden Busens auf und überpuderte das Ganze anschließend, woraufhin die Dienstherrin ihre Brüste, wenn auch nur unzureichend, mit einem feinen weißen Seiden-Goller und ihrer größten, weißesten und steifsten Halskrause bedeckte. Dann tupfte das Mädchen Karminrot auf die Wangen und Lippen ihrer Dienstherrin, klopfte lose Strähnen wieder unter die Haarnadeln und tropfte ihr Belladonna in die Augen, sodass die Pupillen förmlich aufsprangen und die Iriden verschluckten. Dann wartete die Dienstherrin, elegant in ihren fein geschnitzten Sessel drapiert und leicht keuchend, während das Mädchen hinter sie trat, die Hände auf dem Bauch faltete und versuchte, in dem schmalen dunklen Spalt zwischen dem edlen Einhorn-Arazzo und der Wand zu verschwinden.

Jetzt polternde Schritte auf der Treppe, und kurz darauf stürmten die Freunde ins Zimmer und lachten über irgendein Bonmot. Dann verstummten sie staunend und sahen die Dienstherrin an, die bis weit über die Grenzen der Stadt für ihre Schönheit berühmt war, selbst noch im Universitätsstädtchen. Womöglich hatte sich ebenfalls herumgesprochen, dass der Goldschmied, Ehemann der Dienstherrin und Vater von Kit und der kleinen Bess, alt und hinfällig war und allmählich den Verstand verlor und dass die Dienstherrin in nicht allzu langer Zeit Witwe sein würde, und zwar eine mit sehr ansehnlichem Vermögen. Und die Jungen waren fasziniert, von ihr wie von der Vorstellung ihres zukünftigen Daseins als reiche Witwe.

Was Kit vielleicht bemerkte, denn er wurde verdächtig rot und sagte mit einer tiefen, hämischen Verbeugung, Mutter.

Da seid Ihr ja, sagte die Mutter mit ihrer federnden, melodiösen Stimme. Seid mir herzlich willkommen, junge Gentlemen. Sicher seid Ihr hungrig von der Reise. Die Zimmer sind bereit, und ich habe schon seit Stunden einen Kessel heißes Wasser auf dem Herdfeuer, damit Ihr Euch vor dem Abendessen erfrischen könnt.

Kits Zunge schnellte aus seinem Mund und betupfte seine rosa Lippen. Mutter, sagte er, Wir brauchen eine eigene Dienerin, die unsere Wünsche erfüllt. Und er sah lächelnd das Mädchen an, den kleinen Liebling seiner Mutter, der hinter seiner Herrin stand. Es wird eine Menge besorgt und gebracht werden müssen.

O ja, natürlich, sagte die Dienstherrin, dann werde ich die

neueste Dienstbotin bitten, Euch die Aufwartung zu machen. Sie ist eine gute Frau, eine kräftige, gesetzte Witwe.

Nein, nein, sagte er, Wir wollen diese. Und das Mädchen sah voller Entsetzen, dass er auf sie in ihrer dunklen Ecke zeigte. Eure kleine Zett. Sie ist klug und behände, und keins der anderen Dienstmädchen hatte Verstand genug, das Latein zu lernen, das wir in diesen Wochen sprechen müssen, wenn uns die Sprache bald flüssig über die Lippen gehen soll. Nur Euer kleiner Papagei hat den Geist dafür, und außerdem wird uns der Sinn nach Zerstreuung stehen! Dieses hübsche kleine Ding kann für uns singen und tanzen, habt Ihr Euer Schätzchen doch so wohl erzogen, dass es Euch gar lieblich widerspiegelt.

Und einer der anderen Jungen lachte leise auf, und das Mädchen spürte förmlich, wie sich fünf Augenpaare an ihr labten.

In ihr regte sich ein Gefühl, als würde sie in das Holz und dann den Schlamm des Bodens einsinken, als würde der Untergrund ihre Knie, ihre Schenkel und ihre Scham hinaufkriechen. Und obwohl sie die Augen niedergeschlagen hatte, spürte sie, wie der Blick der Dienstherrin ihr Gesicht streifte, auf das sie ein entschiedenes Nein legte.

Nein, sagte die Dienstherrin. Ich kann sie Euch nicht überlassen. Denn die kleine Bess braucht Zett, damit sie sie tagsüber sauber hält und tröstet und unterrichtet, und Ihr als liebender Bruder würdet Eurer Schwester doch niemals ihr Kindermädchen und ihre Spielkameradin versagen wollen.

O doch, sagte Kit. Ich muss darauf bestehen, schließlich sind wir nur kurze Zeit hier, gerade mal vierzehn Tage, und die kleine Bess wird auf dem Schoß ihrer Mutter sicher weit bessere Unterweisung finden. Doch wenn es Euch nicht recht ist, können wir freilich auch meinen Vater, Euren Gatten und Hausherrn, im Zunfthaus der Goldschmiede besuchen, denn er kann seinem lieben Sohn keinen Wunsch versagen.

Das Mädchen spürte, wie die Dienstherrin unter ihrer kühlen, ungerührten Fassade mit sich rang, doch schon bald gab sie nach. Na schön, sagte sie, meinethalben könnt Ihr sie haben, aber dass Ihr sie mir nicht neckt, wie es Euch Jungen beliebt.

Kit sah das Mädchen scharf an, dann stürmten die fünf Jungen zügellos lärmend aus dem Salon und gingen hinunter ins Speisezimmer, wo die Köchin bereits Fleischpasteten und Salat aufgetragen hatte. Während das Mädchen ihnen langsam folgte, stieg kribbelnd Furcht in ihr auf.

Die Dienstherrin drückte ihr im Vorbeigehen die Hand und zischte, Sei klug, mein Kind, und besinne dich auf deine Listen. Bleib nicht mit ihnen in einem Zimmer, wenn sie betrunken sind, und lass nicht zu, dass sie sich irgendwelche Freiheiten herausnehmen.

Und das Mädchen versuchte es wirklich; sie war clever und flink und wich Händen aus und versuchte mit allerlei trickreichen Manövern, die Aufmerksamkeit von ihrer hübschen kleinen Person abzulenken. Sie tat lachend ihre Worte ab; sie lernte das Latein in ihrer Notlage ebenso schnell, wie sie es sprachen, und gab auf Latein ihre Antworten, und die Jungen staunten nur so, wie dieser analphabetische Dreikäsehoch von einer Dienerin kurzhin Dinge erfasste, mit denen die Geistreichsten unter ihnen ihre liebe Mühe hatten. Schnell hatte sie verinnerlicht, sich eher in den Zimmerecken aufzuhalten, wo es dunkler war, stets die nächste Tür im Auge zu behalten und die Wünsche der Jungen vorherzusehen, damit sie sie nicht rufen mussten und vielleicht vergaßen, dass sie ihnen zu Diensten stand. Auf diese Weise, so hoffte sie, würde sie ein Wesen aus Luft werden, unsichtbar, nur seiner Magie wegen herbeigerufen und sogleich wieder verschwunden.

Nachdem die Jungen spätabends oder frühmorgens betrunken ins Bett gefallen waren, schlich Zett sich erschöpft davon und schlief ein paar Stunden, noch in ihren Kleidern für den Fall, dass sie sie aus dem Schlaf klingelten und nach ihr schickten, damit sie ihnen Wasser oder Wein oder Tinte oder Papier oder Butter oder Brot brachte oder was sie sonst noch benötigten.

Bring uns heiße Maronen, grölten sie auf Latein, zieh uns die Stiefel aus, näh den Riss in meinem Mantel, und schnell, wasch meine stinkenden Strümpfe; hol den Apotheker, der Saufsack hier hat so viel gebechert, dass er gar nicht mehr aufhören kann zu speien, und wisch die Kotze auf, es ist ja alles voll davon, was für ein Mistfink, was für ein Schafskopf, schnell, mach das Fenster auf, es stinkt hier drin, und bring uns eine Wasserschale, bring uns noch mehr Met, aber vom guten diesmal, beeil dich, los, schneller, du faules Aas, du schäbiger, schmutzbrauner Knirps, bereite uns das Bad, bring uns die Seife, bring uns ein besseres Handtuch und einen Schwamm, bring uns den Branntwein, das Bier, den Wein, das Brot, die Bücher, nicht *das* Buch, du törichte Trulle, sag, kannst du denn nicht lesen? Oha! Kein Jota kann sie lesen. Und schnappt doch so schnell das Latein auf, welche Wunder in diesem kleinen Ding stecken! Eines Tages muss einer von uns die dumme Trine das Alphabet lehren. Bring uns Orangen und den Rest von dem Wildbret-Stew vom Mittag für die

Windhunde, und mach den Dreck weg, den das vermaledeite Vieh auf dem Boden hinterlassen hat, bring uns den Wetzstein, das Pamphlet, den Stift, die Lampe, die Kerzen; bring uns mehr Feuerholz und noch mehr süße Kräuter, es stinkt ja recht erbärmlich hier, bring uns die Laute meiner Mutter und sämtliche Kissen im Haus für unsere Köpfe. Wach auf, wach auf, du faules Luder, du dumme Strunze, du missratener Floh, du schmutzbraunes Lumpenpüppchen, was erlaubest du dir zu schlafen, wenn ein Mann nach deinen Diensten verlangt? Hierher mit dir, aber leise, du weckst mit deinem Geplapper noch den ganzen Haushalt, nun mach schon, wir sind betrunken, und die Nacht ist schon alt, bald werden die Hähne krähen und die Dienstboten sich regen. Es soll nicht erst die Sonne erwachen und mit ansehen, wie unserem Wunsch Genüge getan wird. Denn du wirst uns jetzt ein Lied singen, Mädchen, und zwar so leise du kannst, nein, ein schöneres, denn ein so hübsches Mündchen kann sicher gar wunderhübsche Lieder trällern. Und jetzt tanze für uns. Sachte jetzt, du köstlicher kleiner Dreckfink, du lohbraunes Luderchen. Und nun bring deine Zunge zum Schweigen. Verschließe deine Ohren. Jetzt mach die Tür zu und schieb einen Stuhl davor. Gemütlich haben wir es hier, findest du nicht? Wollen wir doch einmal sehen, was sich unter dem ordinären Stoff deines hübschen Kleidchens verbergen mag.

Und es gab kein Entrinnen aus diesem Zimmer, auch wenn sie sich in der Nähe des Fensters befand und einen Sprung in Erwägung zog. Doch bis nach unten in den Sandgarten mit den kunstvollen Motiven waren es drei lange Stockwerke, und die Nacht ließ den Fall endlos und todbringend erscheinen.

Hab keine Angst, Mädchen, sagte einer sanft.

Bring deinen lieblich zarten Leib zu mir herüber, sagte einer.

Und jetzt still, du weißt genau, dass niemand käme, wenn du schreien würdest, sagte Kit.

Nur im Schlaf zappelte und schrie sie, wie sie es damals nicht getan hatte, aber das feuchte Holz in ihrem Baumloch schluckte ihre Bewegungen und die Tritte ihrer Fersen.

Jetzt machte der Traum einen Sprung, und sie betrachtete in einem polierten Metallspiegel das Gesicht ihrer Dienstherrin, der sie gerade das frisch gefärbte schwarze Haar mit Nadeln hochsteckte. Und die Dienstherrin schmiegte sich seufzend in ihre Hand und sagte, Ach, was fühlt sich das Haus wieder tot und leer an ohne die lieben Burschen. Ich hoffe, sie sind bei guter Gesundheit und gutem Wetter wieder an der Universität angekommen.

Und in dem Mädchen wallte etwas Dunkles, Bitteres auf, und sie sagte in dem Latein, das die Jungen sie gelehrt hatten, Ubi mors ibi spes.

Die Dienstherrin schnalzte mit der Zunge und erwiderte pikiert, Du weißt sehr wohl, dass ich des Lateinischen nicht mächtig bin, meine Zett, was in aller Welt könnte das bedeuten?

Da ließ das Mädchen das schwere schwarze Haar der Dienstherrin fallen und sagte, Das bedeutet, wenn einer von ihnen noch einmal einen Fuß in dieses Haus setzt, werde ich ihm mit Freuden Gift in den Wein mischen und mich als Mörderin henken lassen.

Sie machte sich auf einen Hieb mit der Bürste aus Wildschweinborsten gefasst, doch die Dienstherrin schlug sie nicht. Und als das Mädchen aufblickte, sah die Dienstherrin mit starrer Miene nun sie im Spiegel an, und dann drehte sie sich um und legte ihr eine Hand auf die Wange.

O Kind, sagte sie. Du hast gelitten, doch es möge dir ein Trost sein, dass du nur das tägliche Los einer Frau erlitten hast. Glaube keinen Augenblick, ich würde diesen Schmerz nicht selber kennen. Und es möge dir auch ein Trost sein, dass du zwar gesündigt hast, ich mir jedoch nicht vorstellen kann, dass der barmherzige Gott dir deine Sünden nicht vergeben wird. Denn dein Wille wurde übergangen, nicht dein Herz war es, das vor Verlangen barst, und deine war die geringste Sünde von allen.

Nun, korrigierte sich die Dienstherrin, nachdem sie sich wieder umgedreht hatte. Die wäre es zumindest, wenn aus diesem unglückseligen Vorfall nichts Bleibendes hervorgegangen sein sollte.

Dann überlegte sie eine Weile und sagte zu dem Mädchen, sie solle den Koch bitten, einen Kessel starken Rainfarntee aufzubrühen, und ihn heute und fortan jeden Tag trinken, eine ganze Woche lang nichts als Rainfarntee.

Mit diesen düsteren Gedanken wachte das Mädchen auf und wälzte sie eine Weile in ihrem Kopf. Ja, sie hatte gesündigt in jener Nacht, der letzten, in der die Jungen zu Besuch gewesen waren. Aber die Sünde, die beständig an ihr nagte, war freilich nicht jene, zu der ihr Körper genötigt worden war; ihre einzige wahre Sünde bestand darin, dass sie währenddessen unablässig Mordgelüste gehegt hatte.

O Vater, vergib mir meine Sünden, denn mein Herz war bitter und zornig und erfüllt von Hass, und hätte ich nur einen weiteren Tag in jener Gesellschaft verbringen müssen, hätte die Universität einen jungen Adligen weniger unter ihren Studenten gehabt. Dessen war sie sich sicher. Vielleicht sogar eine Handvoll weniger. Denn sie wusste, wo in der Vorratskammer das Rattengift stand. Sie kannte die weichen Stellen am Bauch, in die man ein Messer stoßen musste, denn als sie eines Tages im Findelhaus aus dem Fenster geschaut hatte, war sie Zeugin geworden, wie ein Mann einem anderen auf der Straße ein Messer in die Eingeweide gestochen und dieser sich auf der Straße zusammengekrümmt hatte, auf der Stelle tot.

Ächzend schlängelte sie sich unter dem Baumstamm hervor und zog die nasse Decke von den Wurzeln. Die Sonne stieß Schwerter in ihre Augen, und sie zuckte zusammen. Sie hatte geschwitzt in der engen Höhle, ihr Kleid war durchnässt, und sie legte die Handgelenke auf das schmelzende Eis auf dem Boden und ließ sie trotz des Brennens auf der Haut dort, bis ihr Blut ein wenig abgekühlt war. Dann brach sie einen ansehnlichen Eiszapfen von einer der freiliegenden Wurzeln ab und drückte ihn gegen die knochige Beule auf ihrem Kopf, bis auch diese, betäubt von der Kälte, weniger schmerzempfindlich war.

Dann hob sie erneut den Blick zur Sonne. Noch ließ sie die Augen geschlossen, zu grell war sie, ganz langsam nur öffnete sie die Lider, erst eins und dann das andere. Die ganze Welt erstrahlte in gläsernem Glanz, sie stand lichterloh in eisigen Flammen. Es war kaum zu ertragen.

Auf einmal krachte es nicht weit von ihr ohrenbetäubend laut, und sie duckte sich, denn es klang exakt so, als würde mit einer Muskete auf sie geschossen, und in ihrer Panik glaubte sie zuerst, einer der Männer aus dem Fort hätte es irgendwie geschafft, ihrer Spur durch die Wildnis bis hierher zu folgen.

Doch dann entdeckte sie auf dem Hügel am Rand der Lichtung einige Bäume, die sich unter der Last des Eises so stark bogen, dass sie sie nicht mehr tragen konnten; in einer Reihe entlang des Kamms bebten sie zuerst kurz und explodierten dann geradezu, einer nach dem anderen, und dabei katapultierten sie schimmernde Eissplitter in die Luft, die das Licht einfingen und goldene Wolken bildeten und als flächiges, glänzendes Vlies im Wind davonschwebten.

Es wäre zu gefährlich, unter diesen berstenden Bäumen entlangzugehen, geschweige denn über die dicke Eisschicht, auf der sie ausrutschen und fallen würde und schließlich jenen Schlag auf den Kopf bekäme, der sie umbrächte. Nein, sie musste bleiben, wo sie war, ihren Schädel heilen lassen und so viele Larven essen, wie sie dem modrigen Holz nur abringen konnte, um ein wenig von all der Kraft zurückzugewinnen, die sie auf der Flucht gelassen hatte.

13.

Das Mädchen schlug einen weiteren Eiszapfen herunter und schmolz ihn nahe der Glut in ihrem Zinnbecher. Mit dem Beil hackte sie auf ihr Loch ein, schlug es größer und auch tiefer, um ihr Feuer wieder zum Leben zu erwecken. Weiter im Inneren gab es trockenes Holz, welches das Feuer heiß lodern ließ, und sie schichtete es auf für später. Eine ganze Weile sammelte sie Larven, aß sie und probierte sogar eine große, fadenbeinige Spinne, aber sie war sauer, und es war ohnehin kaum etwas an ihr dran, deshalb öffnete sie die Hand und ließ die restlichen hastig davonkrabbeln.

Sie kostete auch von dem Moos, das unweit der Wurzeln des umgestürzten Baumes wuchs, und befand es für genießbar. Außerdem versuchte sie, mit den Zähnen den Rest der Rinde abzuschaben, der noch am Stamm war, so wie ihre Dienstherrin das Fleisch von den Blättern ihrer geliebten Artischocken abgezogen hatte, doch im Gegensatz zu diesen merkwürdigen Keulenköpfen erwies sich die Rinde als kärglich und kein bisschen schmackhaft.

Jetzt, wo sie Zeit hatte, konnte sie ihren Sack auspacken und sich wieder um ihre Sachen kümmern, jeden Gegenstand hegen und pflegen. Der Schaft des Beils war von Kiefernharz verklebt, das sie mit dem Messer abschabte. Der Sack hatte einige winzige Löcher, wie sie voller Schrecken entdeckte, denn es bedeutete, dass vielleicht ein Teil ihres Proviants herausfiel, und sie zog ein paar Fäden aus einem fransigen Rocksaum, durchbohrte mit der Messerspitze vorsichtig den Stoff und zog die Fäden hindurch, um die Löcher zu schließen. Die Stiefel waren am ärgsten mitgenommen; der Nagel hatte sich jetzt ganz durch den Absatz gebohrt, und am linken großen Zeh klaffte zwischen der Sohle und dem Leder ein Maul. Sie flickte sie, so gut sie konnte, mit Harz und abgerissenen Streifen ihres Unterkleides, polsterte sie mit Moos und einem weiteren Stück ihrer Decke aus und stellte sie dann fein säuberlich poliert ans Feuer, damit sie ganz trocknen konnten.

Ihr guten Stiefel, sagte sie laut. Seid jetzt folgsam und bleibt gesund, denn wir haben noch einen weiten Weg vor uns, bis wir in Sicherheit sind.

Dann standen all ihre Habseligkeiten strahlend vor ihr, als würden sie sie anlächeln.

Sie lächelte zurück, liebte sie sie doch mehr als die meisten Menschen, denn diese Gegenstände waren ihre einzigen Freunde, und sie standen ihr nur zu gern zu Diensten.

Als alles sauber und ordentlich war und sie sich um ein jedes Ding gekümmert hatte, wusste das Mädchen nicht, was sie sonst tun sollte, denn sie erinnerte sich an keinen einzigen Tag ihres Lebens, an dem sie nicht tausend Aufgaben zu erledigen gehabt hatte, und jetzt wartete sie mit leeren Händen darauf, dass die Welt zu schmelzen begann. Neben ihren zahlreichen Pflichten für ihre Dienstherrin hatte ihre Sorge vor allem der kleinen Bess gegolten, die geboren wurde, als das Mädchen selbst gerade fünf Jahre alt und erst vor Kurzem im Haushalt angekommen war. Das Mädchen Zett war während der qualvollen Geburt zugegen gewesen, ihr hatte die Dienstherrin das schreiende Bündel in den Arm gedrückt, während man die blutigen, besudelten Laken weggeschafft und frische aufgezogen und sie in ein sauberes Nachthemd gekleidet hatte. Und das Mädchen hatte hinabgeblickt in das Gesicht der kleinen Bess, eine rote geballte Faust, und war ebenso gerührt gewesen wie hilflos, hatte sie doch in ihren wenigen Jahren noch nichts so Wundervolles und so Abstoßendes gesehen, nichts so rein Gutes und rein Tierisches wie das, was sich da gerade vor ihren Augen ereignet hatte. Von diesem Moment an hatte sie die kleine Bess geliebt, heftig und mit ganzer Seele, wegen allem, ihrer Weichheit und Zerbrechlichkeit und der heftigen Bedürftigkeit, die nur das Mädchen stillen konnte.

Nur sie, die Dienstherrin und die Hebamme, deren Vergessen man mit Gold erkaufte, wussten von dem schockierend roten Geburtsmal im Gesicht der kleinen Bess und den Hörnerabdrücken auf der schmalen Babybrust. Zum Glück, denn wären das Teufelsmal und die Leere in ihrem Kopf bekannt geworden, hätten alle im Haus und bald darauf die ganze Straße davon gewusst, dann hätte man abergläubisch geraunt, das Baby sei unter einem teuflischen Fluch geboren worden, sodass ihr Leben und das des gesamten Haushalts sehr viel schwerer geworden wären.

Doch so wurde die kleine Bess, als sie heranwuchs, das Püppchen der kleinen Zett, ihr Spielzeug, ihr Schwesterchen, ihr Pflegling, ihre Tochter und vertrauteste Bettgefährtin. Es war keine dienende Arbeit, sondern eine liebende und daher eigentlich fast gar keine Arbeit; sie trug das Baby herum, hielt es trocken und sauber und brachte es der Amme und wiegte es in den Schlaf, doch die Arbeit wollte nie enden und war notwendig, denn die Amme war eine elende Schnapsdrossel, sodass eigentlich nur auf ihre Milch Verlass war, und die Dienstherrin hätte als Mutter kaum gleichgültiger sein können. Der Goldschmied wäre vielleicht ein liebevoller Vater gewesen, nur war er selten im Haus, stand noch vor dem Morgengrauen auf und machte sich auf den Weg zum Zunfthaus, denn er liebte seine Arbeit mehr als alles andere auf der Welt, und um seine Fingernägel glänzte stets ein feiner Rand aus Goldstaub. Nach der Arbeit ging er ins Wirtshaus, aß und trank und lauschte den Unterredungen, dann kam er für ein paar Stunden Schlaf nach Hause, bevor er aufstand und sich wieder auf den Weg zur Arbeit machte. Und so war es das Mädchen, das die kleine Bess ihre ersten Schritte machen sah, spät erst, mit fast drei Jahren, und auch die wenigen Wörter, die in dem kleinen Köpfchen herumkullerten, brachte sie ihr bei. Sie wurde der Geist, der nachts durchs Haus wandelte und alles, was die kleine Bess über den Tag hinweg stibitzt hatte, wieder an seinen Platz legte, die Haarnadeln, den Zierrat und die Schmuckstücke ihrer Mutter, die unreife Aprikose vom Baum, das Schweinegebiss vom Herd und die Blumen, die sie in ihren Händchen zerdrückt hatte. Denn wie eine Schlucht riss die Kleine an sich, was sie schön fand, und schmückte damit ihr Bettchen. Sie hatten die kleine Bess nach der Königin des Reiches benannt, die klug und kühn und bissig und schön war, in der Hoffnung, das eine oder andere davon würde auf das Baby abfärben. Doch es war in ganz England noch kein der Königin unähnlicheres Wesen geboren worden.

Aber wie die Dienstherrin in den raren Momenten der Zärtlichkeit ihrer Tochter gegenüber zu sagen pflegte: So armselig sie in Geist und Verstand auch sein mochte, das Gold wuchs der kleinen Bess auf der Krone.

Und in der Tat besaß sie die allerschönsten Locken, üppig und seidig und eine einzige Pracht.

Sämtliche Kraft der kleinen Bess floss in ihr Haar, und so blieb keine Kraft für irgendetwas sonst. Obwohl sie also nur eine spärliche Handvoll Wörter kannte, besaß sie ein sonniges Wesen, und sie verbrachte lange Stunden im Garten und lachte darüber, wie die Falter im Zick durch die Luft und im Zack durch die Blumen schwirrten, das aufgerissene Mündchen so feucht und rot, dass sämtliche Stallburschen sie anstarrten, obwohl sie wussten, dass sie es nicht sollten. Ein Fremder brauchte lange, um herauszufinden, welche Art von Dung ihren Kopf füllte, denn sie schwieg und lächelte, und die atemberaubende Schönheit ihres Gesichts und ihres Haars ließ jedermann verstummen, sodass die Dienstherrin, wenn sie denn einmal die Gnade hatte, ihre Tochter anzusehen, bitter lächelnd sagte, Nun, wir werden meine Tochter wohl mit einem reichen alten Adligen verheiraten, sie mögen ihre Mädchen hübsch und blond und strunzend dumm. Und dann lächelte die kleine Bess zu ihrer Mutter hoch, das rosa Mündchen offen und sabbernd, und man sah, dass ihre Zähne schon schwarz waren von dem Zucker, nach dem sie ganz verrückt war und den sie Händeweise der Köchin stahl, die so tat, als würde sie ihr plumpes Stöbern in der Speisekammer nicht bemerken, und ihr hier und da eine kleine Süßigkeit hinlegte, obwohl man es ihr verboten hatte.

So tief in ihre Gedanken an die verlorene kleine Bess versunken, bemerkte das Mädchen erst gegen Mittag, dass die Schneeschmelze nun wirklich begonnen hatte. Das Wasser lief die Baumstämme hinab und regnete von den Zweigen, und überall im Wald rauschten Bäche von glänzendem Eiswasser hinab in Richtung Fluss. Sie verharrte am Eingang ihres Unterschlupfes, bewegte sich nur, um auf dem Feuer Wasser zu erhitzen und gegen das Auskühlen zu trinken.

Ihr ganzer Körper tat von den sechs Tagen der Flucht so weh, dass sie sich unendlich viel älter fühlte, als sie war, wie ein altes Hutzelweib, und sie wusste, dass selbst lange Monate der Ruhe nichts daran ändern würden, dass manches in ihrem Körper sich für immer verändert hatte. Sie war zwar erst sechzehn oder siebzehn oder vielleicht auch achtzehn Jahre alt, doch die Wildnis hatte sie so erfasst, dass sie nie mehr jung sein würde.

Die Nacht schlich sich heran, und allmählich ging ihr das Brennholz aus, doch das war nicht schlimm. Die Welt war warm, und ihre Baumhöhle, ihre Decke und ihr Fieber sorgten dafür, dass sie nicht fror, und so schlief sie gut.

Sie erwachte, als die Nacht noch schwer auf dem Wald lag, und zündete einen harzigen Ast an, den sie von einer nahe gelegenen Kiefer abgerissen hatte. Im spärlichen Licht sammelte sie so viele Larven, wie sie nur konnte, und stopfte dem Zinnbecher Moos ins Maul, damit sie darin blieben. Dann wickelte sie all ihre Sachen in die Decke, packte das Bündel in den Sack und band ihn sich unter den Kleidern an den Leib, bevor sie auf zwei kräftige Äste gestützt vorsichtig durch die Nässe und den Schlamm hindurch den dunklen Hügel hinabstieg. Sie hatte ihr Boot während des aufziehenden Unwetters recht gut inmitten der Bäume versteckt, sodass es während der Hagelapokalypse einigermaßen geschützt gewesen war. Zu ihrem Erstaunen fand sie keinerlei Dellen darin. Mit brechender Stimme sagte sie laut Danke, denn das Boot war noch immer willens, sie zu tragen.

Während sich im Osten das erste Sonnenlicht über das Wasser ergoss, paddelte sie mit ihrem Treibholzruder den Fluss hinauf. Am späten Vormittag schließlich waren in den Wäldern, die links und rechts vorbeizogen, deutlich weniger Auswirkungen des Hagelsturms sichtbar als zuvor; es gab keine abgebrochenen Äste und keine ihrer Knospen beraubten Bäume mehr, und die Bäche, die in den Fluss mündeten, waren nicht mehr aufgewühlt von Schmelzwasser. Offenbar hatte es in den Wäldern hier kein Unwetter gegeben; es schien, als wäre der Hagel eine Laune der Natur gewesen, ein eisiger Finger in den Wolken, der vom Meer aus aufs Land gezeigt hatte, direkt hinab auf das Mädchen. Und obwohl es ihr so vorkam, als wäre sie persönlich gejagt worden, war ihr nun dieser Wald ein Labsal, üppig und frisch mit seinen prallen grünen Knospen und den Vögeln, die unablässig durch die Luft schwirrten.

14.

Gegen Mittag musste sie haltmachen, um die Beine auszustrecken. Sie waren von dem langen Sitzen im Boot so verkrampft, dass es sich allmählich anfühlte, als würden sich Messerklingen in ihre Schenkel bohren. Sie suchte sich einen flachen grauen Felsblock, der aussah, als hätte ihn die Sonne gewärmt, kletterte an Land und zog ihr Boot hinter sich herauf. Der Wind war hier so stark, dass sie es kaum aushielt, er wühlte unter ihren Kleidern, kratzte an ihren Wangen und ließ sie frösteln.

Sie sah sich am Ufer um und überlegte, was sich hier wohl Essbares finden ließe, und nachdem sie eine Weile herumgestreift war, entdeckte sie einen merkwürdigen, gedrungenen Baum mit langen Blättern, an dem wie braune, hutzelige Euter noch einige der Früchte vom letzten Jahr herabhingen. Sie pflückte eine davon, zog die Haut ab und kostete ein Stück von ihrem Fruchtfleisch, das süß und nicht unmittelbar giftig war, und es war nicht einmal giftig, als sie noch ein weiteres Stück aß und abwartete. Und so pflückte sie so viele wie möglich der getrockneten Euterfrüchte und legte sie in ihren Sack.

Die Gewissheit hatte in ihr schon gedämmert, doch nun drängte sie so deutlich in ihr Bewusstsein, dass sie sich nicht mehr ignorieren ließ: Sie war nicht mehr in der Bucht, und dieses Wasser, auf dem sie sich befand, musste ein Fluss sein, ziemlich sicher nicht der nördlichste auf der Karte, auf die der Kommandant mit seinem Stummelfinger getippt hatte, denn es schien, als hätte die Sonne den ganzen Vormittag ihre rechte Seite und den Rücken gewärmt, was bedeutete, dass sie nach Nordwesten fuhr. Aber alles, was vor der Baumhöhle mit den Larven und dem Hagel passiert war, war in ihrem Kopf zu Fieber und Benommenheit verschwommen, und sie konnte rückblickend nicht mehr ausmachen, an welchem Punkt sie vom Weg abgekommen war.

Ihr Mut sank, sie war verzagt und traurig.

Sie wusste nicht, ob es besser war, umzukehren und zu versuchen, in die Bucht zurückzufinden, oder ob sie mit ihrem Boot tiefer hineinfahren sollte ins Innere dieses riesigen wilden Landes, um vielleicht zu entdecken, dass der Fluss doch noch einen Knick machte und geradewegs nach Norden führte.

Während des Nachdenkens machte sie sich ein wärmendes Feuer, und als sie gedankenverloren auf die Wasserpfützen in Ufernähe blickte, sah sie Flusskrebse über die Steine huschen und war schnell genug, vier von ihnen zu erwischen, auch wenn sie mit ihren kleinen Scheren ihre Finger zwickten. Einer kniff genau in die tiefe Wunde, die sie sich an der Austernschale zugezogen hatte, und sie brannte und strahlte einen scharfen Schmerz aus. Sie briet die vier Krebse auf dem Feuer, bis ihre Schalen schrien, und als sie ein wenig abgekühlt waren, schälte sie sie und aß das Fleisch, das gut und süß war und ihr auf der Zunge zerging. Doch es war ein Tropfen auf den heißen Stein; sie hatte noch immer riesigen Hunger. Sie steckte sich ein wenig von der trockenen Euterfrucht und die restlichen Larven aus ihrem Becher in den Mund und wurde auf diese Weise einigermaßen satt.

Sie ging zurück zum Boot, zu dem Fluss, der seinen Glanz verloren hatte in ihrer Enttäuschung darüber, dass er tatsächlich ein Fluss war. Vielleicht war es töricht, sie wusste es nicht, doch sie wollte ihm weiter folgen. Sie hatte Glück, dass ihr der Wind so stark in den Rücken wehte.

Es sickerte jetzt sehr viel mehr Wasser ins Boot als zuvor, sodass sie öfter schöpfen musste. Sie paddelte dennoch weiter, denn sie hatte im Gefühl, dass sie diesen günstigen Wind nutzen musste; wenn der Frühling erst richtig Einzug hielt, würde er abflauen und sie weniger kräftig anschieben, sodass sich der Weg flussaufwärts beschwerlicher gestalten würde.

Alles schimmerte jetzt blau, das dunkle Wasser und die Stärlinge, die über ihr am klaren, hellen Himmel kreisten.

Spät am Nachmittag, als der Wind sie dicht ans Flussufer schob, sah sie im Vorbeifahren zwei kleinere Kinder der Menschen von hier, die auf dem Boden kauerten und mit irgendetwas spielten. Ihr stockte der Atem, war es doch das erste Mal seit ihrer Flucht aus dem Fort, dass sie im wachen Zustand andere Menschen sah, von dem Steine werfenden Tier-Mann einmal abgesehen, denn der zählte sicherlich nicht. Die Kinder waren so beschäftigt mit dem, was sich vor ihren Füßen bewegte, dass sie sie nicht sahen, und als schließlich das Geräusch der gegen ihr Boot schwappenden Wellen zu den beiden hinüberwehte, sahen sie auf und starrten sie blinzelnd und mit offenen Mündern an, als trauten sie ihren Augen nicht, so seltsam war der Anblick, der sich ihnen bot. Das Mädchen hob mit einem schwachen Lächeln die Hand, um zu zeigen, dass sie keine Gefahr darstellte. Als sie in kaum fünf Metern Entfernung an ihnen vorbeifuhr, erkannte sie, dass die Kinder mit einem wolfsähnlichen Hundewelpen spielten, der am Ende eines Stocks zog, den eins der Kinder in der Hand hielt. Als der Welpe das Mädchen vorbeifahren sah, ließ er sein Stockende verblüfft fallen und jaulte einmal schrill auf. Schscht, machte das Mädchen im Vorübergleiten. Sie reckte den Hals, um zu sehen, wie die Kinder ihr erstaunt nachschauten, bis der Fluss eine leichte Biegung machte und sie paddelnd dahinter verschwand.

Und als sie außerhalb ihres Blickfelds war, sah sie sich selbst plötzlich mit den Augen der Kinder – eine zerbrechliche, steckenähnliche Gestalt, nicht auf den ersten Blick ein Mensch, in einem primitiv geschnitzten Holzstamm. Ihr dunkles Gesicht, verborgen in der Kapuze des Umhangs, war sicher nicht zu erkennen gewesen. Vielleicht dachten die Kinder, sie hätten einen Geist vorbeifahren sehen. Vielleicht waren sie verwundert, voller Ehrfurcht. Vielleicht, so überlegte sie, rannten sie jetzt in ihr Dorf zurück und erzählten ihren Müttern zögernd, dass heute Morgen ein gesichtsloser Geist auf dem Fluss vorbeigefahren war; vielleicht ging sie in die Geschichten ein, die diese Kinder im Laufe ihres Lebens immer wieder erzählen würden, und dann würde diese kurze Begegnung, der kurze Blick, den sie auf sie erhascht hatten, unter den Powhatan über Generationen hinweg von einem zum anderen weitergegeben.

Und die Vorstellung, dass etwas von ihr auch nach ihrem körperlichen Verfall und ihrem Tod Bestand haben würde, ließ das Mädchen lächeln.

Doch als die Flussbiegung das Mädchen in dem Boot verschluckt hatte, sahen die Kinder einander an und prusteten laut los. Von Ehrfurcht keine Spur. Die Frau in dem Boot hatte ihren Wahnsinn ausgesandt wie die Sonne ihre Strahlen; die Mädchen hatten ihn selbst dort, wo sie waren, deutlich gespürt. Ein lebendiges Skelett war sie gewesen und das Boot so ungeschlacht, dass es einem Käfer glich, der auf dem Rücken lag und hilflos mit den Beinen ruderte, einfach nur lächerlich.

Und die beiden Mädchen lachten und lachten, bis ihnen die Bäuche wehtaten, und der Welpe, in heller Aufregung wegen des lauten Gelächters, sprang an ihnen hoch.

Dann wischte sich das ältere Mädchen mit dem Handballen seufzend übers Gesicht und sagte zu seiner kleinen Schwester, dass eine von ihnen losrennen müsse zu ihrer Mutter, die oben auf den Feldern am Hügel Mais pflanzte, und ihr erzählen, dass sie die Verrückte gesehen hatten, die durch die Gegend streifte und von der ihnen die Boten erzählt hatten, die ein paar Tage zuvor ins Dorf gekommen waren. Und dass die Kleine es machen müsse, weil sie die flinkeren Beine habe.

Doch die kleine Schwester war längst nicht mehr so fügsam wie früher und widersetzte sich jetzt immer öfter den Anweisungen ihrer älteren Schwester, und sie setzte sich trotzig auf den Po, kratzte einen Stich an ihrem Arm und sagte, sie werde bestimmt nicht gehen, denn sonst würde die Mutter ihr irgendeine Arbeit aufbrummen. Und die ältere Schwester versuchte, ihre kleine Schwester am Arm hochzuzerren, aber die Jüngere machte sich schwer wie ein nasser Sack, sodass die Ältere, auch wenn sie einen Kopf größer war, sie nicht vom Fleck bekam.

Na schön, dann gehe ich eben selbst, brüllte sie schließlich. Aber dann nehme ich den Welpen mit, weil er mich nämlich viel lieber hat. Mir doch egal, sagte die Kleinere, aber nur, weil sie glaubte, der Welpe würde bei ihr bleiben, mochte er sie doch ganz eindeutig lieber als ihre Schwester. Doch als die ältere Schwester davonlief, rannte der Welpe hinter ihr her, und die kleine Schwester blieb allein am Ufer zurück.

Ihr wurde langweilig, und bald war sie wütend und fühlte sich einsam, denn es war niemand mehr da zum Spielen, nur der Wind und der Fluss, der sich unter ihm kräuselte. Bald glaubte sie, ein Piepsen zu hören, und flitzte zu einem Loch in der Uferwand, wo sie den blauen Kopf einer Eisvogel-Mutter entdeckte, die verzweifelt versuchte, das Kind von ihren flaumigen kleinen Küken fernzuhalten. Die Kleine lockte sie, indem sie ihrerseits piepste, bis die Küken ihr die zarten roten Kehlen zeigten, und es dauerte nicht lange, da hatte sie die Fremde in dem Boot vergessen und würde nie mehr in ihrem ganzen Leben an sie denken.

Als es zu dämmern begann, erlaubte das Mädchen sich eine Rast, stolperte aus dem Boot und legte sich keuchend vor Erschöpfung ans Ufer.

Der Fluss war schmaler geworden und führte um eine felsige Landspitze herum, und der Wald hier war dichter und voller Schlingpflanzen. Es war zu spät, um vor der Nacht noch einen Unterschlupf zu suchen, und so begnügte sie sich damit, ein paar weiche Zweige von einer Kiefer abzuschlagen, um darauf unter dem Boot zu schlafen. Aus Steinen baute sie eine kleine Mauer, die ihr Feuer verbarg, denn hier am Flussufer war sie ungeschützt vor den Blicken jedweden Geschöpfes. Sie hatte seit dem Mittag nichts gegessen und war zu müde, um sich auf die Jagd nach Nahrung zu begeben. Sie kaute auf dem ledrigen braunen Fleisch der Euterfrucht herum, bis es weicher wurde und ihr die Kehle hinabrutschte, schaffte aber nur ein paar Bissen, bevor sie, die Frucht noch in der Hand, vom Schlaf übermannt wurde.

Zitternd vor Kälte saß sie schon vor der Morgendämmerung wieder in ihrem Boot und paddelte nach Norden, während im Osten das erste Sonnenlicht erglomm. Als sie gegen Mittag eine Rast hielt, fand sie im Humus unter einem Baum gute Walnüsse, sammelte so viele wie möglich davon ein und packte sie in ihren Sack, dann paddelte sie weiter und legte erst wieder an, als die Dämmerung sich dunkel über das Land senkte, und sie entdeckte ein Gelege von Taubeneiern und schlürfte sie aus, roh, wie sie waren.

Drei Tage verbrachte sie so auf dem Fluss, tagsüber mit kräftigem Rückenwind und nachts unter dem Boot, das sie bedeckte wie ein Sarg, die Stiefel zum Trocknen allabendlich nahe einem kleinen Feuer, dessen Licht sie durch eine selbst gebaute Mauer abzuschirmen versuchte.

Als am vierten Tag ein kühler Nebel über das Land zog, fühlte sie sich ein wenig geschützt vor den Augen, die sie auf dem Fluss vorüberfahren sehen konnten.

Sie erschreckte einen Kranich, sodass er den Fisch in seinem Schnabel fallen ließ, und aß die Beute. Sie machte Jagd auf Flusskrebse und erwischte noch ein paar. Sie aß Knospen von den Bäumen und Nüsse und getrocknete Früchte aus ihrem Sack. Nahe der Uferböschung entdeckte sie lila Pflaumen wie die, die sie von zu Hause kannte, aber sie waren sauer und klein und über den Winter eingetrocknet.

Sie wurde so hungrig, dass sie ein paar weichere Klumpen des getrockneten Schlamms am Flussufer kostete, denn sie sahen etwas pilzartig aus, aber sie kaute sie und spuckte sie wieder aus, statt sie zu schlucken, und hatte danach einen zähen Belag auf der Zunge.

Am vierten Abend, auf dem Rückweg mit einem frisch gesammelten Armvoll Brennholz, sah sie vor sich eine Hirschkuh mit einem Kalb. Sie bückte sich langsam, legte das Holz ab und griff nach einem Stein. Die Hirschkuh hörte sie und drehte sich um. Und auch wenn Hirsche für ihre Sanftheit und Schnelligkeit bekannt sind, wäre dieses Weibchen hier auf sie losgegangen, hätte sie sich auch nur ein kleines bisschen bewegt, hätte sie umgestoßen und mit seinen Hufen zertrampelt, so groß und so feurig war es. Den Stein in der Hand, erstarrte das Mädchen. Ein kurzes Aufblitzen zweier weißer Spiegel, und die Hirsche, ein großer und ein kleiner, huschten in den dämmerigen grauen Wald davon und waren verschwunden.

In ihrem Zorn schleuderte ihnen das Mädchen den Stein hinterher und traf nur einen Baum. Es dauerte lange, bis ihr der Speichel nicht mehr lief, denn hätte sie das Kalb getroffen, hätte sie sich auf das zarte Wesen gestürzt und sein Fleisch verschlungen, ohne es zu garen; sie war so hungrig, dass sie selbst die zarten Knochen zerkaut hätte. Wieder und wieder stellte sie sich das dunkle, samtige Blut des Hirschkalbs auf ihrer Zunge vor.

Nachdem die Hirsche geflüchtet waren, wirkte der Wald noch einsamer als zuvor.

Sie legte sich schlafen, um ihren Hunger nicht mehr zu spüren, und selbst im Schlaf begann ihr Körper so heftig zu schlottern, dass ihre Knie und Ellbogen gegen das umgestülpte Boot stießen und beständig dagegentrommelten, ein Geräusch, das in ihrem Traum als brodelnder Kessel auf einem heißen Feuer widerhallte, dessen Griff durch den Aufruhr des kochenden Wassers scheppernd gegen die eiserne Wandhalterung schlug.

Als sie wieder auf dem Fluss war, verjüngte er sich noch weiter, um sich dann wieder zu öffnen, und er wurde nun manchmal auf der einen oder anderen Seite von großen grauen Felswänden begrenzt, und wenn er sich gelegentlich in zwei Läufe zu gabeln schien, waren es dann doch nur Inseln, hinter denen das Wasser wieder verheilte.

Am sechsten Tag nach dem Hagelsturm kam sie nur unter Schmerzen überhaupt auf die Beine. Sie knickten förmlich unter ihr weg und schienen ohne jede Musik zu tanzen.

Erst als sie voranzukommen versuchte, begriff sie, dass der Schmerz nicht nur vom Stein des Tier-Mannes herrührte oder von den zahlreichen Wunden, die sie sich auf der Flucht zugezogen hatte. Er entfaltete sich von innen her. Es war ein Fieber, das als Funke begonnen hatte und seine Wärme jetzt, von ihren Knochen ausgehend, bis in sämtliche Poren ihrer Haut abstrahlte.

Irgendetwas hatte das in ihrem Mark schlummernde Fieber zum Ausbruch gebracht, vielleicht auch nur das harsche Winterende, das seinen kalten Leib an ihrem eigenen, ausgemergelten und geschundenen gerieben hatte.

So oder so, ein Fieber war eine sehr ernste Sache. Sie hatte in ihrem Leben schon viele Fiebernde gesehen. Die Röte, die glasigen Augen, das bis in den Wahnsinn geschmorte Gehirn.

Das Fieber war das Meer in ihr; unter ihrer Haut brandeten Wellen an, fielen Wellentäler ab.

Ihr angeschlagener Kopf sandte einen pulsierenden Schmerz das Rückgrat hinab bis zum Steißbein.

Die Vögel am Himmel drehten ihre Kreise zu schnell für ihr Auge, und ihr Gezwitscher schnarrte in ihren Ohren.

Als sie es mit buchstäblich letzter Kraft schaffte, das Boot zum Fluss zu schieben, rutschte es ihr das felsige Ufer hinunter, platschte ins Wasser und sank auf den Grund, bevor sie einen Fuß hineingesetzt hatte.

Lange Zeit saß sie auf einem Stein und betrachtete stumm das Boot, das auf dem flachen Grund des Flusses ruhte. Eine dünne Spur aus Schmutz, toten Insekten und Luftbläschen stieg aus dem Holz auf, blieb als öliger Wirbel kurz auf der Oberfläche und wurde alsbald von der Strömung davongetragen.

Weinte sie?, fragte sie sich. Als sie ihre Wangen befühlte, waren sie kalt und nass, aber vielleicht war es auch der klamme Wind. Sie sah ihren Atem in kleinen Wölkchen ihren Körper verlassen.

Ein Adler, so groß wie ein Ross, zog vor einem Himmel voll schnell ziehender Wolken seine Kreise und warf seinen bebenden Schatten auf das glänzende Wasser des Flusses.

Lebewohl, mein getreues Boot, sagte sie laut. Du warst mir ein dienstbereiter Gehilfe, und ich liebte dich gar sehr.

Das Boot schimmerte dunkel vom Grund des Flusses herauf, als wäre es erleichtert, einfach wieder totes Holz sein zu dürfen.

Sie nahm das Treibholzpaddel, das ihr Schwielen und Blasen zugefügt und über viele Meilen geholfen hatte und das umgekehrt von ihren Händen so glatt poliert worden war, dass es glänzte, und lehnte sich darauf, damit es ihr über das steinige, nasse Gelände vor ihr half.

Ein Pilgerstab, dachte sie.

Und dieser Gedanke gefiel ihr gut. Eine Pilgerin fand ihren Weg in heiliges Land und erlangte Seelenheil.

Es dauerte nicht lange, da kam ihr auf dem feuchten, schlammigen Grund in den Sinn, dass ein Stock auch das Sinnbild für einen Greis war, der wackelig und unsicher auf den Beinen stand. Ein Mensch, nur wenige Schritte vom Tod entfernt.

15.

Trotzdem war es eine Erleichterung, in den Wald zu kommen und nicht mehr dem rauen Wind ausgesetzt zu sein.

Jeder Schritt schmerzte in den Knochen ihrer Beine und befeuerte das Fieber in ihrem Kopf.

An Bächen blieb sie stehen und trank, um ihrem Bauch vorzugaukeln, er wäre gefüllt, dann zog sie auf ihren Stock gestützt weiter.

Sie träumte von ihrem holländischen Glasbläser, stellte ihn sich direkt hinter ihr vor, mit seiner gutmütigen, ruhigen Art, seinen starken Schultern und seinem schönen, wachsamen Gesicht. Sie wagte es nicht, sich umzudrehen, denn es wäre zu niederschmetternd gewesen, ihn dort nicht zu sehen; in ihrem Fieber malte sie sich stattdessen aus, sie würde seinen Geist hinter ihrem lebendigen Leib herziehen, wie einen Nebel oder wie Atemwölkchen.

Wir werden dort ankommen, wo wir hinwollten, sagte sie laut zu ihm, und ich werde dich in meinem Herzen am Leben erhalten.

Wir werden zu einem Ort der Erlösung finden, sagte sie zu ihm, und ich werde in einer Kirche sitzen und für deine Seele beten.

Wir werden ankommen, und wir werden Brot essen, warmes Brot in Hülle und Fülle, und wir werden immer weiter essen, sagte sie zu ihm, bis wir eines Tages steinalt vom vielen Essen sterben.

Und es war in Ordnung, dass er ihr nicht antwortete, wenn sie solche Dinge sagte, schließlich hatte er noch nie ihre Sprache gesprochen.

Das Rauschen des Flusses in seinem steinernen Bett klang jetzt schärfer, und in ihrem trägen, vernebelten Kopf kam der Gedanke auf, es könnte in der Nähe Stromschnellen geben. Sie spähte über die Uferböschung und sah weiß schäumendes Wasser, so weit das Auge reichte. Ein feiner Sprühnebel lag in der Luft, und hier und dort blitzte kurz etwas Silbernes auf.

Weil ihre Gedanken außerordentlich träge waren, begriff sie erst sehr viel später, dass das, was dort silbern blitzte, springende Fische waren, die zum Laichen flussaufwärts wanderten, und zwar so viele, dass sie sich womöglich leicht fangen ließen.

So schnell es ihr linkischer, hinkender Gang erlaubte, sammelte sie zuerst Holz und machte ein Feuer, denn sie wusste, dass sie es in ihrem fiebernden und ausgemergelten Zustand nicht lange in dem kalten Wasser aushalten würde. Dann ließ sie ihren Stock fallen, zog den Mantel, den Sack, das äußere Kleid, die Stiefel und auch die Strümpfe aus, oder wenigstens das, was außer blutigen, tief in den Wunden klebenden Fetzen davon noch übrig war.

Das Messer in der Hand, zwang sie ihren empfindlichen, schockierten Körper schließlich ins eiskalte Wasser.

Ihre Füße schmerzten hier anders als sonst, und diese

neue Art von Schmerz war in gewisser Weise eine Erleichterung.

Mit kleinen Schritten tastete sie sich zu einer Stelle hinter einem Stein vor, wo die erschöpften Fische Schutz vor der Strömung suchten und Kraft für die nächsten Sprungversuche sammelten. Das Wasser hatte sie beinahe von den Beinen gerissen, und sie hielt sich am Stein fest, um sich wieder zu fangen. Wenn sie den Halt verlor, würde die Strömung sie gegen die Felsen treiben, und ihr ohnehin geschundener Schädel würde knirschend dagegenschlagen.

Sie stand dort und verharrte möglichst reglos, bis die Fische vergaßen, dass ihre Beine nicht zum Fluss gehörten, und ihre Vorsicht ablegten. Sie entdeckte einen größeren, der schläfriger wirkte als die anderen, ließ ihn näher kommen und stach dann pfeilschnell zu, hart und mitten in den Kopf, und auch wenn er wie wild mit dem Schwanz schlug und mit beinahe mehr Kraft auf ihre Unterarme eintrommelte, als noch in ihrem ausgemergelten Leib steckte, trug sie den Fisch vorsichtig das Ufer hinauf und hinterließ eine blutige Fußspur, denn die Steine im Fluss hatten ihre Wunden regelrecht zerfleischt. An Land angekommen, erschlug sie ihn mit dem Treibholzpaddel. Dann hüllte sie ihren zitternden Leib wieder in den Mantel und wärmte sich am Feuer, und als ihre Finger wieder beweglich waren, nahm sie den Fisch aus und hatte in ihrem Hunger ihre liebe Not, seine Eingeweide nicht auf der Stelle in den Mund zu stecken und zu essen. Dann spießte sie ihn auf und hielt ihn übers Feuer. Während er briet, zog sie ihre Sachen wieder an, die warm waren vom Feuer und sich wunderbar anfühlten auf ihrer geschundenen Haut.

Sie wickelte sich in beide Decken ein und liebte sie innig für ihre Behaglichkeit. Sie aß etwas von dem noch nicht garen Fisch und war so hungrig, dass er ihr wie heißes Wasser ohne jeden Geschmack vorkam.

Weil sie aus Erfahrung wusste, dass sie sich von unbeherrschtem Essen übergeben musste, zwang sie sich, die Hände in den Schoß zu legen und zu warten, und sang währenddessen still für sich drei Lieder mit sämtlichen Strophen.

Als der Fisch danach noch immer nicht gar war, versetzte sie sich zurück in die Stadt und rief sich den vertrauten Abschnitt der Silver Street von nobel bis schäbig vor Augen, sah sich dort im Morgenlicht entlanggehen und mit der Hand über den Gips, den Stein oder das Holz eines jeden Gebäudes streichen, und sie kam an der kleinen, unscheinbaren Kirche, beim Goldschmied, beim Sattler, beim Urkundenschreiber und am Laden des Putzmachers vorbei, der diese hübsche Leinenhaube mit Schirm und Rüschen im Schaufenster hatte, auf der man die Fliegenschisse nur sah, wenn man durch den Staub auf den Glasscheiben ganz genau hinsah. Der Stadtgeruch nach Qualm, nach Leibern und Pisse an den Wänden. Auf diese Weise zwang sie sich zu überlegen, was als Nächstes und als Übernächstes und als Überübernächstes kam, und machte sogar einen Bogen um die Bettler auf der Straße, um John-ohne-Hände, der seinen Tonbecher zwischen den Armstümpfen eingeklemmt in die Höhe hielt, und um die Frau, die Passanten ihr Baby zuwarf, damit sie es auffingen und sie ihnen währenddessen in die Manteltaschen greifen konnte. Und erst als das Mädchen wieder so vollkommen in das Leben dort eingetaucht war, dass sie die Glocken der Silver Street förmlich läuten hörte, nahm sie den Fisch aus dem

Feuer und schlang ihn in sich hinein. Sie versuchte sich zu bremsen, doch auch als sie das letzte bisschen aufgegessen hatte, war sie noch hungrig.

Und so nahm sie erneut all ihren Mut zusammen, zog sich wieder aus und ging ein weiteres Mal ins Wasser, um zitternd noch einen Fisch zu fangen. Dann unternahm sie im Kopf einen weiteren Streifzug durch die Stadt, bis er gar war, und aß Bissen für Bissen auch diesen zweiten Fisch mitsamt Wangen und Augen.

Dann legte sie sich hin, denn ihr Körper gehorchte ihren Befehlen nicht mehr, so sehr war er mit dem Fisch beschäftigt. Und die Fieberwolken, die wie ein zäher Nebel über ihrem Kopf gehangen hatten, lichteten sich jetzt im Liegen ein wenig, und sie sah, wofür sie der durchdringende Schmerz bis dahin blind gemacht hatte, nämlich dass der Tag voll Sonnenlicht und Himmelsblau und roter und weißer Blüten war, die vor Kurzem noch pralle Knospen an den Spitzen der Zweige gewesen waren. Ach, dachte sie, sie hatte zugelassen, dass ihr Hunger und ihr Fieber sich die Schönheit dieser Welt einverleibt hatten. Und jetzt erfüllte sie Freude darüber, es ganz allein bis ans Ende des Winters geschafft zu haben, denn das hier war wirklich der gute, fruchtbare Frühling.

Als sie sich wieder bewegen konnte, war der Tag weit fortgeschritten, früher Nachmittag, und sie legte noch mehr Holz auf ihr Feuer, zog sämtliche Sachen aus und ging dann splitternackt noch einmal ins Wasser. Nur wenige Augenblicke bevor sie so heftig zu schlottern begann, dass sie kaum noch gehen konnte, spießte sie gleich zwei Fische auf und warf sie ans steinige Ufer, dann strauchelte sie hinterher und erschlug mit einem Stein zuerst den einen und dann den anderen. Dann legte sie den Stein beiseite und betrachtete ihren nackten Körper, der zum ersten Mal seit dem letzten heißen Bad im kleinen Raum neben der Küche vor über einem Jahr der Luft ausgesetzt war, und stellte entsetzt fest, dass ihre Knochen so scharf aus der Haut hervorstachen, als wollten sie sich hinausdrücken. Sie konnte jede einzelne Rippe sehen, die Hüftknochen, die lang gezogenen Oberschenkelknochen, die Knie und die Ellbogengelenke, die an ihren abgemagerten Armen so klobig wirkten, als gehörten sie eigentlich zum Skelett einer robusteren Frau. Und ihre Haut war von seltsamen dicken Haaren bedeckt, vielleicht um sie warm zu halten, denn sie hatte kein Gramm Fett mehr am Leib.

Weil sie zu satt war, um diese beiden Fische jetzt noch zu essen, machte sie ein weiteres Feuer, baute aus einer der Decken ein kleines Zelt drum herum und räucherte die Filets darin auf einer Plattform aus Stöcken, um sie später in ihrem Sack mitnehmen zu können, ohne dass sie schleimig wurden und zu stinken begannen. Sie zwang sich noch ein weiteres Mal in die Stromschnellen und räucherte, was sie nicht essen konnte. Als sich der Tag zum Abend neigte, war ihr Bauch so voll und schwer, dass sie beinahe aus dem Gleichgewicht kam, und sie hatte einen Essensvorrat für mehrere Tage in ihrem Sack.

Doch sie war in ihrer Gier so stark ausgekühlt, dass ihre blauvioletten Arme und Beine einfach nicht wieder rosig werden wollten, sosehr sie auch rieb und so dicht sie auch am Feuer saß, gerade so, dass sie sich nicht verbrannte. Die Kälte hatte sie aller Kraft beraubt. Sie stand nur noch einmal auf, um sich zu einem Baum zu schleppen, wo sie sich hinhockte und eine heiße, stinkende Flut hinauspresste, denn ihr schlafendes Gedärm war noch nicht wieder ganz wach. Dann zwang sie sich mit letzter Kraft, zwischen dem Feuer zum Wärmen und dem zum Räuchern ein Bett aus Moos zu bereiten und sich darauf einzurollen, und sie schlief tief und fest, obgleich sie unter freiem Himmel am Flussufer lag.

Am nächsten Morgen ging es ihr so viel besser, dass sie ohne ihren Stock stehen konnte. Weil ihre Füße nackt gewesen und vom Feuer gewärmt worden waren, hatten sich die Wunden verschlossen und bluteten nicht mehr.

Sie schlug die Augen auf und genoss es noch eine Weile, dort zu liegen. Im Wald schwippten Rotkardinäle durch das Helldunkel aus Sonne und Schatten. Die kleinen, durchscheinend grünen Blätter, die gerade erst zu sprießen begannen, veränderten das Licht, ließen es flirrend auf den Waldboden fallen und rötlich golden leuchten.

Sie fragte sich, warum der Wald hier nicht mehr so zugewuchert war, warum die alten Bäume, die sich majestätisch in den Himmel erhoben, bis weit über die Hügel hinweg sichtbar waren und warum kein dorniges Gestrüpp nach ihr fasste und ihr Löcher in die Kleider riss. Doch sie fand keine Antwort.

Denn nichts in ihrem bisherigen Erfahrungsschatz hätte ihr erlaubt, sich vorzustellen, dass es die Piscataway gewesen waren, die Menschen dieser Gegend, die das Gestrüpp und auch die jungen Schösslinge sorgsam niedergebrannt hatten, um inmitten der Bäume das Wild besser erspähen zu können. Sie wusste nicht, dass sie von Hickorys, Kastanien, Walnussbäumen und Haselsträuchern umgeben war und dass sie, hätte sie im trockenen Laub gewühlt, reichlich Nüsse gefunden hätte, um gut durch diese karge Zeit kurz nach dem Winter zu kommen. Und dass auch diese Bäume von den hiesigen Gärtnern gepflanzt worden waren. Denn ihr Verständnis von Gärtnern beschränkte sich auf jene in der Stadt, und die hatten ein Faible für gerade Linien und sauber eingefasste Beete gehabt, und als sie die Bäume betrachtete, scheinbar von der Hand der Natur dort verstreut, erkannte sie in der üppigen Fülle nicht menschliche Begabung und Planung.

Dennoch sann sie darüber nach, wie vertraut ihr die Wildnis inzwischen war, durch die sie hindurchging, und sie spürte Stolz in sich aufwallen, denn als sie darüber nachsann, was sie einst unter Natur verstanden hatte, musste sie laut lachen. Das krächzende Geräusch ließ die Vögel für einen Moment verstummen. In der Stadt, in der sie geboren wurde, hatte sie Natur bloß schwitzend und freudlos auf Spaziergängen durch die Heide nahe dem Fluss kennengelernt, hatte Wildblumen gepflückt und am Saum ihres Kleides Kletten gesammelt, die sie später abzupfte und ins Feuer warf. Sie war dort in Begleitung ihrer Dienstherrin gewesen, die sich nach dem Tod des Goldschmieds manchmal an einem abgelegenen Ort im silbrigen Unterholz mit befreundeten Herren verabredete. Für das Mädchen von damals war Natur immer nur Stadtnatur gewesen: die Mäuse, die auseinanderstoben und weghuschten, sobald jemand die Tür zur Speisekammer öffnete, oder der stinkende Fluss, der in den heißen Sommermonaten oft so wenig Wasser führte, dass stattliche Störe zum Atmen an die Wasseroberfläche kamen, und einmal hatte sie gesehen, wie sechs junge Lehrburschen am Ufer Schuhe und Strümpfe ausgezogen hatten und barfuß ins Wasser gewatet waren, um die riesigen Fische jeweils zu zweit hochzuheben und wie Sargträger einen Toten aus dem Wasser zu tragen.

Sie hatte in ihrer Kindheit in der Stadt rein gar nichts über die Natur gewusst und trotzdem geglaubt, sich gut damit auszukennen. Jetzt hatte sie ihre Extreme kennengelernt, und ihr wurde klar, wie unendlich ahnungslos sie gewesen war, und zugleich schwindlig bei dem Gedanken, wie viel sie noch immer nicht wusste.

Ein feiner Nieselregen setzte ein und benetzte die Welt, und sie suchte Schutz unter einer Eiche. Sie sah hoch zu den jungen Blättern und stellte fest, dass jeder einzelne Wassertropfen, der daran hing, eine kleine Sonne in sich trug. Es wurde ruhig und hell in ihrem Inneren, das beständige Rauschen verstummte. Sie machte sich ganz klein. Alles Gefühl schien aus ihr hinauszufließen. Die Wärme ihres Körpers trocknete ihre Kleider.

Als es aufhörte zu regnen, zog sie weiter, und im Gehen entdeckte sie die Bäume mit der glatten Rinde und den köstlichsten Knospen und gab ihnen den Namen Silberbäume. Jetzt, wo sie sie benannt hatte, konnte sie sie plötzlich viel leichter inmitten der anderen Bäume ausmachen.

Das Benennen verlieh den Dingen mehr Sichtbarkeit, wurde ihr klar.

Im Gehen benannte sie jetzt alles, was sie liebte. Die früh blühende weiße Blume, die sich blattlos auf ihrem eleganten

Stängel erhob, nannte sie Mädchenhals, der schwarzweiße Vogel, der sich so zornig aus seinem Nest auf ihren Kopf stürzte, als sie vorbeiging, war ein Drachenvogel, und diese schwarze Fliege mit den roten Augen, die sofort in jedes freiliegende Stück Haut stach, ein Höllendotz. Und es war aufregend, die Dinge auf diese Weise zu benennen; es war eine Art von Macht. Sie fühlte sich regelrecht trunken davon und benannte voller Übermut alles, was sie sah.

Sie verstand jetzt, warum sich Adam, der erste Mann, mit jedem neuen Namen mächtiger gefühlt hatte, dem Gott immer näher, der ihn erschaffen und benannt hatte. Name für Name spürte Adam, wie seine Botmäßigkeit in Herrschaft umschlug, bis er schließlich glaubte, die Welt und alle Geschöpfe darin würde ihm gehören, weil er sie benannte und folglich mit ihnen tun konnte, was ihm beliebte.

Denn genau auf diese Art übten Erwachsene Macht über Babys aus und waren Babys unwillkürlich den Erwachsenen ausgeliefert, bis sie selbst alt genug waren, um andere zu benennen. Genau auf diese Weise hatten die Menschen ihres Volkes geglaubt, sie würden diesem Ort und den Menschen hier erstmals Namen geben, und in diesem Glauben war es ihnen nur natürlich erschienen, dass sie die Herrscher über dieses Land waren, auch wenn, und dieser Gedanke überraschte sie, auch wenn die Menschen hier sicherlich eigene Namen für alle Dinge hatten. Doch wenn ein Name den anderen verdrängt, wendet sich das Blatt der Macht.

Es gab nur einige wenige, die sich weigerten und dieses Spiel nicht mitspielten. Die kleine Bess zum Beispiel: Nicht allein war in ihrem Kopf nur Leere gewesen, nein, sie hatte am Ende aus freien Stücken beschlossen, nicht mitzumachen, und war lieber gestorben, als Teil eines Räderwerks der Herrschaft zu sein.

Und jetzt kehrte die kleine Bess mit ganzer Kraft zu ihr zurück, sie jagte mit der Hand einen Fetzen Sommerlicht, der zum Fenster hereinfiel, und lachte dabei ihr kehliges Lachen.

Und auch die Dienstherrin, die in einem raren Moment von Feierlichkeit sagte, Meine Tochter, so wie Gott sie schuf, ist die Fleisch gewordene Vorstellung von heiliger Anmut.

Und wie die kleine Bess stets nach saurer Milch gerochen hatte, nach Apfel und auch immer leicht nach Urin, denn sie tröpfelte neben ihren Nachttopf und pinkelte sich oft die Unterröcke und die Pantoffeln voll.

Und wie die Hand der kleinen Bess, wenn das Mädchen von den Nachtschrecken heimgesucht wurde, sie manchmal geweckt hatte, ihr die Wangen Hals Hände Haare getätschelt und wortlosen Trost zugemurmelt hatte, bis sie ganz wach war und die bösen Geister sich verzogen.

O, fort mit dieser Erinnerung, Mädchen, bloß fort damit, sagte sie sich streng. Sonst verschlingt dich der Kummer mit Haut und Haar.

Traurig dachte sie an ihre eigenen vielen Namen, von denen sich keiner je ganz wie ihrer angefühlt hatte. Lamentatio Venal, Mädchen, Dirne, Zett. Der Glasbläser hatte irgendetwas in seiner Sprache zu ihr gesagt, so etwas wie Meincheliefde, und das kam der, die sie wirklich war, wohl am nächsten.

Aber er war tot und folgte ihr stumm. Lamentatio Venal war eine Beleidigung, kein Name, und Zett war ebenfalls eine

Beleidigung gewesen, noch dazu eine, die während der Hungersnot im Fort gestorben war.

Sie würde sich einen neuen Namen geben, geboren aus ihrem Kampf hier in diesem neuen Land. Es kam ihr falsch vor, namenlos durch diese Wildnis zu wandern; sie fühlte sich, als würde sie ohne Haut durch die Welt gehen.

Doch keiner der Namen, die ihr einfielen, fühlte sich richtig an, und bald sengten das Fieber und das Gehen den Gedanken wieder aus ihrem Kopf, und sie zog weiter, ohne einen Namen und ohne einen Herrn.

16.

Sie würde es bereuen, jetzt stehen zu bleiben, wo ihr Körper einmal in Bewegung war, denn sie wusste, dass der Schmerz dann mit voller Wucht zurückkäme und das Fieber, im Moment nur ein Glutnest am Ansatz ihrer Wirbelsäule, wieder aufflammen und durch ihren ganzen Körper züngeln würde, und so trieb sie sich weiter eine lang gezogene, zerklüftete Steigung hinauf und stand schließlich auf einem Grat, und am Fuß des steilen Abhangs zu ihrer Rechten rauschte weiß schäumend der Fluss vorbei.

Zu ihrer Linken breitete sich bis zum Horizont eine lange, weite Ebene aus.

Entzückt keuchte sie auf und hatte die Vorstellung, sie könne das gesamte Land bis zur anderen Seite des Kontinents überblicken, denn was sollte das schimmernde Blau jenseits der Sichtgrenze sonst sein, wenn nicht der riesige und schier unendliche Ozean, der Orte wie Indien oder Manila berührte, von denen sie damals in der Stadt gehört hatte, weil die Apotheker ihre kostbaren Gewürze von dort bezogen.

Sollte dieser neue Kontinent tatsächlich so schmal sein? Denn wenn ja, war er bloß ein dünner Streifen und das Meer gar nicht sehr weit weg. Es sah aus wie Flachland ohne jeden Berg, was zwischen ihr und dem blauen Meer am Horizont lag.

Und dann hatte sie die Vision, gen Westen zu gehen und den Rest des Kontinents zu überqueren. Sehr lange würde es nicht dauern, vielleicht das Doppelte der vierzehn Tage oder wie lange sie nun schon allein durch die Wildnis irrte. Dann würde sie die Füße dort ins Meer tauchen und die Küste auf der anderen Seite der neuen Welt sehen.

Sie fühlte sich ruhmreich; sie, ein Niemand, wäre weiter gekommen als jeder Mann Europas in diesem für ihrer aller Augen so neuen Land.

Doch was würde sie, einmal angekommen, dort tun, wer würde sie retten und wieder nach Hause bringen? Denn wenn noch keiner ihrer Landsleute von sich behauptet hatte, diesen Ozean überquert zu haben, würde sie auch keiner von ihnen dort finden. Und dann würde sie mit den Füßen im Wasser voller Sehnsucht am fernen Ozean sitzen und wissen, dass sie bis zu ihrem Tod ganz allein bliebe.

Sie nahm sich ein wenig Zeit, um sich auszuruhen, auf das zu blicken, was sie für das andere Ende des Kontinents hielt, und sich die Stiefel auszuziehen, um sich die wunden und blutenden Stellen an ihren Füßen vom Wind kühlen zu lassen.

Der Nagel in der Sohle hatte sich jetzt ganz durch den Absatz und die verschiedenen Schichten der Polsterung gebohrt und wühlte mit jedem Schritt in ihrem Fleisch. Aber ihr Körper in seinem köchelnden Fieber war ein Stück weit taub, und sie war froh, ihn nicht ganz zu spüren.

Sie ließ sich nieder und spürte, wie das Fieber sich in ihrem Nacken festsetzte und dort pulsierte.

Als sie den Blick gen Westen den Hang hinab schweifen

ließ, blieb er an ein paar großen braunen Steinen hängen, die direkt am Fuße der Bäume lagen.

Doch plötzlich bewegte sich einer der Steine, und sie sah genauer hin. Und jetzt erkannte sie, dass es keine Steine waren, sondern eigenartige rinderähnliche Tiere mit dünnen Beinen, die ihr ganzes Gewicht geballt über den Schultern in Kopf und Nacken trugen. Ein kräftiger Schubs gegen den Widerrist, und sie würden Hüfte über Kopf den Hang hinunterpurzeln, dachte sie.

Es waren so viele, Dutzende oder Hunderte, so weit das Auge reichte, über das Tal verteilt, und vom Vergleich mit den Bäumen dort unten wusste sie, dass die Tiere riesig waren, dass ein jedes sie um das Doppelte überragte.

Würde sie inmitten dieser Tiere stehen, sie wäre überwältigt von ihrer eigenen Winzigkeit und hätte Angst, zertrampelt zu werden.

Ach, dass es an einem Ort wie diesem solche liebenswerten Kolosse geben konnte!

Und sie spürte, wie sie von Zuneigung für das Land ergriffen wurde, so hart und erbarmungslos und wild es auch war.

Mit dem Messer trennte sie zwei lange Streifen von der Decke ab, die sie ohnehin bereits zerschnitten hatte, und umwickelte damit beide Füße, bevor sie ihre lädierten Stiefel wieder anzog. Das Gehen mit dieser neuen Polsterung war eine enorme Erleichterung, und sie ließ ihren Beinen freieren Lauf als am Morgen. Sie ging so schnell, dass sie das Pulsieren ihres Blutes spürte und vor Anstrengung beinahe keuchte.

An einer Engstelle befand sich keinen halben Meter neben ihr ein Abgrund mit tosenden Stromschnellen, und als sie einen Stein lostrat, schlitterte er den Felsen hinab und verschwand im schäumenden weißen Wasser. Wie leicht auch sie dort hinunterfallen könnte. Doch während sie in das weiße Tosen hinabsah, befiel sie plötzlich eine Ahnung, ein Gefühl, als lauere irgendetwas hinter ihr in den Bäumen und verfolge sie.

Hektisch sah sie sich um und bemerkte eine Bewegung, die nicht der Wind in den Bäumen war. Es war etwas Tierisches. Etwas Großes und Tierisches. Etwas, das sich so schnell versteckt hatte, dass sie es nicht in Gänze hatte sehen können, auch nicht einen kurzen Moment.

Und sie spürte, dass es sie versteckt hinter einem Baum noch immer beobachtete, was auch immer es sein mochte.

Sie drehte sich nach vorne. Sie rannte. Sie rannte noch schneller und hätte beinahe aufgeschrien, so schmerzte ihr Kopf, und sie spürte, dass auch dieses Tierding hinter ihr rannte und jetzt ebenfalls beschleunigte.

Als die Felskante noch schmaler wurde, verlor sie ihren Stock, und er stürzte den Felsen hinunter, drehte sich auf dem Wasser und war jetzt nicht mehr ihr gutes Werkzeug, ihr Handschmeichler, sondern wieder Treibgut wie zuvor.

Plötzlich lag ein feiner Sprühnebel in der Luft, und es war ohrenbetäubend laut, doch zum Stehenbleiben und Umsehen blieb keine Zeit.

Sie entdeckte einen schmalen Weg hinab zum Fluss und rutschte ihn mehr hinunter, als dass sie ging, hielt sich an Grasbüscheln fest und trat auf Baumwurzeln und gelangte auf die Steine direkt neben dem rauschenden Wasser.

Nur Tage zuvor war der Fluss wegen der Schneeschmelze

noch viel breiter und reißender gewesen, sodass an seinen Ufern kein Platz gewesen wäre, doch jetzt war er wieder abgeschwollen, und links und rechts an den Rändern des Flussbetts lagen noch angespülte Äste und Zweige. In Windeseile suchte sie sich einen Weg, sprang darüber und trat dazwischen und flog förmlich.

Dann machte der Fluss eine Biegung, und plötzlich stand sie vor einem breiten Wasserfall, der in fünf glänzenden Bändern von hohen Felsen hinabstürzte. Ganz links, ihr am nächsten, fiel das Wasser aus einer hohen Steinschale hinunter in ein brodelndes Becken, dessen Wasseroberfläche sich nach außen hin beruhigte und nun weit und blau vor dem Mädchen lag. Und eine kaum begehbare, zerklüftete Felszunge führte zur Wand, von der das Wasser hinabprasselte.

Es war allein ihrer Panik geschuldet, dass sie einen so rutschigen und heiklen Weg überhaupt in Betracht zog, aber sie musste weiter, schnell, und sie kletterte, da ihre Röcke bereits nass vom Sprühnebel in der Luft und der Nässe von unten waren, seitlich an dem Fels entlang. Unmittelbar zu Füßen des Wasserfalls leuchtete saftiges Grün, wuchsen wippende Farne und Gräser, während alles andere in der Welt gerade erst zarte Knospen nach dem Frühling ausstreckte.

Obwohl sie wirklich schnell war, kam das, was sie verfolgte, noch näher, und so sprang sie mit den Stiefeln ins flache Wasser, doch die Felswand neben ihr war zu hoch, um hinaufzuklettern.

Panisch sah sie sich um und entdeckte etwa auf Kopfhöhe einen Felsvorsprung, der hinter dem Vorhang aus Wasser verschwand. Nachdem sie es irgendwie geschafft hatte, sich dort hochzuhieven, schob sie sich, mit den Fingerspitzen nach Halt suchend, seitwärts am Fels entlang und hinter die tosende weiße Kaskade.

Dort hätte sie verharrt und sich so gut wie möglich hinter dem tosenden Wasser verborgen, hätte sie nicht, weil es ihr nasskalt in den Nacken sprühte, den Kopf nach innen gedreht und vor sich in der Felswand eine große tiefschwarze Stelle entdeckt, die sich als eigenartiges, praktisch nicht sichtbares Loch erwies. Mit allerletzter Kraft schlängelte sie sich hinein. Die kleine Höhle war weit und tief genug für sie, und sie lag auf dem um ihre Taille geschlungenen Sack. Der Wasservorhang, kaum eine Armlänge von ihr entfernt, bot ihr einen Sichtschutz, auch wenn man hier und dort hindurchsehen konnte. Dunkelheit umfing sie.

Zitternd vor Angst lag sie in der Steinhöhle, so weit hinten, wie sie mit angezogenen Beinen kam, ihr Kopf vorne bei der Öffnung, und sie zog sich die Kapuze darüber, damit nichts aus dem Dunkel hervorschimmerte – Schweiß, Zähne oder was auch immer sie verraten könnte.

Und während sie noch keuchte, nur Augenblicke nachdem sie sich hingelegt hatte, sah sie durch den Wasservorhang und den Stoff ihrer Kapuze einen Mann, einen echten Mann, der flink und mühelos um die Felszunge rannte, die sie gerade entlanggeklettert war.

Dahinter kam ein weiterer, ähnlich aussehender Mann mit einem Bogen in der Hand, der größer war als er selbst, und einem gewobenen Köcher mit Pfeilen um die Hüfte.

Und es lief ihr eiskalt durch Mark und Bein, ein Reflex, denn sie fürchtete das Schicksal, das Frauen überall auf der Welt fürchten mussten, wenn sie in der Stadt allein auf einer dunklen Straße unterwegs waren oder auf einem abgelegenen ländlichen Weg fernab menschlicher Ohren oder an irgendeinem anderen Ort ohne die Gegenwart von Zeugen.

Und diese neuen Männer waren den Powhatan nahe dem Fort ähnlich und zugleich nicht, und sie wusste nicht, dass sie zu einem anderen Volk gehörten, das ihr eigenes Volk eines Tages die Piscataway nennen würde. Vielleicht waren es trotzdem Powhatan, überlegte sie und staunte, als sie sich vorstellte, wie weit die Macht ihres Anführers in diesem Fall reichen würde, erst recht an einem Ort wie diesem, wo man seine Herrschaft weder mit Pferden noch mit Waffen aus Metall oder mit Schießpulver durchsetzen konnte.

Auch diese Männer hatten ihre Körper mit einer dicken Schicht Farbpaste gegen die Kälte geschützt und sich auf einer Seite das lange Haar abrasiert, damit es beim Spannen des Bogens nicht im Weg war. Das restliche Haar wurde mit Bändern zusammengehalten, damit es ihnen nicht ins Gesicht fiel. Sie trugen Tuniken und kamen ihr etwas größer vor als die Männer, unter denen sie aufgewachsen war, und ihre Muskeln waren kräftiger, denn, so hatte sie es neidische Engländer im Fort sagen hören, sie bekamen öfter Fleisch zwischen die Zähne. Und diese waren sicher auch keine kümmerlichen schwarzen Stummel wie die im Mund ihrer eigenen Landsleute, woran angeblich die englischen Süßigkeiten schuld waren.

Die Männer kamen so nahe, dass sie die Luft anhielt und völlig reglos blieb, und sie zogen sich an derselben Stelle hoch wie sie und inspizierten das Felsgesims, ohne sie in ihrem Loch zu entdecken. Und als sie schließlich weg waren und sich ein paar Fuß neben dem Wasserfall nach allen Richtungen umsahen, verharrte sie weiter reglos und kam sich jetzt gänzlich unsichtbar vor.

Der Wasserfall war so ohrenbetäubend laut, dass sie die Stimmen der Männer nicht hören konnte.

Offenbar kamen sie zu dem Schluss, dass sie in ihrer Furcht ins Wasser gesprungen und es in dem brodelnden Kessel irgendwie an ihnen vorbei geschafft haben musste, als sie gerade nicht hingesehen hatten, denn sie gingen noch einmal zum Wasser, und während der eine hineinblickte, rannte der andere den Weg zurück, den sie gekommen waren.

Der Mann, der geblieben war, hockte sich nah ans Ufer, beobachtete das Wasser und aß irgendetwas aus dem Lederbeutel an seiner Hüfte.

Ihn essen zu sehen, ließ in einem widerlichen Anflug von Übelkeit den Hunger wieder aufwallen, den sie so sorgsam unterdrückt hatte, doch sie wagte keine Bewegung, aus Angst, sich zu verraten, und zum Glück übertönte das tosende Wasser ihr Magenknurren.

Ihr Atem beruhigte sich, und sie zitterte in ihren klammen Sachen und umgeben von dem Gestein, dessen Kälte ihr in die Glieder kroch. Sie beobachtete den Mann am Wasser, bis der andere zurückkam, sich zu ihm hockte und die beiden sich beratschlagten.

Dann standen die Männer auf und gingen den Weg, den sie gekommen waren, wieder zurück.

Und trotzdem spürte sie, noch lange nachdem sie weg

waren, dass ihre Blicke von irgendeiner höher gelegenen Stelle aus auf ihr ruhten, und sie wagte keine Bewegung.

Aber der Stein, an den sie sich dicht schmiegte, hatte ein wenig von ihrer Körperwärme angenommen und war nicht mehr ganz so kalt. Und während in ihrem Bauch noch immer Wellen der Angst brandeten, wurde ihr Kopf von genau dieser Angst etwas zur Ruhe gebracht, und so wiegten die feste Umarmung des Felsens und das Rauschen des Wassers sie in einen merkwürdigen Schlaf.

Im Traum wanderte sie durch eine so dichte Dunkelheit, dass sie die Hand nicht vor Augen sah; sie spürte nur den Weg unter ihren nackten Füßen und fürchtete bei jedem Schritt, der nächste könnte in einen Abgrund führen, und sie durchlebte sowohl die Angst vor dem Fallen wie auch den Fall selbst, aber nie den Aufprall auf dem Boden.

Als sie aufwachte, ging in goldenem Glanz die Sonne unter. Sie spiegelte sich auf dem glatten Wasser jenseits des weißen Schäumens unter den Kaskaden und war so blendend hell, dass das Mädchen blinzeln musste.

In ihren Schläfen pulsierte mit jedem Herzschlag ihr Fieber und ließ ihren Kiefer schmerzen.

Weil sie spürte, dass die Männer vielleicht noch immer in der Nähe waren, blieb sie liegen und rührte sich nicht, auch wenn von ihrer Hüfte abwärts inzwischen alles taub war.

Sie schob jedoch langsam die Hand unterm Rock bis zur Hüfte, knotete einhändig den Sack auf und steckte sich etwas geräucherten Fisch daraus in den Mund.

Zum Trinken musste sie sich damit begnügen, den Mund

zu öffnen und die Tropfen zu fangen, die ihr am Gesicht hinunterrannen. Sie aß und sie trank und hatte es wirklich recht komfortabel in ihrem kleinen Versteck, das warm genug und gerade groß genug war. Ihre Schädelknochen jaulten nicht auf, wenn sie dagegen stieß. Und ihr Fieber grub sich tief in ihr Inneres und wärmte sie. Es war ihr durchaus schon elender ergangen, sagte sie sich, und indem sie es sich sagte, verschaffte sie sich noch mehr Behagen.

Dann verlosch das letzte Licht der untergehenden Sonne.

Jetzt in der tiefen Dunkelheit wagte sie es, sich etwas mehr zu bewegen, und wand sich, um den Sack von ihrer Taille loszubinden und die Decken unter sich zu schieben, um auf dem Stein nicht weiter auszukühlen. Dann schob sie die nassen Stiefel von ihren Füßen und zog auch die Strümpfe aus, soweit sie sie noch abbekam, und sie steckte ihre lädierten, kalten Füße unter den wunderbar warmen Rand der Decke. Als sie sie das letzte Mal angesehen hatte, waren sie irgendetwas Totem ähnlich gewesen, schwarz und angeschwollen und zerschunden, die Nägel abgefallen und die kleinen Zehen scheinbar kurz davor, und aus dicken Wunden waren Blut und gelber Eiter geflossen. Sobald sie etwas wärmer geworden wären, würde sie die Füße wieder aus der Decke ziehen, sagte sie sich, denn an der Luft würden sie hoffentlich heilen, doch schon bald war sie wieder eingeschlafen, ohne ihre Absicht umgesetzt zu haben.

Doch in der Nacht weckte sie eine Ahnung, dass irgendetwas nicht in Ordnung war, und sie spähte eine ganze Weile durch den Wasservorhang, bis sie sah, was sie beunruhigt hatte.

Dort am Rand einer kleinen Uferbucht unterhalb des Wasserfalls saß ein Bär und ließ das kalte Wasser über seine Beine laufen.

Er war riesig. Von allen Bären, die sie in diesem Land von Weitem gesehen hatte, war dieser mit Abstand der stattlichste, so groß wie drei Männer, die einander auf den Schultern standen. Und jetzt, wo sie den Bären sah, fielen ihr auch Details auf, der Glanz seines dichten Pelzes im Sternenlicht, und als der Mond aufging und hell aufs Wasser schien, erkannte sie auch das Gesicht des Tiers. Es sah das Wasser an, das in fünf breiten Strängen nach unten fiel. Offenbar war es ganz in seine Betrachtung vertieft.

Und auch wenn sie es schwer fand, den Gesichtsausdruck eines Bären zu lesen, glaubte sie, in seiner Miene etwas Staunendes wahrzunehmen.

Irgendetwas in ihr drängte in kraftvollen Wogen der Zuneigung zu dem Bären hin.

Es war nicht das erste Mal, dass sie derart von Ehrfurcht ergriffen wurde.

Als die Dienstherrin, nach dem Tod des Goldschmieds frisch verwitwet, mitsamt ihrem Haushalt in die Kathedrale gegangen war, um den neuen Pfarrer predigen zu hören, hatte das Mädchen auf der Kirchenbank gesessen und den Mann dort oben leuchten sehen; er war schön wie eine Maid und ruhig wie eine Katze, die sich gerade an etwas Köstlichem gütlich getan hatte, und seine Worte waren so golden und so lieblich, dass sämtlichen Frauen die Knie weich wurden. Und auch ihr waren damals die Knie weich geworden, wirkte er doch innerlich wie äußerlich honigsüß, und das Ausmaß seiner Verdorbenheit hatte sie damals noch nicht gekannt.

Seine Worte ließen die Dienstherrin mit zusammengekniffenen Lippen zu ihm hinaufsehen, und das Mädchen kannte sie gut genug, um beinahe sehen zu können, wie ihr alle möglichen Tricks und Kniffe durch den Kopf schwirrten, mit denen sie den Pfarrer dazu bringen würde, sie zu besuchen, mit denen sie ihn sich krallen und zu eigen machen würde, auch wenn er sich in dieser Rolle später als übelbringend erweisen würde.

Aber mitten in dieser ersten, erleuchteten Predigt hatte das Mädchen aufgeblickt und das Licht auf eine solche Weise zum Fenster hereinfluten sehen, dass es förmlich unter die Kalkfarbe kroch, mit der die papistischen Heiligengemälde an der Wand übertüncht worden waren, und die Heiligen schienen höchstpersönlich aus all dem Weiß herauszutreten und direkt auf sie hinabzublicken, auf sie, einen unbedeutenden Floh, und ihre Gesichter waren von solchem Kummer und solch strahlend warmer Liebe erleuchtet gewesen, dass ihr ein gottesfürchtiges Gefühl zuerst über die Haut lief und dann tiefer ins Fleisch drang.

Um ein Haar wäre sie ohnmächtig geworden, hätte sie sich nicht durch den feinen Stoff ihres Kleides ins Bein gekniffen, bis der Schmerz sie wieder zu Sinnen kommen und im weiten, sanften Leuchten des Hier und Jetzt bleiben ließ.

Ein anderes Mal, nicht in einer Kirche, war sie von einer ähnlichen Ehrfurcht ergriffen worden, als die Leinen geworfen wurden und das Schiff als Teil jener kühnen Flottille aus dem gelben Nebel der Stadt heraus in Richtung der unbeschriebenen Welt fuhr, als sie die Brücke und die Häuser klein und kleiner werden sah, bis sie voller Staunen feststellte, dass alles, was sie gekannt hatte, was ihre Tage so groß und wichtig überragt hatte, auf einmal nur noch als kleiner, dunkler Fleck am Horizont lag. Und auf einmal schien es, als würde eine Hand durch ihre Rippen hindurch nach ihrem Herzen greifen und es fest zusammendrücken.

Jetzt, wo sie den Bären den Wasserfall betrachten sah, spürte sie die Ehrfurcht, die ihn durchströmte, in sich selbst, und sie spürte, wie sich in ihrem Verständnis der Welt etwas wandelte.

Denn wenn ein Bär Ehrfurcht empfinden konnte, konnte er sicherlich auch Gott erkennen.

Und wenn ein Bär auf seine Bärenart Gott erkennen konnte, dann besaß er eine Seele, und sie begriff nicht, wie der Mensch es für sein Recht halten konnte, solche Tiere zu schlachten, denn indem er den Körper des Bären schlachtete, schlachtete er zugleich auch seine Seele, und diese strebte ebenfalls zu Gott hin.

Und sie begann nun zu verstehen, dass Gott, als er Mann und Frau schuf und sprach, dass sie herrschen sollen über die Fische im Meer und über die Vögel unter dem Himmel und über das Vieh und über die ganze Erde und alles Gewürm, das auf Erden kriechet, mit Herrschen womöglich nicht meinte, dass er dem Menschen das Recht gab, die Fische, die Vögel, das Vieh und alles Gewürm zu töten oder zu unterjochen.

Dann kam ihr der Gedanke, dass es in der Sprache der Bären vielleicht auch eine Art Evangelium gab. Und dass dieses den Bären vielleicht die gleiche Botschaft vermittelte – dass Gott ihnen die Herrschaft über die Welt übertragen habe. Und vielleicht glaubten Bären, das gäbe ihnen das Recht, die gesamte lebendige Welt einschließlich der Menschen darin niederzumetzeln.

Und bei diesem Gedanken zitterte sie, denn wenn das Evangelium unter zwei Spezies austauschbar war, dann war Gott keine Konstante. Dann veränderte sich Gott, je nachdem, durch wessen Leib er sprach.

Und dann konnte sich Gott im Moment der Begegnung der Seele mit ihm verändern, je nachdem, wessen Seele ihn sah.

Und das bedeutete, dass selbst die frömmsten Pfarrer, in der Stadt wie auch in diesem elenden Fort, nur einen Bruchteil einer weit größeren Wahrheit sprachen, wenn sie in Gottes Namen predigten.

Der Gott aus ihrem Munde war nur der winzige Teil, den sie selbst sehen konnten.

Und diese Wahrheit war nur so groß wie sie selbst.

Und vielleicht, so überlegte sie, war Gott weder eine Dreifaltigkeit noch ein Einzelner, sondern viele, in so mannigfacher Gestalt wie das Leben auf Erden.

Vielleicht war Gott alles.

Vielleicht lebte Gott bereits in allem.

Und dieser Ort und die Menschen hier hatten es gar nicht nötig, dass die Engländer Gott zu ihnen brachten.

Die Stimme, die ihr von Zeit zu Zeit ins Ohr flüsterte, sagte sanft, Und wenn Gott alles ist, Mädchen, heißt das, in jenem Alles, das Gott ist, ist nichts?

Das verstehe ich nicht, sagte das Mädchen und weinte, ohne zu wissen, warum; heiße Tränen strömten ihr die Wangen hinab.

Ja, sagte die Stimme, und dann verstummte sie.

Und das Mädchen lauschte auf jenes feine Fünkchen Licht, das sie in ihrem Herzen trug und das für sie ihr Leben lang Gott gewesen war.

Und dort in ihrer Felshöhle, während sie den Bären beim Betrachten des Wasserfalls betrachtete, geschah es, dass ihr nichts eine Antwort gab und nichts zurückhallte.

Und sie betrachtete den Bären, und der Bär betrachtete den Wasserfall, und der Mond als schlanke Sichel betrachtete alles, was sich unter ihm auf Erden befand.

Sie fühlte sich innerlich leer, leer und verlassen. Sie beschwor den Geist ihres Glasbläsers herauf, stellte ihn sich in dem schmalen Spalt neben sich vor und schloss die Augen, und ihre Vorstellung war so lebendig, dass sie förmlich spürte, wie seine Arme sie umfingen.

Als sie erneut wach wurde, war der Bär verschwunden.

Im Osten glomm das erste Tageslicht.

Sie bewegte die Füße in ihrem Wollbett, und mit Tausenden Stichen floss Blut in sie hinein und holte sie aus dem kleinen Tod des Schlafes zurück in den Schmerz des wachen Lebens.

17.

Sie sandte ihren Geist und all ihre Aufmerksamkeit aus, um zu erspüren, ob es irgendwo in der Umgebung noch Hinweise auf die Männer gab, denn vielleicht hatten sie die Nacht über Wache gehalten.

Doch sie nahm nichts mehr wahr. Sie glaubte, das hieße, sie wären weg.

Zwei Dinge waren jedoch sehr präsent: der Geist ihres Glasbläsers, beinahe greifbar, wenn auch unsichtbar neben ihr, und das Fieber, das so heiß brannte, dass ihr die Welt schimmernd vor Augen verschwamm und ihre unteren Kleider schweißgetränkt waren.

Sie schob sich ein Stück aus ihrem Unterschlupf und setzte sich auf, aß noch etwas von dem geräucherten Fisch, fing mit dem Zinnbecher etwas Wasser von draußen auf und trank einen tiefen Schluck. Probehalber leckte sie die Tropfen von der Höhlenwand ab, sie schmeckten salzig.

Dann packte sie alles wieder in den Sack und band ihn sich um.

Kurz dachte sie darüber nach, die Stiefel anzuziehen, aber falls sie beim Hinunterklettern auf dem Fels ausrutschte und fiel, würden die Stiefel sie womöglich bis auf den Grund des Wassers ziehen. Und so band sie ihre Schnürsenkel zusammen und hängte sie sich um den Hals, bevor sie sich, die

Hände an der Felskante, vorsichtig hinabließ und mit den nackten Zehen den schmalen Steinsockel suchte.

Kurz bevor ihre Arme nachgaben, fand sie ihn endlich. Von dort kletterte sie vorsichtig auf die glitschigen Steine direkt am Rand des Wassers hinab.

Es war schockierend kalt an ihren Füßen, doch da das Fieber ihr Blut förmlich kochen ließ, kühlte der feine Sprühnebel ihr wohltuend das Gesicht, weich wie Seide.

Nachdem sie aus dem Flussbett herausgeklettert war, umwickelte sie ihre blutenden, geschundenen Füße wieder mit ihren provisorischen Fußlappen und schnürte die Stiefel. Das getrocknete Leder ächzte unwillig.

Sie verzichtete auf ein wärmendes Feuer und ging direkt wieder in den Wald, denn dort gab es mehr Möglichkeiten zum Verstecken, sollte sie sich verstecken müssen.

Sie wollte nur schnell weg von hier, so viele Meilen wie möglich zwischen sich und die Männer oder den Bären bringen; sie wusste nicht, vor wem sie mehr Angst haben sollte, vor Männern oder Bären oder vielleicht vor sich selbst, klein und ausgehungert und fiebrig, wie sie war.

Und so beschleunigte sie ihre Schritte, auch wenn der Schmerz in ihren Füßen gewaltig war, bis sie merkte, dass sie rannte.

Sie hatte Geschichten von Frauen gehört, wo noch mal? – genau, in Kits festem Griff auf seinem Schoß, damals, als sie noch klein war und er ihr aus dem Lateinischen übersetzt hatte –, Geschichten von Frauen, die davongerannt waren und sich auf der Flucht verwandelt hatten. Eine liebliche Maid, entehrt und zur Strafe für ihre Schande in eine weiße Färse verwandelt, die in einen Fluss sprang. Ein Mädchen, das zur Sonnenblume wurde. Zur Taube. Zur Krähe. Mädchen, all die vielen Mädchen auf der Flucht vor ihren Verfolgern, Mädchen, die sich noch im Laufen in Bäume verwandelten.

Und sie rannte, so schnell ihre Beine sie trugen, rannte, bis sie kaum noch Luft bekam, und als sie in ihrer Entkräftung nicht über eine Baumwurzel hinwegkam und stolperte, stürzte sie ab und landete in einer Kuhle voll trockenem Winterlaub. Nun verließen sie auch die letzten Kräfte. Hätte sie oben am Rand der Kuhle ihre Verfolger zu sich hinabblicken sehen, ob in Wirklichkeit oder nur in ihrem Kopf, sie wäre nicht in der Lage gewesen, aufzustehen und weiterzurennen.

Und als sie dort lag in der laubgefüllten Kuhle, spürte sie, wie sie zu einem Baum wurde.

Und wie in einer Vision vernahm sie das geflüsterte Geheiß des Windes, sah das lockende, große Loch im Baum und sprang kopfüber hinein, worauf es sogleich zuwuchs, bis um sie herum alles schwarz wurde und die polternden Schritte der Jäger nicht mehr hörbar waren, nur noch eine Vibration im Holz. Dann das wunderbare Wachsen, ihre Füße, die sich genüsslich in den nahrhaften Lehm des Waldbodens gruben und dort verwurzelten, während die Krone über alle anderen Bäume hinauswuchs und sich ihre ausgestreckten Arme vervielfachten, aus Armen immer mehr Arme wuchsen, während die Finger barsten und sich als grüne Blätter der Sonne zuwandten.

Während sie dort lag, wechselte ihr Herz vom Galopp wieder in den Trab, und auch die Geräusche des Waldes kehrten zu ihr zurück.

Als sie die Augen schloss, stand der Geist ihres Glasbläsers vor ihr, reichte ihr die Hand und drängte sie weiterzugehen.

Vor Schmerzen stöhnend, rappelte sie sich auf, obwohl Stille oberstes Gebot war.

Und wenngleich ihre Lunge bei jedem Atemzug brannte, ihr Kopf dröhnte und ihre Füße und sämtliche Gelenke förmlich schrien, rannte sie weiter. Und nach einiger Zeit wurde ihr das Rennen süß, verstummten die Schmerzen und spürte sie ihren Körper gar nicht mehr, nur noch das gute Gefühl des Rennens.

Und als sie im Gestrüpp etwas Blutrotes blitzen sah, hielt sie an, zupfte eine getrocknete Beere von einem Busch ab und steckte sie in den Mund. Und sie war gut, wenn auch so sauer, dass sich ihre Zunge beim Schlucken wie taub anfühlte, und sie pflückte eine ganze Menge davon in ihren Sack und aß zum Schluss noch eine Handvoll. Derart gestärkt, rannte sie weiter.

Gegen Mittag brannte die Sonne, und obwohl ein kühler Wind ging, schwitzte sie so, dass sie den Überwurf auszog und in den Sack stopfte. Als sie später immer noch schwitzte, zog sie auch ihre beiden Kleider aus und rannte in ihrem dünnsten, letzten Kleid, das schweißdurchtränkt auf ihrer Haut klebte und so schmutzig und voller Ungeziefer war, dass der Gestank ihre eigene Nase beleidigte und der Anblick des Gewimmels an den Säumen ihre Augen.

Und bald wurde ihr selbst für dieses letzte dünne Kleid zu warm.

Und sie fühlte sich so wunderbar einsam in der Wildnis, und ihr Hirn war so mürbe vom Fieber, dass sie glaubte, ihre Verfolger weit hinter sich gelassen zu haben. Und so löste sie auch die Bänder dieser letzten beiden Ärmel, die ganz schwarz waren von Achselgestank und dem langen Jahr voller Schweiß und Krankheit, stopfte sie in den Sack und genoss die Sonne auf ihren nackten Armen.

Und dieses Gefühl war herrlich und unendlich gut.

Die Sonne auf ihrer Haut war ein Segen.

Sie rannte jetzt über einen Felsgrat, der in der Landschaft lag wie der Rücken eines riesigen Tiers, das in die Hügel geschmiegt schlief; zumindest ließ ihr Fieber es so aussehen.

Dann drangen Stimmen zu ihr hindurch, die den Tiefen ihrer Erinnerung entsprangen und aus der gleißenden Sonne dieses Landes zu ihr sprachen. Und es waren die Stimmen der Mimen und Poeten aus ihren Kindertagen im Salon ihrer Dienstherrin, damals, in ihrer Geburtsstadt, als sie ein singendes, tanzendes Püppchen gewesen war. Sie klatschten und tratschten, diese Stimmen, sie rissen Witze und übertrafen einander mit geistreichen Bonmots. Der rotbärtige Poet mit dem Speckgesicht, sein Freund, der die Kostüme für die Masques des Poeten entwarf und einmal eine Skizze von ihr an den Rand einer Partitur kritzelte – das Mädchen als wirbelnder, lachender Kreisel. Der Freund und zugleich Feind der beiden, ein spatzenähnlicher Mann mit goldenem Ohrring und allzu viel Unruhe in den Beinen, der gern mit einem geschickt geschnitzten Stück Blei in ein Büchlein kritzelte, was ein anderer gesagt hatte. Und nicht zu vergessen natürlich der kleine Lord mit dem Gesicht und dem Haar eines Engels, in den jeder verliebt war oder es zumindest vorgab.

Und mittendrin ihre lachende Dienstherrin, die Königin, der diese Männer huldigten und die sich ihre Aufmerksamkeit und ihren Bordeaux von ihnen mit dem Tribut von Liebesgedichten vergelten ließ.

Ah, kleiner Racker, nannte der rote, feiste Poet das Mädchen jetzt unsichtbar und über die Entfernung hinweg hier in der Wildnis, so wie er sie damals in der Stadt kleiner Racker genannt hatte. Komm her, kleiner Racker, komm auf meinen Schoß, ich tu dir nichts zuleide.

Und sie schmeckte sowohl den Gewürzkuchen als auch den speckigen Finger, der ihn ihr in den Mund schob.

Kleinen Rackern stopf den Mund, bis sie wie kleine Schweinchen rund, flüsterte er ihr ins Ohr und kniff sie in den Po.

Und dann lässt man sie bluten, bemerkte der spatzenartige Poet trocken und sah sie aus seinen scharfen Augen an.

Es war Nachmittag, als sie aus ihrer Versunkenheit auftauchte und ihrer Umgebung wieder gewahr wurde. Sie blieb stehen.

Beinahe wäre sie in etwas so Wundersames hineingelaufen, dass sie zuerst glaubte, ihr Fieber habe ein Hirngespinst erzeugt. Vor ihr lag ein kleiner Teich, umringt von hellen Birken, deren Kronen sich aneinanderlehnten und berührten. Das Laub dieser Bäume war jedoch bereits saftig und grün und tauchte alles in ein schimmerndes Licht, obwohl der Wald ringsherum gerade erst erwachte und noch in Knospen stand. Von der Wasseroberfläche stiegen Dampfwölkchen auf, die im flüsternden, wirbelnden Wind Fangen spielten.

Als sie sich bückte und eine Hand ins Wasser hielt, fühlte es sich an wie ein heißes Bad.

Sie sah sich um, doch es ruhten niemandes Augen auf ihr außer denen des stillen, leuchtenden Waldes.

Und so zog sie auch ihr letztes Unterkleid, ihre Stiefel, die Fußlappen, die Kniehose und die Strümpfe aus, die nur noch aus Löchern bestanden.

Sie streifte ihre stinkende Unterwäsche ab.

Dann stieg sie, nackt am helllichten Tag, in das heiße Wasserloch. Sie hielt die Luft an und tauchte unter, und als sie wieder hochkam, schwamm auf dem Wasser ein schwarzer Teppich aus Schmutz und Öl und Flöhen und Läusen, der sich in Ringen auf der Wasseroberfläche ausbreitete.

Es war so heiß, dass sich der Tag vor ihren Augen drehte.

Wer schwindlicht ist, der denkt, die Welt geht rund, sagte ihr eine Stimme recht laut ins Ohr.

Sie ruderte mit den Armen, bis der Schmutzring auf kleinen Wellen davonschwamm, tauchte noch einmal unter und hielt die Luft diesmal so lange an, wie ihre Lunge es erlaubte. Und als sie wieder hochkam, war der Film aus Schmutz und Ungeziefer nur noch braun, nicht mehr schwarz, und es krabbelte etwas weniger darin.

Sie ließ sich in der wunderbaren Wärme auf dem Rücken treiben. Kleine Dampfwölkchen zogen über die wenigen freiliegenden Stellen ihrer Haut.

Der Knoten, zu dem sie ihr langes Haar gebunden hatte, löste sich, und dann auch die vielen einzelnen Zöpfe, aus denen er bestand.

Ihre Wunden brannten im heißen Wasser.

Der scharfe Schmerz in ihren Knochen wich einem Gefühl von Weichheit.

Als sie ihre Kleider untertauchte und mit einem Stein beschwerte, tauchten in einem endlosen schwarzen Strom ertrunkene Insekten an der Wasseroberfläche auf.

Sie überlegte einen Moment, dann leerte sie auch ihren Sack, knüllte ihn in ihren Händen zusammen und tauchte ihn ebenfalls unter, um das Getier darin zu ertränken.

Nachdem sie ihre guten Decken, den Sack und ihre Kleider ausgewrungen und über die Äste von Bäumen gehängt hatte, damit sie in der Sonne trockneten, zupfte sie die Nissen aus ihrer Scham und aus den Achseln und ertränkte sie im Wasser. Sie kratzte sie sich von der Kopfhaut und zerdrückte unter ihren Fingernägeln Läuse und Flöhe, bis sie keine mehr fand.

Und all das dauerte viele Stunden, beinahe den ganzen Nachmittag, und ihre Haut war so lange im Wasser, dass sie sich zuerst damit vollsog und dann runzelig wurde.

Sie stand auf, denn jetzt nahm sie unter den Geräuschen des geschäftigen Waldes ein leises Summen wahr, so als würde irgendetwas aus hölzerner Kehle vor sich hin singen.

Nackt über den schlammigen Boden ging sie diesem Summen nach, das ihr förmlich in den Knochen vibrierte, als sie ihm näher kam. In einer der Eichen, die die Birken schützend umringten wie kräftige Wachmänner bleiche zarte Maiden, entdeckte sie auf Kopfhöhe ein Loch. Sie spähte hinein und sah die schwarzen und gelben Streifen Hunderter oder Tausender Wildbienen, die mit ihrem Hinterleib zitternd Wärme für ihren Stock erzeugten.

Ohne einen Augenblick des Zögerns steckte sie die Hand zwischen die schlummernden Bienen, und ihre Finger tauchten sogleich in eine noch tiefere Wärme und Weichheit ein.

Und als sie sie wieder herauszog, war sie von goldenem Honig überzogen, in dem brotkrumenähnliche Wabenstücke und zappelnde Bienen klebten, die sie wie wild stachen. Sie leckte sich den Honig von der Hand und tauchte sie wieder und wieder hinein, ganz egal, wie oft sie gestochen wurde.

Sie aß, bis der Zucker ihr Blut surren ließ und ihre Hand und ihr ganzer Arm von den Stichen so geschwollen waren, dass sie beide kaum noch bewegen konnte, und die Bienen so zornig wurden, dass sie keine weiteren Stiche mehr riskieren wollte. Sie rannte zurück zum Wasser, tauchte unter und sah mit angehaltenem Atem von unten zu, wie die Bienen zornig auf die Wasseroberfläche herabschossen. Sie tauchte für einen schnellen Atemzug auf und gleich wieder unter. Wieder und wieder kam sie nur zum Luftholen hoch, und weil ihre Feinde bloß Bienen waren, vergaßen sie das Mädchen bald und machten sich emsig daran, die Schäden zu reparieren, die sie ihrem Stock zugefügt hatte.

Schließlich stieg sie aus dem Wasser, steckte diesmal einen langen Ast zu den Bienen hinein und rannte dann schnell weg, um ihrem Zorn zu entgehen. Mit dem Honig, der daran hing, betupfte sie die frischen, leuchtenden Wunden an ihren Füßen und Beinen. Denn ihr war eingefallen, dass die Köchin früher in der Stadt Honig auf Verbrennungen, Wunden und die blauen Flecke getupft hatte, die auf ihrem Gesicht erblüht waren, nachdem Kit sie geschlagen hatte. Die Heilung war ihr wie Magie vorgekommen. Ein süßer Balsam. Der Honig brannte so sehr auf ihren Wunden, dass sie Luft durch die

Zähne sog. Im letzten Sonnenlicht des späten Nachmittags ließ sie ihn auf der nackten Haut trocknen.

Und dann stand sie auf, sauber und warm an diesem seltsamen Ort, und dankte den Wildbienen für ihren Honigsegen.

Träge vom warmen Wasser und vom endlosen Rennen des Tages zog sie sich wieder an. Auch wenn ihre Kleider jetzt viel sauberer und in der Sonne getrocknet waren, hing darin noch immer ein Gestank, den sie nicht kannte, hatte sie doch ihren eigenen Körpergeruch abgewaschen, der die Ausdünstungen ihrer Kleider bisher übertüncht hatte.

Der Sack mit ihren Sachen darin war ihr jetzt lästig. Ihr nasses Haar, auch wenn sie es wieder geflochten und die Zöpfe zu einem Knoten zusammengebunden hatte, war so schwer, dass es ihren pochenden Kopf in den Nacken zog. Die Müdigkeit saß ihr tief im Mark.

Trotzdem ging sie weiter, denn sie hatte jede Vorstellung davon verloren, was sie außer Vorwärtsgehen tun könnte.

Im Gehen füllte der Honig, den sie gegessen hatte, ihren Kopf mit lebhaften Tagträumen.

Sie war zurück in der Stadt ihrer Geburt, und genau wie in jenem schrecklichen Sommer der Pest, als andauernd die Glocken läuteten, endlos läuteten in Trauer um all die Verstorbenen, so läuteten sie auch jetzt und erfüllten die Stadt mit der Ahnung von Schrecken und Tod. In jenem Sommer hatte man die Hunde eingefangen und ersäuft, weil man glaubte, die Straßenköter würden die Krankheit verbreiten, doch sie waren es nicht, denn nachdem man ihnen den

Garaus gemacht hatte, führte die Krankheit ihr Schlachten ebenso unbarmherzig fort. In den Betten der Häuser stapelte man Leichen wie Feuerholz. Die Majestäten gingen hustend in ihren Türmen oberhalb des Pesthauchs zugrunde, denn sie steckten sich trotzdem an. Unter der Brücke starben die Armen zu Dutzenden in ihren Lumpen. Pfarrer hasteten mit Masken auf den Gesichtern und Weihrauch aus den Papistenläden panisch von Haus zu Haus, um die Krankheit auszuräuchern, und selbst die härtesten und frömmsten dieser Männer starben wie Fliegen.

Und als der Goldschmied, der erste Mann ihrer Dienstherrin, schwitzend nach Hause gewankt kam, huschte der ganze Haushalt eilig aus seinem Weg, und die Dienstherrin rief die Treppe hinunter, an die er gerade getaumelt kam, O mein Gemahl, ich empfehle deine Seele dem lieben Herrgott an.

Und sie versperrte ihm mit den Körpern des Gärtners und der Stallburschen die Treppe zu seinen eigenen Gemächern.

Dann ließ sie ein Schild an die Eingangstür nageln und die Fenster für sechs Wochen verrammeln, auf dass kein Licht hereinkäme, und hieß sogleich die Köchin, die im Stall schlafen würde, in die daniederliegende Stadt zu gehen und einzukaufen und künftig stets einen Eimer mit Speisen für die Dienstherrin, die kleine Bess und Kit hinaufzulassen, der nach Hause gekommen war, denn auch die Universität lag danieder.

Als das Mädchen die Treppe hinaufgehen wollte, um bei der kleinen Bess und den anderen zu sein, schrie die Köchin in Abwesenheit der Dienstherrin, Ei nein, du lausiges Balg, *du* kümmerst dich fein um den alten Herrn, hast doch schon Pestkranke gepflegt damals im Armenhaus, in diesem Loch, dieser stinkenden Jauchegrube, aus dem sie dich rausgeholt haben.

Ja, versuchte das Mädchen zu sagen, das schon, nur habe kein einziges der elenden Babys ihre Pflege überlebt; eins nach dem anderen sei in ihren dünnen Kinderärmchen gestorben.

Doch die Köchin überhörte diesen Einwand und auch alle anderen, etwa dass sie zart an Jahren sei und es sich für ein junges Mädchen nicht schickte, mit einem erwachsenen Mann allein in einem Raum zu sein, und ohne ein Ohr für ihre Klagen schob sie das Mädchen in das Erdgeschosszimmer, in dem zitternd und schlotternd der Hausherr lag, unter dessen Haut bereits schwarze Beulen wuchsen. Die Dienstbotinnen brachten ein Tablett mit Schwarzbrot und einem Krug Bier, außerdem ein paar Armvoll Brennholz sowie Lumpen und Branntwein zum Waschen des Leibes.

Und dann vernagelten sie die Tür hinter ihr und ließen sie mit dem zitternden Mann allein in dem schwarzen Raum.

Aber wie lange?, rief das Mädchen. Antworte mir, du närrischer, garstiger Küchenbesen.

Du bleibst, bis der Hausherr stirbt oder nicht stirbt, was kümmert es mich, du törichter Gänselöffel, du Fliegenschiss, du, blaffte die Köchin zurück.

Im Süßweinfass sollst du ersaufen, du hässliche welsche Hexe, sagte das Mädchen. Wie lange wird das wohl dauern?

Doch sie bekam keine Antwort, weil jenseits der Tür niemand mehr war, der hätte antworten können, denn die gesamte Dienstbotenschaft war aus dem seuchenbefallenen Haus in den Stall geflohen. Sie drückte das Gesicht gegen das kühle Holz der Tür und versuchte, nicht zu weinen.

Länger als vier Tage wird es sicher nicht dauern, sagte der Goldschmied sanft, und vielleicht nicht einmal das.

Das Mädchen drehte sich um und wandte sich dem Hausherrn in dem albtraumhaften Zimmer zu, das vollkommen dunkel war bis auf das Sonnenlicht, das durch das kleine, hohe Fenster hereinfiel und seine rosa Glatze und den Ring aus feinem weißem Haar drum herum erleuchtete.

Der Goldschmied lag leise weinend auf seinem Lager.

Herr, mein Gott, sagte das Mädchen, der du zur Zeit König Davids in deinem Zorn die Pest über siebzigtausend Mann brachtest und den Rest in deiner Gnade verschontest, hab Erbarmen mit uns elenden Sündern, die wir mit Krankheit und dem Tode geschlagen sind. So wie du damals deine Engel befehligtest, dem Sterben Einhalt zu gebieten, so nimm jetzt die Qualen dieser Krankheit von uns, ich flehe dich an. Amen.

Dann schürte sie ein großes, helles Feuer an, denn obwohl draußen Hochsommer war, konnte nur sein Licht verhindern, dass sich Todesbilder in den Kopf des Herrn stahlen und rasend auf ihn einstürzten. Ansonsten nämlich, so fürchtete sie, wäre sie in diesem Zimmer mit einem Irren eingeschlossen.

Die Hände des armen Mannes zitterten so stark, dass er sich nicht mehr ausziehen konnte, und weil sich Mitleid in ihr regte, ging sie zu ihm hin und half ihm. Wie schmal und bleich er dort im Leinen lag, wie wenig noch von ihm übrig war. Es quälte sie, ihn so zu sehen.

Lies mir vor, Kind, sagte er. Ach, sag bloß, du kannst nicht lesen! Sollte meine Gattin mit all ihrer Bücherliebe im Herzen es dich tatsächlich nicht gelehrt haben? Welch eine Sünde, einem klugen Mädchen wie dir das Alphabet vorzuenthalten. Wenn ich meine Krankheit überlebe, bringe ich es dir bei. Nun, jetzt wird es keine Bücher geben, denn meine Augen tun ihren Dienst nicht mehr. Vertreiben wir uns doch die Zeit mit Geschichtenerzählen.

Sie erzählte ihm sämtliche Geschichten, die ihr im Kopf herumschwirrten, aufgeschnappt aus Gesprächen im Freundeskreis ihrer Dienstherrin: von den teuflischen Feen in den Palästen unter dem Hügel und dem Menschenkind, das sie stahlen, um ein Wesen aus Lehm an seine Stelle zu legen. Von der Prinzessin, deren Schuhe sie zwangen zu tanzen, bis sie tot umfiel. Von dem Drachen, der sämtliche Kühe auf den Weiden fraß, bis ihm ein kluger Bauer, angeblich zum Dank für seinen Schutz, ein vergiftetes Ingwerküchlein schenkte, das der Drache sogleich verschlang, sodass der kluge Bauer das ganze Land rettete und man ihn für seine Weisheit zum König machte.

Als um Mitternacht die Kirchenglocken ihr Lied sangen und die Müdigkeit sie übermannte, gingen ihr die Geschichten aus.

Es tut mir leid, mein Herr, aber ich habe nichts mehr zu erzählen, sagte sie.

Inzwischen keuchte der Hausherr, denn auch er begann, in seiner Lunge zu ertrinken.

Eine feine Geschichtenerzählerin bist du, mein Kind, sagte er.

Doch weil er die Stille nicht ertragen konnte, begann er selbst, schnaufend und keuchend und mit zahlreichen Pausen Geschichten zu erzählen. Wie er als Junge von seiner Farm mit dem verhassten Borstenvieh davongelaufen war, wie er zu Fuß und nur mit trocken Brot, einem einzigen Farthing und Zorn im Bauch von Schottland herunter nach England gewandert und in der Stadt zunächst auf den Weg des Lasters geraten, dann jedoch bald zum Lehrjungen in blauen Kniehosen geworden war, wie er zur Reue und zu Gott gefunden hatte. Und wie er später dann durch harte Arbeit ein reicher Mann geworden war, Goldschmiedemeister, und dass er, der einst als des Lesens und Schreibens nicht mächtiger schottischer Bursche in die Stadt gekommen war, nach einem erfüllten Leben und der späten Heirat mit der Dienstherrin sogar beinahe zum Oberbürgermeister gewählt worden wäre, und das zweimal.

Er brauchte sehr lange, um diese Geschichte zu erzählen, doch sie hatte nichts anderes zu tun, als zuzuhören.

Kind, sagte er schließlich. Ich habe Angst. Ich bin alt. Aber noch nicht bereit. Zum Sterben.

O mein Herr, sagte sie, denn sie war eine Närrin und konnte sich nicht bremsen, Für das Sterben gibt es keine Vorbereitung, man erlernt es nur, indem man es erlebt.

Erlebt!, lachte er. Dann begann er zu weinen.

Als es dem Goldschmied zunehmend schlechter ging und ihm die Angst den Verstand vernebelte, vergaß er, wer dort im Dunkeln neben ihm saß, und erzählte unter schmerzhaftem Keuchen die Geschichte von einem, der sein Mannesglied verloren hatte und eine Hexe um Hilfe bat. Ei freilich, sagte die Hexe, freilich könnt Ihr ein neues Glied haben, klettert nur hoch zu meinem Nestchen dort im Baum und sucht Euch aus all den Geschenken meiner treu Ergebenen das passendste aus. Und der Mann kletterte hinauf, nahm sich das größte und dickste Glied und brachte es stolz mit nach unten.

Die Hexe warf einen Blick darauf und sagte betrübt, Ei nein, dieses leider nicht, das gehört dem Erzbischof.

Der Goldschmied lachte, bis er vor Lachen beinahe erstickte, und dann erstickte er an seiner eigenen Lunge.

Kurz darauf tat er einen seltsamen, rasselnden Atemzug und danach keinen mehr, denn er war tot.

Und sein Gesicht im Schein des Feuers schien sich zu bewegen, und zwar die ganze Nacht, denn als auf ihr Rufen und Schreien hin ein Stallbursche kam und ungehalten fragte, was sie wolle, ging er, kam kurz darauf wieder zurück und sagte, die Totenbeschauer seien allesamt betrunken und könnten erst am Morgen kommen, bis dahin bleibe die Tür versiegelt.

Sie legte noch mehr Brennholz auf, damit das Feuer hell loderte, denn das Gesicht des Toten war in einer Miene entsetzlicher Angst erstarrt. Es wunderte sie, dass er sich so gefürchtet hatte, war er doch zu Lebenszeiten überaus fromm gewesen, und es lag klar auf der Hand, dass er sich für die Ewigkeit im Kreis der Auserwählten finden würde, denn wie hätte Gott seine Gunst deutlicher zeigen sollen als durch ein schönes Haus, einen strammen Sohn wie Kit auf der Universität, eine hübsche und musikalische Frau und eine golden strahlende Tochter voller Unschuld und auch durch die Gobelins und die Möbel und all das Gute und Annehmliche, was er im Leben gehabt hatte.

Und obwohl die Seele in diese versprochene Ewigkeit eingegangen war und sein Leib im Tode abkühlte, zog der Hausherr im flackernden Feuerschein noch immer Grimassen des Grauens.

Diesen höllengleichen Anblick vor Augen, saß das Mädchen die endlos lange Nacht bis zum Morgen, denn der Schrecken ließ sie nicht schlafen. Und noch Monate danach zitterte und schrie sie im Schlaf, verfolgt vom Gesicht des Toten.

Im Haus herrschte nach dem Tod des Herrn ein ganzes Jahr lang stiller Ernst.

Dann legte die Dienstherrin ihren Trauerflor ab, und es dauerte nicht lange, da lauschte sie den honigsüßen Worten des Pfarrers und war betört. Sie ward beinahe krank, so hungerte ihr Fleisch nach ihm.

Eines Abends, als das Mädchen schon etwas von der Schlange, die im Herzen des Pfarrers lauerte, gesehen hatte, kämmte sie ihrer Dienstherrin das Haar, und diese sagte mit einem Seufzen, Ach, wie strahlt er doch so hell.

Ja, seine Haut besitzt in der Tat eine Blässe, sagte das Mädchen langsam und wusste genau, von wem die Dienstherrin sprach.

Eine Blässe! Aber nein, hell wie die Sonne, die mit ihren Strahlen all jene wärmt, die ihr Antlitz zu ihr hinwenden, sagte die Dienstherrin.

Wohl wahr, er trägt allzu viel Hitze in sich, vielleicht lässt ihn die Weißglut so bleich erscheinen, sagte das Mädchen.

Nein, mein Schelmchen, sein Inneres ist hell und gut, sagte die Dienstherrin. Solch honiggleiche Worte können sich nur aus innerer Süße speisen. Wie empfindsam er doch ist, wie schon ein sündhaftes Wort ihn erröten lässt. Ein Mann wie ein Fenster, sein Erglühen offenbart seine Seele.

Und zerbrechlich wie Glas ist er auch, sagte das Mädchen und legte die Bürste weg.

Wie meinst du das, zerbrechlich?, fragte die Dienstherrin und runzelte die Stirn.

Sein Stolz geht allzu leicht zu Bruch, und die scharfen Scherben hält er bereit, einen anderen zu schneiden.

Scharf ist allein deine Zunge, Dummerchen. Und nun hüte sie, Zett, denn ich werde ihn mir zu eigen machen.

Dann macht ihn euch als Spielzeug zu eigen, nicht als Joch, sagte das Mädchen.

Kein Joch will ich tragen, aber vielleicht ihn, als sein Sattel? Die Dienstherrin lachte. Ich trage sein Gewicht, und er reitet, und ich sterbe unter ihm ein ums andere Mal.

Und nachdem sie durch geschicktes Manövrieren schon bald ihren Willen bekommen und den Pfarrer geehelicht hatte, ließen die allabendlichen Geräusche aus ihrer Kammer tatsächlich befürchten, sie würde erdrosselt, nur dass sie des Morgens neu geboren wurde. Und auch das erschien dem Mädchen, das mit dem Einzug des Pfarrers seines angestammten Schlafplatzes in der Kammer verwiesen wurde, wie eine andere Art von Grauen: nicht ein einziges Mal an der Pest, sondern Nacht für Nacht von Neuem zu sterben.

Und während sie lief und im Fieber diese Erinnerungen zum Leben erweckte, offenbarte sich ihr mit der Kraft der Wahrheit etwas Neues.

Sie blieb stehen und starrte mit offenem Mund in den Wald, sah im schwindenden Tageslicht jedoch nichts als Bäume.

Klar und deutlich stand in ihrem gemarterten Hirn die Gewissheit, dass die gesamte bekannte zivilisierte Welt, ihre schmutzige, laute Geburtsstadt mit ihren Schweinen und Pferden und ihrem überbordenden Leben wie auch alle anderen Städte samt schreienden Fischweibern, Advokaten,

Musikern und Dienstboten von der schrecklichsten Seuche heimgesucht worden waren, die die Welt je gesehen hatte, seit sie selbst von dort verschwunden war.

Und sie wusste, sie spürte es regelrecht hier in diesen fernen Weiten, dass dieser Seuche kein menschlicher Körper gewachsen war.

Und diese weit schlimmere Seuche, die sie sich vorstellte, ließ Visionen auf sie einstürzen. Denn nun, wo sämtliche menschlichen Geräusche in ihrer Stadt verstummt waren, wo die Glocken nicht mehr läuteten und es keine Stimmen mehr gab, war nur noch der Wind zu hören, der all die Meilen vom Meer heraufkam, und in sein Heulen mischten sich die Schreie der Milane, die auf die Toten einpickten, das Raufen der Möwen und Schweine und Hunde, die einander Fleischfetzen streitig machten, das Krachen einstürzender Dächer und das Klirren von Fensterscheiben, da jetzt die unzähligen Menschenhände, die die Stadt am Leben hielten, nicht mehr da waren.

Wind, der die Vorhänge der Theater zerfetzte.

Das Gemälde des neuen Königs, das an der Wand vermoderte und schließlich aus dem Rahmen fiel.

Die Kühe, die klagend in den Ställen muhten, weil ihre geschwollenen Euter schmerzten, und dann eine nach der anderen starben und bald nur noch Skelette waren.

Pferde, die wild und frei herumgaloppierten, weil sie vergessen hatten, was es bedeutete, einen Herrn zu haben.

Bäume, die Wurzeln in den Feldern schlugen und binnen zwei Jahren die gesamte Fläche bedecken würden, auf der einst Korn gewachsen war, sodass sie in fünf Jahren kaum noch von den unberührten Wäldern dieses neuen Landes hier zu unterscheiden und in zehn Jahren in allen Ländern der Welt auch die letzten Spuren menschlicher Besiedlung von Grün überwuchert wären, und alle Tiere würden vor Freude tanzen ohne ihren großen bleichen Feind.

Und die Welt würde wieder ein Eden sein, und der Fehler Mensch wäre vergessen.

Vielleicht, so überlegte sie, war das keine Fieberfantasie, sondern im Grunde ihres Herzens ein Wunsch, der Wunsch, dass sie alle sterben mögen, dass eine mächtige Hand aus dem Himmel kommen und noch dem Letzten von ihnen den Garaus machen möge.

Und die Stimme in ihrem Ohr fragte seidenweich, Sag, hasst du deinesgleichen tatsächlich so tief?

Und das Mädchen blickte hinauf zu den Bäumen, die groß und weit ihre Kronen ausbreiteten, sah unzählige Vögel von Ast zu Ast fliegen und die späte Sonne, die sanft durch die jungen Blätter schien und schier bebend vor Glück auf den Boden fiel, und sagte voller Traurigkeit, Die Menschen meines Volkes würden einen Ort wie diesen hier sehen und verabscheuen, und sie würden gepflasterte Straßen an seine Stelle setzen und Schmieden, die schwarze Rauchwolken in die Luft blasen.

Du hast mir nicht geantwortet, Kind, sagte die Stimme streng.

Und sie dachte an all das Leid, all die Kinder, die sterben mussten, und sagte laut, Ich hasse meinesgleichen nicht genug, um ihnen derart übelzuwollen.

Auch wenn sie im Herzen vielleicht Ja sagte.

Und als sie das Ja in ihrem Herzen erkannte, begann sie zu

glauben, dass ihr Volk und mit ihm seine gesamte Zivilisation verschwunden war, dass sie es mit ihrem heimlichen Wunsch ins Verderben gestürzt hatte und von der Größe von Generationen von Engländern nur noch das blieb, was sie in ihrem eigenen fiebernden Hirn bewahrte.

Dass sie, in Gottes Auge nichts als ein Stäubchen, nun die menschliche Hüterin all dessen geworden war, was ansonsten verloren wäre.

Sie, die Geringste und Niederste aller Menschen, musste jetzt am Leben bleiben, damit die Erinnerungen am Leben blieben, hieß sie ihr Fieber.

Es war nun an ihr, all das Gute zu bewahren, das in der Welt gewesen war.

Es war an ihr, es den Menschen dieser neueren Welt zu überbringen.

Die Lieder würde sie im Gedächtnis behalten, die Gedichte, das Beste der Kunst.

Und so sang sie jetzt laut in den Wald hinein, in dem sie jene katastrophale Seuche heraufbeschworen und über ihresgleichen jenseits des Ozeans gebracht hatte: In springtime, the only pretty ring time, when birds do sing, hey ding a ding ding, sweet lovers love the spring.

Dann war auch der letzte Honig in ihrem Blut verbrannt, und sie konnte sich kaum noch regen. Ihre geschwollenen Hände pochten im Takt mit ihrem hämmernden Kopf.

Sie hielt an, um sich ein Nachtlager zu suchen.

Nach dem warmen Tag hatte sich mit der Dunkelheit die Kälte hereingeschlichen. Sie zog den Rest ihrer Sachen an, aß von dem geräucherten Fisch, bis sie satt war, trank und leerte ihre Blase.

Sie entdeckte zwei umgestürzte Bäume, deren dicke Stämme ihr bis zur Hüfte reichten, sodass sie eine Art Krippe bildeten, gerade etwas größer als sie selbst, und sie warf ein paar Arme des raschelnden Laubs aus dem fernen letzten Herbst hinein.

Sie kroch in das weiche, lieblich duftende Laub, das sie bedeckte und wärmte wie eine weitere Decke. Ein Feuer würde es nicht geben, denn sie war zu müde, um eins in Gang zu bringen.

In ihrem Mund hatte sich eine wunde Stelle gebildet, in der sie unaufhörlich mit der Zunge bohrte.

Nun ja, sprach sie sich beruhigend zu, dann war eben ihr ganzer Leib jetzt eine offene Wunde.

Und überall um sie herum raschelte und piepste es; sie verweilte in Gesellschaft einer Familie von Eichhörnchen oder Flughörnchen oder irgendwelcher anderer Geschöpfe, schmackhafte Happen, falls sie eins hätte fangen können, aber sie versuchte es gar nicht erst.

Denn irgendetwas in ihr wollte nach diesem Tag einfach nur friedlich den Kopf inmitten all der ungesehenen kleinen Wesen der Wildnis niederlegen und die Behaglichkeit genießen.

18.

Als sie mitten in der Nacht zitternd und heftig fiebernd aufwachte, wusste sie, dass ihre Laubkrippe nicht genügte, und stieg heraus. Sie brach einige der trockenen unteren Äste von den Tannen, machte daraus ein kleines Feuer und überspannte es halb mit einem Deckenzelt, sodass die Wolle die Wärme einfing. Das Zittern ließ nun so weit nach, dass sie wieder schlafen konnte.

Die Traumbilder des Tages hatten sie verlassen, und an ihre Stelle waren die der Nacht getreten.

In der schlimmsten Vision der Nacht sah sie voller Entsetzen direkt vor sich etwas Hohes, Schwarzes aufragen, als stünde sie am Fuße eines Bergs. Und an seiner Spitze stürzte ein einzelner Stern aus dem düsteren Himmel. Er wurde immer größer und schlug schließlich auf, ein glühender Stein, der gegen die Bergflanke prallte und schnell herunterrollte; sie hörte ihn polternd näher kommen, diesen Feuerball, ein Klang wie dröhnende Schritte, der direkt auf sie zukam, und als sie aufwachte, drückte sich eine schwarze Schnauze an den Stock, der ihr Zelt aufrecht hielt.

Dann kippte der Stock um, und mit ihm fiel das Zelt in sich zusammen. Der Rand der Decke landete im Feuer, und das Wollfett ließ sie fauchend in Flammen aufgehen.

Rückwärts kroch sie unter der brennenden Decke hervor,

versteckte sich hinter dem nächstgelegenen Baum und sah zu, wie ein stattlicher Wolfsrüde, dessen Hüften ihr bis zur Scheitelkrone reichten, vor den plötzlichen Flammen zurückwich, der Pelz entlang des Rückgrats stachelig aufgestellt und in den Augen eine glänzende Furcht vor den unvermittelt zischenden grünen Flammen.

Hinter dem Baum kauernd, war sie geistesgegenwärtig genug, mit einem Satz die andere Decke und ihren Sack zu sich heranzuziehen.

Der Wolf sah sie jetzt nicht; in seiner Panik sah er nur das Feuer, und sie hörte seine schweren Schritte im Gestrüpp und auf dem toten Winterlaub, während er sich zurückzog. Sie hielt die Luft an und betete lautlos.

Als sie sicher war, dass der Wolf außer Reichweite war, schlich sie sich zurück, sammelte sämtliche verfügbaren Äste und baute daraus drei Feuer, sodass sie von drei Seiten umschlossen war und im Rücken einen der Bäume hatte.

Inmitten der Feuer begutachtete sie den unverbrannten Rest der Decke, die an ihren Kanten schwarz versengt war.

Sie legte sie sich als dicken Schal um den Hals und steckte die Zipfel ins Oberteil ihres untersten Kleids. Der Gestank von verbrannter Wolle legte sich über alles andere, was an ihr stank, und war von nun an ihr Begleiter.

Sie blieb wach bis zum Morgen, als ihr plötzlich das Bild vor Augen trat, das sich jemandem von ihresgleichen böte, wenn er oder sie zufällig in den Wald käme und sie dort entdeckte – ein hutzliger, ausgezehrter Kobold mit glasigen Augen, auf dem Kopf wie ein Teufelshorn eine schwarzblaue Beule und am Leib die elendesten Lumpen, erbärmlicher als jeder Bettler auf den Straßen einer Stadt, so gut wie tot, aber noch nicht ganz. Sie lachte bitter auf.

Aus Angst vor den schrecklichen Zähnen des einsamen Wolfes, von denen ein jeder so lang gewesen war wie ihre Hand, wartete sie in ihrem Kreis aus Feuer auf das erste Tageslicht. Tausendmal führte es sie in die Irre, doch als sie kurz vorm Verzweifeln war, entzündete sich am Rande des Himmels wirklich und wahrhaftig die Sonne.

19.

Vielleicht war es der Schreck des Wolfes, oder vielleicht hatte die Flucht sie nun endgültig noch über die Schwäche der langen Hungerzeit hinaus entkräftet, denn als die Sonne an ihrem fünfzehnten Tag allein in der Wildnis aufging, erhob sich in ihr auch die Krankheit, die ihr stetiger Begleiter gewesen war, das Fieber, das sie sich so lange aus dem Leib zu brennen versucht hatte, und offenbarte sich.

Was seit ihrer Flucht aus dem Fort als böse Saat durch ihr Blut vagabundierte, war aufgegangen und im Stillen auf ihrer Haut erblüht.

Sie hatte Menschen an Gallenflüssen sterben sehen, an Durchfällen, an der roten Ruhr, an eitrigen Geschwulsten, an Skorbut, an Syphilis, an den großen und den kleinen Pocken und an Himbeerpocken, an Fäkalfieber und Wechselfieber, an Allerweltsfieber und an Pestfieber, an Schwindsucht jedweder Art, an Leibesschwellungen nach dem Trinken von ungekochtem oder zu salzigem Wasser, an einem Übermaß von Galle und einem Übermaß von Blut, durch die Pfeile der Männer hier an diesem Ort und in den Schlingen von Henkern. Sie hatte zum Verhungern an Bäume gefesselte Diebe gesehen, die der Mangel und die beißende Kälte innerlich aufgezehrt hatten. Das Schlimmste war es gewesen, die kleine

Bess sterben zu sehen, indem sie das Leben verweigerte. Am zweitschlimmsten war die Geschichte eines Mannes, den der beständig nagende Hunger um den Verstand gebracht hatte, sodass er seine Frau geschlachtet und ihre Glieder eingesalzen und im Dachgestühl seines Hauses versteckt hatte. Das Baby in ihrem Leib hatte er nicht gegessen, sondern in den Fluss geworfen, und so kam der Mord schließlich ans Licht. Er wurde festgenommen und an den Daumen zum Sterben in die bittere Kälte gehängt, und im Gesicht nun vollends Tier geworden, schnappte er mit den Zähnen nach jedem, der vor ihm stehen blieb, um für seinen blauen, geschundenen Leib zu beten und sich zur moralischen Erbauung anzusehen, wie er litt.

Im Winter der Hungersnot verging kein Tag, an dem nicht mehrere Menschen starben, und sie hatte so viel Siechtum gesehen, dass sie mit den Anzeichen des Todes bestens vertraut war.

Gründlich besah sie sich sämtliche Teile ihres Körpers, um herauszufinden, an welcher Krankheit sie litt. Aus der wunden Stelle in ihrem Mund waren zahlreiche wunde Stellen geworden. Sie hatte heißen schwarzen Durchfall, aber das lag wahrscheinlich an den Beeren, die sie gegessen hatte; ihre Lunge schmerzte, und sie keuchte, aber an Hals, Armen und Beinen hatten sich keine bläulichen Beulen gebildet.

Doch als sie Arme und Beine frei machte, waren sie verräterisch rot, und als sie den Bereich um ihre Lippen herum befühlte, war die Haut jetzt auch dort sehr empfindlich und sicher ebenfalls gerötet.

Es waren also die Pocken. Und das war der zarte rote Ausschlag des Anfangsstadiums.

Sie dachte an den Sohn des Edelmanns, dessen ausgemergelten Körper die Pocken so überrannt hatten, dass sie auch zwischen seinen Zehen gewesen waren, als sie ihm die Stiefel ausgezogen hatte.

Diese Stiefel, die sie all die Meilen treu getragen hatten.

Sie schloss die Augen, und vor ihr, der Blick voller Mitgefühl, stand der Glasbläser.

Sie öffnete die Augen wieder und lachte, denn dieses Elend kannte sie nur zu gut, sie hatte es oft gesehen; bei ihrer Dienstherrin hatte es diesen armen jungen Stallburschen gegeben, ein Kind noch, den der Kampf mit der Krankheit für immer und ewig entstellt hatte, sodass er zwar überlebte, aber nur noch humpeln konnte, so entsetzlich vernarbt waren seine Genitalien.

Oder das Wickelkind aus dem Waisenhaus, dem die Pocken regelrecht das Gesicht zerfressen hatten, sodass es keine Augen, keine Nasenflügel und auch keine Lippen mehr hatte, nur noch ein blasenverkrustetes Loch anstelle eines Mundes.

Sie lachte verzweifelt und konnte nicht aufhören.

O Herr, sagte sie laut, soll meine Reise hier enden, soll ich mich zum Sterben unter der Sonne niederlegen?

Und sie lauschte auf den Wind, die Bäume, die Tiere und die Vögel, die allesamt keine Antwort gaben, bis es schließlich ihre eigene Stimme war, die sich rau und gebieterisch in die Stille erhob. Nein, sagte sie laut. Geh weiter.

Und sie taumelte weiter voran. Das Fieber schüttelte sie. In ihrem Kreuz und ihrem Nacken schien sich ein wahrer Sturm zusammenzubrauen.

Sie trauerte ihrem guten Treibholzstecken nach, der ihr auf der Flucht vor den Männern in die Stromschnellen gefallen war. Sie fand zwar einen anderen robusten Stock, der ihr beim Gehen half, doch er war geistlos und ohne Charme und ein lausiger Weggefährte.

Wenn sie trotzdem in Bewegung blieb, überlegte sie, gab es vielleicht noch Hoffnung.

Vielleicht schaffte sie es so weit nach Norden, dass sie auf die Franzosen traf, bevor die Pocken sie vollends lähmten; dann würden sie ihr Unterschlupf in einem Stall gewähren und Essen in ihre Nähe stellen, und das Fieber würde niederbrennen, und sie würde wie so viele Male zuvor gesund werden.

Obwohl sie noch etwas zu essen in ihrem Sack hatte, brachte sie nichts herunter. Als sie die wunden Stellen um den Mund gespürt und begriffen hatte, dass es die Pocken waren, hatte sie zusammen mit fast all ihrer Hoffnung auch ihren Appetit verloren.

Ihre Schritte verlangsamten sich.

Jetzt schlurfte sie nur noch.

Aufwärts, immer weiter aufwärts, einen endlosen Hügel hinauf. Sie lehnte sich für einen Augenblick an einen umgestürzten Baum.

Von irgendwoher schwebten Liederfetzen in ihren Kopf, als würde jemand ganz in der Nähe singen, oder vielleicht war sie selbst es, die sang, und die Lieder schwebten aus ihrem Kopf.

Als ihre kraftlosen Schritte sie in ein sonnenbeschienenes Wäldchen führten, blieb sie staunend stehen.

Denn hier in diesem lichten Hain stand die Tafel, so wie die Köchin sie am letzten Fastnachtsdienstag hergerichtet hatte, bevor die Dienstherrin den Pfarrer heiratete, nur um ihm und seinem Ehrgeiz in die neue Welt zu folgen und ihrer aller Leben zu ruinieren.

Auf der Tafel lag ein spitzengesäumtes Tischtuch, in den silbernen Leuchtern brannten luxuriöse Wachskerzen, und mit einem dicken Apfel im Maul lächelte ein Milchferkel zu ihr hoch, dessen Haut so rot und so knusprig war, dass sie beim bloßen Antippen mit der Gabel aufspringen würde. Auf einem Bett aus Salat und Zitronenscheiben lag ein stattlicher Lachs, ein gebratener Schwan steckte den Kopf zwischen die Flügel, und neben einer honiggebeizten Forelle und einem Teller voll Täubchen stand in der Mitte des Tisches wie ein glänzendes Schmuckstück, wie ein funkelndes Diadem auf der weiß geschminkten Stirn der Dienstherrin eine ölglänzende Salatplatte mit Schinken, kandierten Früchten und Oliven. Es gab Brot und Käse und Obst und Fleischpasteten und einen Schwarm Gebäckvögel mit erschrockenen Stachelbeeraugen. Und am Ende der Tafel stand das krönende Meisterwerk der Köchin, eine detailgetreue Miniaturversion des Galgenplatzes in Tyburn aus Marzipan, mit Edelleuten und feinen Damen und Gesinde im Publikum, mit wartenden Mietdroschken, Tribünen voller Menschen, die sich das Spektakel ansehen wollten, und emsigen Verkäuferinnen, die Nüsse und Kabeljau feilboten, sowie der Festung am Rand. Der Köchin Hände feinste Arbeit waren die drei geschickt modellierten Diebe, die bereits tot am Galgen baumelten.

Ach, sie war dort, sie war zurückgekehrt, sie brauchte nur die Hand nach der Orange auszustrecken und sah den feinen Nebel ihres Safts in die Luft spritzen, als sie das Fruchtfleisch zerriss; golden leuchtende Staubteilchen schwebten durch das Sonnenlicht, das zum Fenster hereinfiel, und unten auf der Straße rannten die Lehrbuben umher und warfen feixend einen Karren um, der krachend auf die Seite fiel, während die Luft vom Läuten Dutzender Kirchenglocken erfüllt war. Jetzt war die süße kleine Bess noch einmal neben ihr, sie roch nach Pipi und Milch und grabschte fröhlich krähend nach einer Schale voll Feigen, und als sie gierig in eine hineinbiss, lief ihr der Saft nur so über die Fingerchen. Noch einmal konnte das Mädchen ihr herzensallerliebstes Kind an sich ziehen, an ihre Brust, süß und weich, wie es war, und seinen Duft einatmen, bis es sich aus ihrer Umarmung wand, lachend mit den Händen in ihr Gesicht patschte und das glänzende Köpfchen auf ihre Schulter legte. Die kleine Bess drückte ihr irgendetwas in die Hand, etwas Stibitztes, einen Silberlöffel, mit dem die Dienstherrin ihr Rosenwasser umrührte und der ihr lieb und teuer war, weil ihre Initialen darin eingraviert waren. Die Dienstherrin spielte in der Ecke ihre Laute und sang dazu tief und kehlig. Und die kleine Bess sah dem Mädchen direkt ins Gesicht, was sie normalerweise nicht tat, und als sie mit feuchten Lippen lächelte, war das Mädchen von einem so überwältigenden Reichtum erfüllt, dass alle Worte, die ihr dafür einfielen, zu blass und blutleer gewesen wären.

Die Vision verflog. Ihre Finger griffen ins Leere. Die Bäume schlugen klackernd die Zweige aneinander; die Bäume über ihr lachten sie aus.

Sie ging weiter.

Trat auf Glut und trat erneut auf Glut, Schritt für Schritt.

Von Kopf bis Fuß in Flammen. Lichterloh. In Ekstase.

Noch ein Schritt. Noch ein Schritt.

Sie wanderte in die Dämmerung hinein. Ihre Augen fielen zu, doch sie ging, ohne zu sehen.

Um sie herum die sich senkende Dunkelheit der Nacht.

Und in ihr die Dunkelheit eines Gottes, der nichts war.

Einmal schlug sie die Augen auf und stand bei Nacht auf einer Lichtung, die von einer wachsamen Garde buckliger Bäume begrenzt wurde; der Boden, vom Frühling geweckt, duftete süß in der silbrigen Nacht, und am Himmel leuchtete fahl eine hauchdünne Mondsichel.

Einmal schlug sie die Augen auf und sah sich selbst ganz langsam einen Berg hinaufgehen. Auf dem Boden, da, wo das Licht durch Zweige und Laub hindurchkroch, lagen bebende Kugeln. Und in diesen Kugeln leuchteten Pilze – faustgroße, gelb, orange und rot angemalte Pilze mit schlanken weißen Stielen und andere, die so nach aufdringlich erigierten männlichen Geschlechtsteilen aussahen, dass das Mädchen trotz ihrer körperlichen Qualen verwundert auflachte. Dann trat sie mit dem Fuß gegen die Pilze, und sie sprangen in Stücke.

Einmal schlug sie die Augen auf und fand sich an einem Fels direkt neben einem gähnenden Abgrund, die Hände an den Stein gedrückt und die Füße auf einem so schmalen Pfad, dass sie nur halb daraufpassten. Und das war so unerwartet, dass sie aufschrie und zusammenzuckte, und dabei rutschte sie mit einem Fuß ab und griff panisch nach dem Fels, spürte aber nur seine raue Oberfläche, keinen Spalt oder Sims zum Festhalten. Dann rutschte der andere Fuß erst seitlich weg und dann ganz vom Stein ab, und sie fiel; sie schlug mit der Hüfte hart auf einen kleinen Vorsprung und schrappte sich Bauch, Rippen, Kinn, Wange, Schläfe und die hochgerissenen Arme auf, und ihre Handgelenke trafen den Vorsprung, ohne dass sie ihn zu greifen bekam, und jetzt stürzte sie in die Tiefe, stürzte durch die Dunkelheit, während die pockige, schartige Felswand langsam vor ihr hochgezogen wurde wie ein graues Tuch. Wie lange sie fiel, wusste sie nicht. Sie musste sich in der Luft gedreht haben, denn sie kam mit der Hüfte auf, und zwar in einem Haufen feuchter Erde, und hörte innerlich ein scharfes Knacken, dann rutschte sie und rutschte und kam schließlich an einem Felsen zum Liegen, der zwei Fäuste dick mit weichem Moos überwachsen war. Und dort schlief sie ein.

20.

Als sie aufwachte, war es heller Tag.

Vor ihr trippelte ein längliches grünes Insekt entlang, die Hände zum Gebet gefaltet.

Die Vögel zwitscherten wie von Sinnen.

Das Atmen schmerzte auf einer Seite.

Sie bewegte die Finger, bewegte die Zehen. Hände und Füße, Arme und Beine.

Sie drehte sich auf den Rücken und sah hoch. Der Felsen, von dem sie gefallen war, war von dort, wo sie lag, nur so hoch wie ein Mann auf einem Hocker. Sie war ein moosüberwachsenes Ufer hinabgerutscht. War gestürzt, aber nicht tief, und weicher gelandet als in Wasser.

Und das Moos, die Insekten und die Vögel sangen sie wieder in den Schlaf.

Sie stand auf, um weiterzugehen, und diese neuen Schmerzen, unter denen sie sich in ihrer Geburtsstadt wimmernd wie ein Baby auf ihrem Lager gekrümmt hätte, waren kaum ein Kräuseln in den Wogen all dessen, was sie fühlte.

Weiter, Mädchen, weiter weiter weiter, schalt sie sich laut. Geh weiter oder fall auf der Stelle tot um.

Und so ging sie weiter, langsamer zwar, doch wenigstens blieb sie nicht an einem Fleck.

Sie schlurfte, aber so schwer, wie ihre Glieder waren, kam selbst Schlurfen einem Triumph gleich.

Auf einer Anhöhe öffnete sich der Wald und gab den Blick in die Weite frei. Ringsherum lag ein Keuchen und Pfeifen wie von einem Dudelsack in der Luft, und diese Musik kam aus ihr.

Nach Osten wie nach Westen hin fiel das Land gefährlich steil ab, und das Mädchen sah, wie ihr guter Fluss einem anderen begegnete, der von Süden her kam. Und sie blieb eine Weile stehen und beobachtete diese höchst intime Vereinigung.

Unterdessen wurden dicke, wollige Wolken aus dem Norden herabgeweht, die sich in der Ferne über den gesamten Himmel erstreckten. Entzückt blickte sie hinauf. Wie wunderschön sie aussahen, zart und violett. Sie berührte den angesengten Überrest der Wolldecke um ihren Hals und sehnte sich danach, diese Decke aus Wolken auf ihrer Haut zu spüren, denn sie sah unendlich viel weicher aus. Sie wirkte, als wäre sie aus dunklem, seidigem Haar gewoben. Das Mädchen streckte die Hände gen Himmel, als griffe sie sich eine Wolke und zöge sie übers Gesicht. Sicher wäre sie warm auf der Haut und ein Schutz vor der Sonne, die hier grell auf sie herabschien. Die Wolkenfront schob sich schnell in Richtung Süden und auf sie zu und zog einen so dichten schwarzen Schatten unter sich her, dass all die Bäume und das Wasser, auf das er fiel, scheinbar in dunkler Nacht lagen.

Doch der Wolkenstoff hielt der Geschwindigkeit nicht stand, sodass darin jetzt große Löcher aufrissen, und die gleißende Sonne steckte ihre langen, bleichen Finger hindurch und kitzelte den Boden. Und die Bäume, die sich auf einmal leuchtend von allen anderen abhoben, sahen so vollkommen aus, sie waren so makellose Exemplare ihrer Art, dass das Mädchen sich fragte, wie sie die perfekte Schönheit eines jeden Baumes zuvor nicht hatte bemerken können.

Es ist ein frevelhaftes Versäumnis, die tiefe Schönheit der Welt nicht zu erkennen, sagte die Stimme in ihrem Kopf.

Ja, sagte sie laut, denn jetzt erkannte sie das ganze Ausmaß dieser Sünde.

Und noch während sie hinaussah auf die schwarze Wolke, ihre noch schwärzeren Schatten auf der Erde, die diagonalen Strahlen und die erleuchteten Bäume, erkannte sie, dass das Licht nicht das war, wofür sie es gehalten hatte. Jeder einzelne Strahl war eine Leiter aus hellstem Sonnenlicht, auf der nimmermüde Engelein auf und ab kletterten.

Wie waren sie gar emsig!

Wie glichen sie doch leuchtenden, göttlichen Ameisen!

Warm durchflutete sie die Freude, als ihre Augen all die geschäftigen Engel erblickten; sie strömte von ihrem Herzen aus in ihre Arme und Beine, bis in Finger und Zehen und selbst bis in die wunde, pustelige Haut.

Dieser Anblick war ein Balsam. Er war ein herzhafter Schluck kühlen Wassers auf brennenden Durst.

Die eifrigen Engel waren ihretwegen hier, begriff sie; sie waren gekommen, sie zu holen, und sie musste sich eilen, ihnen entgegenzugehen.

Wartet, rief sie, ich komme!, und begann den Hügel hinabzurennen, der stellenweise jäh zu einem fast senkrechten Abhang abbrach, und dann sprang sie rasch zur Seite und suchte sich einen neuen Weg. An anderen Stellen wiederum war es so steil, dass ihre wackligen, halb toten Beine kaum hinterherkamen, so schnell zog es sie in die Tiefe, und der Sack baumelte schwer an ihrer Hüfte, bis er sich wie ein Schwanz zwischen ihren Beinen verfing und sie ins Stolpern brachte.

An einer schwierigen Stelle sah sie nach unten und bremste sich etwas, setzte vorsichtig Fuß vor Fuß.

Als sie wieder aufblickte, war die Wolke ein Stück weitergezogen; die Risse darin hatten sich bis auf den letzten verschlossen, und die Wolkendecke, jetzt wieder verheilt, lag dick und dunkel über dem gesamten Himmel.

Sämtliche Leitern waren eingeholt worden.

Die Engel waren weg.

Die Engel hatten sie in Elend und Siechtum und Leid hier auf der Welt alleingelassen.

Sie stieß einen beinahe tierischen Schrei aus und wurde zu Boden geschleudert.

Alles, was gut in ihr war, verließ sie, ihre Entschlossenheit, ihre Hoffnung, ihr Glauben.

Alles Gute verließ sie.

Und das Vakuum füllte sich mit zäher Verzweiflung und all den Bestien, die sie hinter der schweren Tür in ihrem Geist weggesperrt hatte.

Die Engel waren verschwunden; Engel, wurde ihr klar, hatte es nie gegeben.

Licht war einfach nur Licht, es war nicht beseelt von Hoffnung.

Die Leere war überwältigend, und selbst die Wolken, dick und grau, trugen Trauer.

Der Regen fiel in kalten, dicken Tropfen auf sie nieder, und sie legte sich auf den Rücken und ließ die Nässe auf ihre Haut trommeln. Sie zitterte am ganzen Leib, als wollte sie ihre Glieder auf dem harten Boden zerschmettern.

Schon bald zog das Gewitter vorüber. Sie war nass, aber nicht so nass, dass es sie umgebracht hätte. Ihre Krankheit verschlimmerte sich, aber nicht schnell genug, um sie zu töten. Der Hunger schlich durch ihren Körper wie ein wildes Tier, doch auch er hatte ihr noch nicht den Garaus gemacht.

Das Nichts, offenbart in ihr, wo zuvor als kleines, wärmendes Flämmchen Gott gewesen war, hatte sie nicht umgebracht.

Als sie sich aufsetzte, ließ das Fieber fahle Dampfkringel aus ihren nassen Kleidern aufsteigen.

Aus ihren Haaren tropfte eisiges Wasser auf ihren Rücken.

O Herr, sagte sie, wenn du nicht nichts bist, wenn du meine Gebete hören kannst, dann erlaube deiner elenden Dienerin, hier und jetzt zu sterben.

Und sie streckte die Arme weit von sich und saß da und wartete einige Zeit, doch es ging kein Blitz auf sie nieder. Sie starb nicht.

Der Ausschlag um ihren Mund herum spannte und feuerte; die Haut war jetzt von größeren, pulsierenden Blasen bedeckt, den richtigen Pocken.

Und schließlich sagte sie, O Herr, selbst wenn es dich nicht gibt oder wenn es dich doch gibt, du mich aber nicht töten willst, dann muss ich es sein, die mich jetzt tötet, ich, die ich zutiefst unglücklich noch immer lebe, zutiefst unglücklich noch immer bin.

Sie überlegte. Sie lag am Fuße des felsigen Hügels, und den steilen Weg wieder hinaufzukommen, war lachhaft, vollkommen ausgeschlossen. Nicht einmal auf allen vieren hätte sie es wieder dort hinauf geschafft, um sich in die Tiefe zu stürzen. Und außerdem, überlegte sie, würde sie noch hundertmal schlimmer leiden, wenn sie sich das Genick bräche, ohne dabei zu sterben.

Sie blickte auf den glänzenden Fluss, der ruhig und unschuldig vor ihr lag, jetzt, wo die Wolken abgezogen waren, und kam auf den Gedanken, ihren Sack mit Steinen zu füllen und so tief ins Wasser zu gehen, dass sie es nicht mehr zum Atmen nach oben schaffte. Aber sie wusste nicht, woher sie die Kraft dazu nehmen sollte.

Stattdessen kam ein Stück flussabwärts etwas Großes, Braunes inmitten der Bäume hervor und tappte ins flache Uferwasser.

Das ist ein Bär, flüsterte ihr die Stimme zu.

Ein Bär, sagte sie laut. Ja, tatsächlich.

Und hinter ihm her trotteten zwei sehr viel kleinere Bären,

runde, flauschige Babys, die offenbar noch gesäugt wurden, und sie setzten sich auf ihr Hinterteil und beobachteten ihre Mutter.

Wenn sie gefressen würde, ginge irgendetwas von ihr selbst in den Körper der Bärenmutter über und flösse durch die Milch auch in die Körper ihrer Jungen, und die Jungen würden zu großen Bären heranwachsen und eines Tages selbst Junge bekommen, und irgendein kleiner Teil dessen, was sie gewesen war, würde irgendwo im Blut, im Fleisch und im Fett von ihnen allen weiterleben.

Sie fand diesen Gedanken wundervoll, war es doch die einzige Art von Ewigkeit, die es für sie geben würde, denn sie selbst würde nie Babys bekommen, und niemand, der noch am Leben war, würde sich nach ihrem Tod an sie erinnern.

Sie stand auf und wäre beinahe gefallen, aber nur beinahe. Auf ihren Stock gestützt, schleppte sie ihren geschundenen Leib näher zu der Bärin hin. Alle paar Schritte blieb sie keuchend stehen, rang nach Luft und vergewisserte sich, dass die Bärin noch da war, wo sie sie zuletzt gesehen hatte.

Ich komme, prächtige Bärin, sagte sie zu ihr. Bleib, wo du bist.

Sie wachte auf, ohne zu wissen, dass sie sich schlafen gelegt hatte. Auf hartem Kies.

Lange hatte sie nicht geschlafen, denn die Bärin und ihre Jungen waren noch da.

Sie versuchte aufzustehen, doch ihre Füße trugen sie keinen einzigen Schritt mehr. Seltsam.

Dann kriech, Mädchen, sagte die Stimme jetzt freundlich. Auf allen vieren. Na also.

Ihr Sack schleifte auf dem Boden, ein Schwanz wie von einem Bieber.

Die Bärenmutter stand im Wasser und fischte. Sie schlug mit der Tatze aufs Wasser, schlug die Fische aus dem Fluss.

Ab und zu riefen die Bärenjungen mit ihren hohen Stimmen. Sie balgten sich, dann hatten sie genug und patschten gelangweilt mit ihren Tatzen ins Wasser. Wie ähnlich sie Kindern waren, dachte das Mädchen. Wie ähnlich der kleinen Bess.

Die Bärenmutter kam aus dem flachen Wasser und säugte sie, und während sie die kleinen Schnauzen in ihren runden Bauch drückten und tranken, nahm die Mutter einen Fisch zwischen zwei Tatzen und fraß ihn.

Als das Mädchen endlich die Gesichter der Jungen sehen konnte, waren sie fertig mit dem Trinken, so langsam kam sie auf allen vieren voran.

Nach einiger Zeit probierte sie aus, ob sie stehen konnte, und sie konnte, wenn auch wacklig und unsicher. Sie näherte sich der Bärin und ihren Jungen so langsam, als würde sie wie eine Schnecke auf ihrer eigenen Schleimspur gleiten.

Schließlich hielt die Bärin inne und beobachtete das sich nähernde Mädchen.

Wie ein furchteinflößender schwarzer Pfeilkopf waren Schnauze, Schädel und Schultern auf sie gerichtet.

Alles in ihr schrie, Lauf weg, aber sie lief nicht weg; das Mädchen näherte sich der Bärin noch weiter.

Neugierig knurrend sahen die Bärenjungen in ihre Richtung und streckten schnüffelnd die Schnauzen in die Luft.

Sie hatten runde Kugelbäuche und strahlende Augen. Sie rannten auf sie zu, und mit ihren Schnauzen und ihren kleinen Tatzen berührten sie ihre Füße in den Stiefeln.

Sie konnte die Worte des Mundes nicht sprechen, denn ihr Mund gehorchte ihr nicht, und so sprach sie die Worte des Herzens, und diese sagten, dass sie die Bärenjungen liebte; sie erinnerten sie an ihre herzallerliebste Bess.

Doch die Bärenmutter mit ihren Pranken wie Knüppel, mit ihrem Gebiss und ihren teuflischen Klauen kam nicht.

Das Mädchen zwang sich noch näher heran, bis sie zwischen der Mutter und ihren Jungen war.

Die Bärenmutter sah zu ihr herab, und sie blickte zu ihr hoch. Dann bückte sie sich, dass der glutrote Schmerz in ihrem Kopf förmlich überschwappte, und berührte die Jungen mit der Hand.

Da ging die Bärenmutter auf die Hinterbeine. Aufrecht im flachen Wasser, tappte sie ungelenk auf das Mädchen zu, schnaubte ärgerlich und schnappte mit ihren todbringenden Zähnen. Das Mädchen ließ den Stock fallen, breitete die Arme aus und baute sich vor der Bärin auf.

Sie hatte sich für tapfer genug gehalten, um sehenden Auges dem ersehnten Ende entgegenzugehen, doch sie war es nicht.

Sie schloss die Augen. Sie hielt die Luft an. Sie wartete dankbar auf den Prankenhieb, die messerscharfen Klauen an ihrem Hals, die ihrem Atem den Weg abschneiden würden.

Und jetzt schnaubte ihr die Bärenmutter ins Gesicht, wild und heiß und fischig.

Lebewohl, du weite Welt, die ich so geliebt habe, sagte das Mädchen in ihrem Kopf. Lebt wohl, mein Glasbläser und meine liebe Bess, es tut mir leid, dass es keine Ewigkeit gibt, in der ich euch wiedersehen kann.

Doch weder Zähne noch Klauen zerschlitzten ihr die Haut. Der Moment dehnte sich aus, bis er zersprang.

Als das Mädchen die Augen öffnete, sah sie, dass die Bärin um sie herumgegangen war. Jetzt wieder auf allen vieren, führte sie ihre Jungen am Ufer entlang. Wo der Fels zu steil war, packte sie eins nach dem anderen sanft im Genick und hob sie hoch. Dann zog die Bärenmutter mit der seltsamen Grazie ihrer schweren Glieder weiter und war verschwunden.

Sie war ein höchst armseliges Häppchen Fleisch, das wusste das Mädchen jetzt, so eindeutig krank, dass selbst die Bärin es riechen konnte; sie lohnte nicht einmal das Töten.

Sie würde ihr Leid in all seiner Wucht erleben und nicht davon erlöst werden.

Sie ließ sich auf den nächstbesten Stein sinken, nahm die Hände vors Gesicht und weinte.

Dann legte sie sich auf den Boden, denn sie hatte keinerlei Kraft mehr in ihrem Leib.

Den Sack band sie los und benutzte ihn als Kissen.

Das harte Metall darin, das Beil, der Zinnbecher und das Messer, drückte sich in ihren Kopf, doch das kümmerte sie nicht.

Es war schön hier, wenn auch kalt. Der Fluss war flach und breit, das Wasser glänzte in einem lieblichen Schiefergrau. Fischende Vögel schnellten wie Pfeile ins Wasser und schaufelten sich fröhlich wieder in die Luft, immer und immer wieder, und es regnete nicht mehr, und die Nachmittagssonne ergoss sich dick und fahl und gut über alles.

Das Fieber wütete in ihr, und sie ließ es, und die Pocken in ihrer dunklen Blüte verschlangen sie. Was sie in ihren eigenen Knochen und ihrem Fleisch getragen und bekämpft hatte, erwies sich als weit tödlicher als jeder Feind.

Ach, dachte sie, und irgendwo im Inneren lachte sie vielleicht über diese Absurdität, all die Angst umsonst, denn der Feind hatte viel, viel zu fest in ihrem eigenen kleinen Leib gesteckt.

21.

Keine Erlösung, denn Gott, den Erlöser, gab es nicht.

Ein Nichts, ein Abszess, ein riesiges wimmelndes Loch.

Die Männer aus ihrem Land hatten dieses Nichts immer tief in sich gespürt; sie hatten gemerkt, wie es in ihnen zappelte und wütete, und dieses Gefühl für das ewige Leben gehalten. Sie waren um dieses Nichts herum aufgewachsen; es glich den Narben einer frühen Verwundung, und um diese herum wuchsen sie verformt und verdreht, und sie wurden unausstehlich und ängstlich und laut und hungrig. Das Nichts füllte sie mit dem Verlangen, ihre Stiefel überall dorthin zu setzen, wo ihr Blick hinfiel.

Sie spürte, wie der Tod aus der Ferne herangeeilt kam, wie er flog; bald würde er bei ihr sein, und sie würde sterben.

Ein wenig Schlaf, ein wenig Schlummer, ein wenig Händefalten, um auszuruhen.

Und der Geist des Glasbläsers ließ sich neben ihr auf dem Felsen nieder; sie spürte ihn beinahe, wie er sich an sie schmiegte.

Und nun dachte sie an jene Momente morgens, bevor die kleine Bess aufwachte, das zarte Strichelmuster ihrer Wimpern auf den Wangen und die fein verästelten Äderchen auf den Lidern, wenn die Sonne heller wurde, und schließlich seufzte das Kind und schlug die Augen auf, die ihr, gerade noch schläfrig, nun klar ins Gesicht blickten. Und sogleich spiegelte sich in ihnen Freude wider, Freude darüber, sie zu sehen. Wie wundervoll es doch war, einem geliebten Menschen morgens beim Aufwachen zuzusehen, ihm die Glückseligkeit über den Anblick des eigenen Gesichts anzumerken.

Nur dieses über die Maßen simple Mädchen mit seiner kristallklaren Weisheit hatte gewusst, was all die Weisen und Klugen nie begreifen würden. Es konnte auf dieser Welt keinen Kampf geben, nur Ergebung.

22.

Es hatte in ihrem Inneren einst eine Tür gegeben, hinter der sie schlechte Gedanken wegsperren konnte.

Ihre Krankheit hatte sie aufbrechen lassen.

Es werde Schmerz, und es ward Schmerz.

Hässlich wallte in ihr der Hass auf den Pfarrer auf, der in seiner Gier nach Reichtümern seine Frau, seine Tochter und das Mädchen mit hierher geschleppt hatte. Und weder die kleine Bess noch sie waren je gefragt worden, ob es überhaupt ihr Wunsch war mitzukommen.

Denn was ist ein Mädchen schon anderes als ein Gefäß, das gemacht ist, um die Begehren von Männern aufzunehmen.

Obwohl der Pfarrer, der neue Hausherr, zuerst von jedermann im Haushalt wohlgelitten war, dauerte es nur wenige Wochen, bis man ihn nicht mochte und schließlich verachtete. Weil er stets fror, musste ihm teuer das Feuer angeschürt werden; andauernd beklagte er sich, wie liederlich abgespült worden sei oder wie träge die Dienerschaft den Allerwertesten bewegte, um sich um seine Bedürfnisse zu kümmern, und er wagte es, der furchteinflößenden Köchin einen gebratenen Stint ins Gesicht zu schleudern, weil sie ihm eine Speise serviert hatte, die seiner Zunge nicht knusprig genug war. Nach Auflösung des Haushalts schließlich hasste man ihn aus tiefem, vollem Herzen. In der Küche sang man ein Lied von allen schlimmen Schicksalen, die man ihm wünschte dort in diesem wilden Land – dass ein Pfeil seine Schläfe träfe, dass ihm das blonde Haar abgeschabt oder er von einer Klippe gestürzt würde, auf dass er sich das Genick bräche und die Aasgeier in seinen Eingeweiden wühlten; dass ein wütendes Krokodil dampfend aus einem Fluss gestürmt käme, um ihn zwischen den Zähnen davonzuschleppen, oder dass die Männer des Landes ihn bei lebendigem Leibe wie ein Mastschwein braten und sein zartes helles Fleisch verschlingen würden. Das Mädchen, geschickt in solchen Dingen und voller Hass auf den neuen Hausherrn, diesen Dieb der Liebe ihrer Herrin, hatte bei diesen Liedern zur Genüge die Finger im Spiel.

In Windeseile war das Haus verkauft worden, hatte Kit, der böse Sohn der Dienstherrin, seinen eigenen Haushalt bekommen, war alles von Wert zum Mitnehmen verpackt, das Nötigste gekauft und die prachtvolle Garderobe der Herrin in einem Anflug verwunderlicher Großzügigkeit an die Theatergruppen ihrer Freunde gespendet worden.

Der schmächtige, spatzenartige Poet strich sich mit dem dicken Samt eines Kleides über die Wange.

Zusammen an Bord des Schiffes schließlich sagten die vier Seelen, aus denen der Haushalt noch bestand, der schmutzigen, verqualmten Stadt Adieu, der Stadt mit ihren feuchten Steinwänden, in deren Innerem sich so zahlreiche Räume von imposanter Eleganz verbargen.

Die Überfahrt war brutal, und die kleine Bess, simpel und unbedarft, wie sie war, überlebte sie gerade so. Und sobald sie den ersten Fuß auf den wilden Boden dieses neuen Landes gesetzt und gespürt hatte, wie unheilvoll dieser Ort und das Vorhaben der Engländer waren, weigerte sie sich zu essen. Sie legte sich nieder und biss die Zähne zusammen und aß nicht den geringsten Happen, und trotzdem überlebte sie jene qualvollen Wintermonate, in denen allenthalben so zahlreich gestorben wurde, dass in dem gefrorenen Boden nicht schnell genug Gräber für all die Toten ausgehoben werden konnten.

Die Dienstherrin hatte gegessen, was sie von Rechts wegen nicht einmal besitzen durfte, die weiße Bleifarbe, mit der sie einst ihr Gesicht gebleicht hatte, das Karminrot, mit dem sie Lippen und Wangen zum Leuchten gebracht hatte, und die Brombeerfarbe für ihr weißes Haar, und nachdem sie sich all die Wundermittel für Jugend und Schönheit einverleibt hatte, mit denen sie ihren zweiten Ehemann bestrickt hatte, verwandelte sie sich in der neuen Welt in ein hässliches altes Weib. Und für einige Zeit ging unter den hasenfüßigsten der Männer ein Raunen, die Dienstherrin habe sich als Hexe entpuppt, war die Verwandlung doch in atemberaubender Geschwindigkeit vor sich gegangen, und jeder wusste, dass Hexen alt und blass und faltig waren, mit trübem Blick und üblem Gestank. Und wenn die Dienstherrin eine Hexe war, erklärte das auch den Fluch, der auf den Siedlern im Fort lag und der Hunger, Leid und Verderben über sie brachte. Doch ihr Gatte, der Pfarrer, stellte sich ihnen allen wie ein zorniger Gott in den Weg.

Außer dem Mädchen und der Dienstherrin wusste niemand, dass die kleine Bess, dieses liebliche Nichts mit der geistigen Reinheit eines Babys, ihrem eigenen Leben aus schierem Entsetzen auf eine Weise ein Ende bereiten konnte, zu der weit intelligentere Männer und Frauen nicht imstande waren, denn es fehlte ihnen der Mut.

Das Mädchen hatte neben der kleinen Bess gelegen, als

sanft der letzte Rest ihres Lebens verebbt war, und hatte in ihrer Haut den Augenblick gespürt, in dem sie dahinging.

Für einige Zeit hatte nur sie von ihrem Tod gewusst, und sie hatte gezittert, dass ihre Zähne in ihrem Schädel klapperten, und war vor Trauer erstarrt wie ein stummer Wiederkäuer auf den Feldern.

Sie konnte nicht zulassen, dass ihre kleine Bess weggeholt wurde, dachte das Mädchen. Hier im Fort stapelte man die Toten im Dutzend übereinander, um das Tauen des Bodens zu erwarten, und die Ratten huschten frei dazwischen herum, bis man nach Schweinen, Hühnern, Kühen, Pferden, Hunden, Katzen, Singvögeln und Insekten schließlich selbst das Ungeziefer aß, das zwischen den Toten umherkrauchte. Und eilig wusch das Mädchen den Leichnam der kleinen Bess, ihren Hals, die Wangen, die Ohren, die bleichen Arme und Beine, und zog dem Kind sein bestes Kleidchen an. Dann ging sie hinaus, riss mit bloßen Händen etwas morsches Holz aus den jämmerlichen Baracken und machte daraus ein kleines Feuer, bis der Boden so weit aufgetaut war, dass sie eine dünne Schicht Erde abtragen konnte. Dann machte sie erneut ein Feuer, bis sie nach vielen Stunden des Grabens und Feuermachens endlich ein flaches Grab für ihr Kind ausgehoben hatte.

In der blauen Morgendämmerung jenes Tages, ihrem letzten unter ihresgleichen, gingen das Mädchen, ihre Dienstherrin und der Pfarrer in feierlichem Ernst nach draußen, und der Pfarrer sprach ein simples Gebet für ein simples Wesen wie die kleine Bess. Dann ließen sie sie in ihrem Leichentuch aus weißem Leinen in die Erde hinab und weinten, denn diese kleine wahre Schönheit hatte die Welt für immer verlassen.

Das Mädchen sah, wie die Erde sich die kleine Bess einverleibte, und war am Boden zerstört; sie legte sich in das Bett, das sie mit ihrer Bess geteilt hatte, roch den Duft ihres Haars auf dem Kissen und wünschte, auch ihr würde ein Gedanke genügen, um zu sterben. Doch sie konnte es nicht, das Leben in ihr war zu animalisch.

In der Nacht jedoch wachte sie auf, weil irgendetwas merkwürdig war, und als sie zu den Betten des Pfarrers und ihrer Dienstherrin blickte, waren sie leer. Sie schlich sich hinaus in den verborgenen Hof, und dort standen sie im Dunkeln und flüsterten, und auch der Kommandant mit seinen beiden Lakaien war da sowie vier Soldaten, die die Tore bewachten. Und wie es aussah, hatten sie eine Entscheidung gefällt, denn sie gingen alle zusammen schweigend dorthin zurück, wo sie gerade erst die kleine Bess begraben hatten. Und dort nahmen die Soldaten Schaufeln und gruben die kleine Bess wieder aus, was nicht schwer war, denn die Erde war noch nicht wieder gefroren. Nachdem sie die Leiche herausgehoben hatten, schoben sie das Leichentuch beiseite, und da war es wieder, das blasse, liebe Gesicht, das fahl im Licht der Fackeln schimmerte und von golden glänzendem Haar umrahmt war, das schon bald weiß wurde, so viel Schnee wehte der eisige Wind hinein. Dann trat einer der Soldaten zu ihr heran, hob die Axt über den Kopf und spaltete ihren Schädel, und das Mädchen, das die Szene entsetzt mit ansah, wusste auch ohne eine Erklärung, dass an dem Leichnam von jemandem, der hier nicht an einer Krankheit gestorben war, noch immer gutes Fleisch war. Und sie konnte sich nicht regen; wie versteinert sah sie zu, wie sie das Kind zu zerteilen begannen.

Sie konnte sich erst aus ihrer Schockstarre lösen, als sie sah, wie ihre Dienstherrin, die noch immer weinend auf dem gefrorenen Boden kniete, gierig die Hand nach einem Stück des Gehirns ausstreckte, das sie auf dem Feuer in der Pfanne gebraten hatten. Und als das Mädchen diese Frau, die einzige Mutter, die sie je gehabt hatte auf der Welt, unter Tränen gierig die Hand ausstrecken sah, sprang sie aus ihrem Versteck hervor, stürmte in die Mitte jenes schändlichen Kreises und gab ihrer Dienstherrin eine so saftige Ohrfeige, dass es diese nicht mehr auf den Füßen hielt; sie schrie und biss und trat um sich, doch sie wurde zu Boden gedrückt und mit einem Stiefel im Gesicht zum Schweigen gebracht, hatte den Mund voll gefrorenem Schlamm und bekam keine Luft mehr.

Da lag sie und dachte fieberhaft nach, bis der Soldat kurz das Gewicht verlagerte und sie sich flugs unter ihm wegrollte und floh; sie rannte ins Haus und suchte selbst im Dunkeln flink all die guten, treuen Sachen zusammen, die sie für nützlich befunden hatte, dann zog sie all ihre eigenen Kleider und Strümpfe und auch die der kleinen Bess an, dazu die Stiefel, die sie dem verstorbenen Sohn des Edelmanns gestohlen hatte, den dicksten Mantel der Dienstherrin und ihre wärmsten Handschuhe, und packte die beiden Decken, den Zinnbecher, das Beil und den Feuerstein in den robustesten Sack, den sie finden konnte. Sie zog das Messer des Pfarrers aus seinem Versteck zwischen Papieren hervor und steckte es in ihre Tasche, dann nahm sie den Gesichtsschirm aus verstärkter Seide, den die Dienstherrin an den sonnigsten Tagen über dem Gesicht trug, damit ihre Haut nicht noch brauner wurde, und klemmte sich den Knopf, mit dem man ihn hielt, zwischen die Zähne, und indem sie ihr Gesicht auslöschte, wurde sie stark.

Die Kapuze über dem Kopf und das Gesicht hinter dem Schirm verborgen, rannte sie die Reihen der Toten und Sterbenden entlang, und hätten diese aufblicken können, sie hätten den Todesengel höchstpersönlich durch ihre Reihen fliegen sehen.

Wieder hinaus ins kalte, mondlose Dunkel, durch den harten, eisigen Schnee zu dem Spalt in den Palisaden, durch den nur ein Hälmchen wie sie hindurchpasste. Der Atem, den die Maske auf ihrem Gesicht hielt, kribbelte auf der Haut.

Doch im Halbdunkel wartete bereits der Pfarrer auf sie, die Lippen frisch glänzend von Fett, und als er einen Schritt vortrat, sie an der Gurgel packte und gegen das raue Holz der Palisaden drückte, war weit und breit niemand, der ihn davon abhalten konnte, sie zu töten. Der Knopf rutschte ihr aus dem Mund, der Schirm fiel von ihrem Gesicht. Die plötzliche Kälte brannte scharf auf ihrer warmen Haut. Eine gefühlte Ewigkeit hing sie würgend an seiner Hand, und der Tod kroch wie auf Spinnenbeinen von den Rändern ihres Gesichtsfelds herein.

Wisset ihr nicht, zischte er sie an, welchem ihr euch begebet zu Knechten in Gehorsam, des Knechte seid ihr; es sei der Sünde zum Tode oder dem Gehorsam zur Gerechtigkeit.

Sie brachte kein Wort heraus und konnte beinahe nichts mehr sehen, doch jetzt tastete sie mit letzter Kraft in ihrer Tasche nach dem Messer, zog es aus der Scheide und stieß es dem Pfarrer in den Bauch.

Beide fielen zu Boden, und während sich der Pfarrer stöhnend wälzte und sein heißes Blut und seine Eingeweide auf den Boden flossen, schnappte das Mädchen keuchend nach

Luft und kam gerade rechtzeitig wieder zu Sinnen, als sich dröhnende Schritte näherten. Sie steckte das Messer zurück in die Tasche, schob zuerst den Sack durch das schmale Loch in den Palisaden und kroch dann selbst hindurch. Dann rappelte sie sich auf und rannte durch den schwarzen Mais, weg von dem verfluchten, stinkenden Fort und ihrer Sünde hinein in die Wildnis mit ihren bekannten und den noch viel größeren unbekannten Schrecken.

Und als sie nun im Sterben lag, weinte sie, zu schwach, um diesen Albtraum am Wiederkehren zu hindern und jene Momente von sich fernzuhalten, die sie während ihrer Flucht weggeschoben und hinter die Tür in ihrem Inneren gesperrt hatte.

Ihre Sünde war die des Mordes, und es war eine beinahe ebenso schwerwiegende wie die Verleugnung Gottes, und diese hatte sie ebenfalls begangen; doch sicherlich hatte sie nur ihr Leben verteidigt, denn der Pfarrer hätte sie nur zu gern getötet. Nein, was sie jetzt in ihren letzten Stunden auf Erden weinen ließ, war das, was sie mit dem Leichnam ihrer lieben kleinen Bess gemacht hatten.

Sie sah es wieder und wieder; die Tür ließ sich nicht mehr schließen, und die Bilder ließen sich einfach nicht wegschieben.

23.

Sie hörte Flügel schlagen und dachte mit einem Anflug von Hoffnung an die Seraphim, die unsichtbar durch das Element Luft schwammen.

Als sie jedoch mühsam ein Auge öffnete, sah sie einen Geier, der sich neben ihr niederließ und sie mit ausgestreckten Flügeln und einem belustigten Funkeln in den Augen ansah.

Ja, dachte sie, so ist es recht. Komm, alter Aasvogel, und bring mir deinen Todesruch.

Ihr Geist erhob sich in die Lüfte, als wollte er sich davonstehlen, und überblickte von dort die grünen Weiten der Welt, die Berge, die jäh und schroff in den Himmel ragten, die endlosen, von Flussadern durchzogenen Wälder und das Meer mit seinen weißen Wellen, beständig knirschende Zähne.

Und jetzt, in der Luft, kam ein helles Licht über sie, eine Vision, die ihr Leben bis weit hinaus über diesen Moment des Todes dehnte, von den großen Kreisläufen bis ins Kleine.

24.

In dieser Vision sah sie ein zweites, erträumtes Ich die Augen aufschlagen.

Der Tag war älter geworden. Der Geier war näher gekommen.

In ihrer Vision setzte sie sich auf. Der Fluss schillerte und glänzte, sie musste blinzeln. Unter Schmerzen schleppte sie sich die Steine hinauf zum Waldrand, es dauerte Stunden. Die Bärenmutter hatte bei ihrem Rückzug einen Fisch zurückgelassen, und er lag im Schatten eines zarten, jungen Farns und war noch frisch. Gierig aß sie ihn, roh und in kleinen Bissen, und schmeckte nichts. Jeder einzelne Bissen strengte sie an. Sie zerkaute sogar die Gräten.

Der Geier verlor die Geduld mit ihr und flog davon.

Sie aß, bis sie einschlief, in den Armen die Reste des Fischs, und wachte am späten Nachmittag auf. Sie schleppte sich ein Stück in den Wald hinein, ins Zwielicht inmitten der Bäume. Dort entdeckte sie ein paar umgestürzte Bäume, die sich aneinanderlehnten und dick mit Moos überzogen waren, und kroch in den Hohlraum darunter. Gewärmt von den morschen Bäumen, schlief sie ein.

Tagelang lag sie dort, kroch nur hinaus in den Wald, um sich zu entleeren und Wasser zu trinken. Sie fieberte, in ihr wüteten die Pocken. Sie war noch zu schwach für die Ausdauer und die Geduld, die es brauchte, um ein Feuer in Gang zu bringen, aber die Sonne schien und wärmte die Welt, und sie hatte Glück mit dem Wetter, denn es regnete nicht, und die Nächte waren so mild, dass die Decken genügten, um nicht zu frieren.

Obwohl ihr Körper die Krankheit nach und nach besiegte, blieb sie tief in ihre Haut eingeprägt. Ihr Gesicht fühlte sich an wie Granit, rau und hart unter ihren Fingerspitzen.

In jenen Tagen von Fieber und Krankheit wurde sie des Nachts von zahllosen Schrecken heimgesucht und wachte oft schreiend auf.

In ihren klaren Momenten ging sie zu der Stelle am Fluss, wo herabgefallene Steine ein natürliches Stauwehr geschaffen hatten, in das sie die Fische nur hineinzutreiben brauchte, und dann ging sie, benommen vor Schwäche, mit ausgebreiteten Röcken ein paar Schritte, bis die Fische in der Falle waren, bückte sich und griff sie mit den Händen. Sie aß sich mehr als satt. Sie aß ohne Genuss, aß nur, um sich ein Polster zuzulegen.

Nach einer Woche war sie so weit zu Kräften gekommen, dass sie sich einen besseren Unterschlupf suchen konnte. Sie ging flussaufwärts, manchmal kroch sie auf allen vieren. Kaum eine Stunde entfernt entdeckte sie eine Landzunge, die umgeben von steil abfallendem Fels in den Fluss hineinragte, nahe an Wasser und Fisch, doch zu drei Seiten hin geschützt. Hier setzte sie sich auf die sonnengewärmten Steine und fühlte sich zwar nicht gut, aber auch immerhin nicht halb tot.

Sie war schwach; sie war sehr krank. Doch dieser Flecken Erde sagte ihr, dass sie hier leben konnte.

Das Glück blieb ihr hold und schenkte ihr mehrere trockene, warme Tage. An den Vormittagen fing sie Fische und sammelte die frischen, leuchtenden Beeren im Wald, von denen sie die meisten auf flache Steine legte und in der Sonne trocknete, während sie nachmittags im Schatten ruhte. In der Abenddämmerung arbeitete sie an ihrem Haus, wählte sorgfältig Steine aus, setzte sie aufeinander und verband sie mit dunklem Lehm, den sie mit dem Beil aus dem Flussbett geholt und in ihrem Sack heraufgetragen hatte. Ihr Haus war klein, die Kanten der Grundfläche gerade mal doppelt so lang, wie sie groß war, und mit einer einzelnen Öffnung in Richtung des Flusses. Das Dach würde sie so niedrig bauen, dass sie gerade so stehen konnte.

Und sie sah dieses Ich jetzt binnen zwei Mondzyklen so weit zu Kräften kommen, dass sie mit Pausen auf ihr Haus klettern und aus Astgabeln und Zweigen ein dichtes Dach konstruieren konnte. Dieses erste Dach bedeckte sie mit dicken Grassoden aus einer Wiese, die nach einigen Wochen, in den spätsommerlichen Regengüssen, zu einem üppigen grünen Hügel zusammenwuchsen, bis das Gras schließlich die Wände ihrer Hütte hinabwucherte. Sie ließ ein Loch offen, damit der Rauch ihres Feuers abziehen konnte. Aus abgeschälten Weidenästen flocht sie eine Tür, befand sie als Schutz gegen Wölfe, Raubkatzen und Bären jedoch für unzureichend und verzurrte sie mithilfe von Schlingpflanzen mit zwei weiteren Schichten Weidengeflecht, bis sie so dicht war, dass nicht einmal der eisigste Wind hindurchpfiff.

Sie fand eine Art von Bambusrohr, das einen seifigen Schaum ergab, wenn man es auf einem Stein auspresste und den Saft mit etwas Wasser verrieb; damit wusch sie sich den Schmutz vom Leib und aus den Lumpen, schlug ihn mit Steinen aus dem Stoff und breitete die Sachen zum Trocknen auf den warmen Felsen aus. Dann stieg sie nackt in den Fluss, ihr Atem stockte, so kalt war das Wasser, und sie kniete sich hinein und schrubbte den Schmutz und all die Insekten von ihrem Leib. Immer noch nackt, ging sie dann in ihre Hütte und scheuerte so lange mit dem seifigen Schaum den Steinboden, bis sie das Gefühl hatte, dass sämtliches Ungeziefer aus den Ritzen verschwunden war.

Sie baute aus Steinen und Stöcken Regale und bewahrte ihre Vorräte an getrockneten Beeren, Pilzen und Fisch hinter einem dicht gewobenen Netz aus Pflanzengeflecht auf, damit die Feldmäuse nicht alles fraßen. Sie experimentierte mit Fallen und Schlingen, bis die ersten kleineren Tiere hineingingen, und fing bald auch Bisamratten, Otter und Eichhörnchen. Aus ihren Fellen nähte sie sich einen Hut, Handschuhe und Schuhe, die sie mit der weichen Seite, der Fellseite, nach innen trug.

Und auf diese Weise heilten ihre Wunden und ihre gebrochenen Knochen, und sie füllte ihre Tage mit Geschäftigkeit.

Tief im Herbst schließlich, als der dunkler werdende Himmel bereits den herannahenden Winter ankündigte, sah sie sich für einen Augenblick in einem stillen, kalten Weiher, und sie war hutzelig und alt, das Haar von all den Krankheiten am Ansatz schlohweiß. Viele ihrer Zähne fehlten. Eine närrische

Dienstmagd von sechzig Jahren, so sah sie aus, und sie lachte über sich selbst, denn es gab niemanden mehr zu beeindrucken.

Im Winter war ihre beste Gesellschaft das Feuer in der Hütte, denn der Geist des Glasbläsers war nun endgültig verschwunden. Die langen, dunklen Nächte und die grauen Tage hindurch redete sie mit ihm. Sie erzählte ihm Geschichten, laut und hörbar, und dehnte sie so weit aus, dass sie erst nach vielen Tagen und Nächten zum Ende kam. Das Feuer knackte und spuckte und hustete, und es stöhnte und seufzte, wenn durch das Loch im Dach Schnee fiel und zischend in der Glut landete. Die Feuchtigkeit ihres Atems weichte den Lehm über ihr auf, sodass von Zeit zu Zeit ein wenig herunterfiel, unerwartete Klumpen im Dunkeln.

Ab und an kehrte die Stimme zu ihr zurück, dann führte sie Streitgespräche mit ihr.

Und in der Vision kam der Frühling, und sie trat hinaus ins kühle Licht, als wäre sie aus ihrem bisher längsten Nachtschrecken erwacht. Der Wahnsinn war durch sie hindurchgegangen und hatte bloß einen Kern ihrer selbst zurückgelassen. Sie war noch immer schwach, würde nie mehr stark sein, doch sie wusste, sie konnte alles tun, wenn sie sich nur sachte genug bewegte. Sie arbeitete geduldig, lag an den meisten Tagen viele Stunden auf einem warmen Felsen und dachte nach.

Manchmal unterbrach sie eine Arbeit, die sie gerade verrichtete, und es durchfuhr sie wie ein Blitz, wie schön die Welt war, in welch erhabenem Violett sich die Berge am Horizont manchmal erhoben, ein optischer Trick, und wie ausgelassen die blauen Vögel einander jagten, wie Fetzen des windzerzausten Himmels.

Dann fühlte sie sich von reinstem Glück durchströmt und blieb hingerissen zurück.

Und sie sah diesem anderen Ich zu, wie es allein in der Wildnis seine einsamen Kreise zog und die Zeit bald nur noch eine Erinnerung war.

In einem Winter hatte sie kaum genug zu essen. In einem anderen starb auf einer Wiese oberhalb des Hügels ein Hirsch, und sie konnte genug Fleisch für mehrere Monate zu ihrer Hütte schleppen und sich aus seiner Haut sogar ein simples Kleid nähen.

In den langen, dunklen Nächten ihres einsamen Lebens dachte sie oft an den Tier-Mann, der den Stein nach ihr geworfen hatte, und riet, was sein Leben anging, schließlich beinahe richtig, nämlich dass er einer der ersten spanischen oder englischen Siedler gewesen sein könnte und entflohen war und dass er außerhalb der Grenzen der Powhatan lebte, die sicherlich von ihm wussten und ihn vielleicht sogar aus der Ferne beschützten, denn sie konnte sich nicht vorstellen, dass sie einen der Anderen auf ihrem Land dulden würden, es sei denn, sie fühlten sich ihm in irgendeiner Weise verpflichtet.

Denn ihr war klar, dass sie von ihr in ihrem Steinhaus wussten, entdeckte sie doch ab und an in der Umgebung Fußspuren im Schlamm, und manchmal bewegte sich am Rand ihres Blickfelds eine menschliche Gestalt.

Einmal am Flussufer blickte sie auf und entdeckte auf der anderen Seite eine Frau dieses Volkes, die sie ansah. Sie erwiderte ihren Blick und hob mit einem Aufflackern freundschaftlicher Zugewandtheit die Hand. Doch die andere drehte sich um und verschwand und ward nicht mehr gesehen.

Nun wusste sie sicher, dass sie nur lebte, weil sie geduldet wurde; und wenn sie bisher nicht gekommen waren, um mit ihr zu sprechen, hatten sie ihrerseits kein Interesse an einer Freundschaft.

Und sie malte sich oft voller Entsetzen aus, was wohl geschehen würde, sollten sie ihr eines Tages keine Toleranz mehr entgegenbringen und sie, dieses stechmückenartige Ärgernis hier auf ihrem Land, loswerden wollten, ob dann eines Nachts plötzlich andere Menschen hier in ihrer kleinen Hütte stehen würden.

Dann würde ich beim Sterben wenigstens einem anderen Menschen ins Gesicht sehen, sagte sie laut und lachte finster, denn so schmerzhaft war ihr Sehnen, dass sie sich darüber gefreut hätte, wäre sie doch wenigstens noch einmal einem anderen Menschen begegnet.

Aber sie wusste, dass sie sich mit einem Leben in Einsamkeit begnügen musste, denn auch wenn sie sich mit jeder Faser nach Liebe und menschlichem Umgang sehnte, war sie immer noch eine Fremde hier; sie war ungefragt in dieses Land und zu seinen Menschen gekommen, und deren Akzeptanz ihrer Gegenwart war Geschenk und Gnade genug.

In ihrem letzten Jahr allein in der Wildnis fühlte sie sich sehr alt und sehr krank. Sie hatte die Jahre mitgezählt, aber bei fünfundzwanzig oder sechsundzwanzig den Überblick verloren. Jünger als zweiunddreißig konnte sie nicht sein, aber auch nicht älter als vierzig.

Nach so langer Zeit der Einsamkeit begannen die Bäume, die Wolken und die Berge in der Ferne menschliche Züge zu entwickeln, und selbst das kalte Flusswasser war voll von silbrigen Gesichtern, die lachend und feixend zu ihr hochsahen.

Und in ihr wehten nicht immer die kalten Winde des Alleinseins.

Sie sah den letzten Frühling ihrer ausgedehnten, berückend schönen Vision eines Lebens jenseits ihrer tatsächlichen Todesstunde; sie beobachtete riesige Schwärme blasser Vögel mit rosa Hälsen, die in die Bäume einfielen, sie bis auf das letzte Blatt und die letzte Frucht kahl fraßen und den Boden mit weißem Kot überzogen. Sie sah sie in riesigen stinkenden Wolken davonfliegen. Ihr wurde klar, dass dieses neue Phänomen der Überfülle daher rührte, dass immer mehr Menschen aus ihrem Volk hier ankamen. Sie brachten ein neues Ungleichgewicht, eine untragbare Fremdheit. Von nun an würde an einem Ort Überfluss, an einem anderen Ort erbärmlicher Mangel herrschen. Schon jetzt kehrten nur wenige der violetten Vögel, die so lieblich gesungen hatten, aus ihrem Winterquartier zurück, dabei waren sie bei ihrer Ankunft so zahlreich gewesen.

Sie besaß einen Stuhl, den sie in einem der langen Winter mit dem Messer aus einer guten, kräftigen Eiche geschnitzt hatte, die Sitzfläche ein Geflecht aus weich geklopftem Rohr, und er war tief und bequem und in jeder Hinsicht einem Stuhl des englischen Kommandanten der Siedlung – damals in einem anderen Leben – gleichwertig. Sie schob ihren Stuhl hinaus in die Sonne, und während sie dort saß und die am Himmel ziehenden Wolken und das Spiel von Licht und Schatten beobachtete, öffnete sie sich ganz den Stimmen, die kamen und zu ihr sprachen.

Die Befehle und Witze ihrer Dienstherrin, das Brabbeln der kleinen Bess, die Bonmots von Spielern, Poeten und Verehrern und die sanfte Stimme ihres Glasbläsers, süß und inhaltsleer in ihrem Ohr.

Und in dieser Vision eines anderen möglichen Endes sprach nun auch die älteste und fremdeste der Stimmen wieder zu ihr, auch wenn sie sich sicher war, dass es sich um das Echo eines längst abgeschlossenen Gesprächs handelte.

Dein Leben neigt sich dem Ende zu, sagte die Stimme. Bereust du den Weg, den dein wiedergeborenes Leben genommen hat?

Nein, sagte sie und dachte nach. Denn das Glück war mir hold.

Und bereust du den Verlust deines Gottes in der Wildnis?

Ich bin keine Meisterin der Zahlen, doch wenn man nichts um nichts vermindert, bleibt am Ende dennoch nichts, so viel weiß selbst ich.

Tut es dir leid, diesen Ort zu verlassen, der dir diese Jahre des Lebens ermöglicht hat?

Nein, sagte sie, denn die englische Fäule wird auch bis hierher vordringen. Sie wird sich über dieses Land ausbreiten und es anstecken und die Menschen vernichten, die zuerst hier waren; sie wird sie dahinraffen und ihre Zahlen schwinden lassen. Der Gott meines Volkes ist hungrig und nicht eher zufrieden, bis dass er herrschen kann. Sie werden sich alles und jeden untertan machen, und wenn dann nichts mehr übrig ist, werden sie sich gegenseitig zerfleischen. Ich bin keine von ihnen. Ich werde es nie sein.

Und du hättest nichts tun können, um die letzte Gestalt deiner Geschichte zu verändern?

Ich, die ich als Nichts geboren wurde und nichts bin? Mit meinem kleinen Leib, meinem kleinen Leben?

Dein Weg hätte dich zu den anderen führen können, den Menschen dieses Landes, die einige der Männer, Frauen und Kinder aus dem Fort aufgenommen und am Leben erhalten haben.

Und sie malte es sich aus, das lange Leben, das sie unter den Menschen des anderen Volkes mit ihren Bräuchen, ihren Göttern, ihren Speisen und ihrer Sprache hätte haben können, und in ihr wallten Trauer und Zorn auf sich selbst auf, auf sich und ihre Furcht vor ihnen, die größer war als ihre Furcht vor der Wildnis.

Und selbst während sie diese Vision hatte, während sie gekrümmt am Flussufer einen langen, zähen Tod an Pocken, Fieber, Hunger und Erschöpfung starb und der Geier neben ihr schon vorfreudig die Flügel ausbreitete, dachte sie an die Männer, die ihr nur Tage zuvor am Wasserfall gefolgt waren, und ihr kam in den Sinn, dass sie womöglich gar nichts Böses im Schilde geführt, sondern sie gesehen hatten, krank und dem Wahnsinn nahe, und helfen wollten.

Hätten die Männer sie in ihr Dorf gebracht, so erkannte sie jetzt, hätte sie jedem, der sie berührte, ein unsichtbares Mal der Krankheit hinterlassen, und es wäre von Körper zu Körper weitergegeben worden, ein glänzendes Flechtwerk des Verderbens, und sie selbst hätte durch diese Berührung den

Tod ins Dorf gebracht. Er hätte sich weiter ausgebreitet, hätte in Familien kurze und unter Reisenden lange Wege zurückgelegt, und es wären Mütter und Säuglinge gestorben und ganze Familien hätten sich niedergelegt, um gemeinsam zu sterben, und sie hätte unwissentlich das Werk der großspurigen, schmutzigen Siedlung am River James fortgeführt, das Werk jener Männer, die es als gottgefällig ausgaben und die Bäume fällten und alles niederbrannten und an sich rissen, die Fische und das Wild und das Land und die saubere Luft. Ihr Körper wäre ein Teil dieses Werkes gewesen und hätte selbst gegen die Intention ihres Geistes die Saat des Todes unter den Menschen hier ausgebracht. Und auch wenn sie ihren Tod betrauerte, der heranrückte, so war sie doch froh, dass ihre Krankheit nicht der Funke sein würde, der auf die anderen übersprang und ganze Dörfer in Brand setzte.

Und dennoch, selbst in der Vision spürte sie das Sehnen nach einer anderen Seele, mit der sie ihr Leben hätte verbringen können. Reibt sich der eigene Geist an einem anderen, werden die Gedanken aus ihrer behaglichen Form gezogen, und das wahre Denken beginnt. Einen anderen Leib zu haben, der für die Bedürfnisse des ihren Sorge trug und ihre liebende Fürsorge annahm. Eine Hand, die sie halten, ein Gesicht, das sie lieben konnte. Menschen waren nicht gemacht, um allein zu leben.

Als sich das Leben ihres zweiten Ichs dem Ende zuneigte, ging plötzlich alles ganz schnell, und der letzte Winter kam wie eine dunkle Wolke, die das Antlitz der Sonne für immer verdunkelte. Vom Berg stürzte die Kälte herab.

Und in einem Traum war sie ein silbergraues Tier, das langsam seinen Weg über das Land zog, jeden Kiesel bemerkte und verehrte, und wenn es die Nase in den Wind steckte, darin alles roch, was sich je an einem bestimmten Ort zugetragen hatte. Was verdorrt und steril wirkte, war es nicht, das wusste sie jetzt; jeder Ort, den der Mensch berührte, war mannigfach vom Tod berührt worden, jeder Handvoll toter Materie waren im Laufe der Zeiten Hunderte kleiner Tode eingeschrieben worden, ein Tier, das seines Herzens Blut in die Erde vergossen hatte, ein abgestorbener Schössling, der verrottet und vom Boden zermahlen worden war, der Tod eines Wurms, eines Käfers oder einer Larve – alle Tode lebten im Braun der Erde, das die Farbe all dessen war, was einst gelebt hatte. Dicke Schichten des Todes, wo sie auch hinsah. Die Erde enthielt den Geist all dessen, was gestorben war.

Ihr Blick ging noch tiefer. Sie sah den Geist von allem, was da gewesen war, was einst wie sie unter der Sonne gelebt hatte. Sie sah die stille und unsichtbare Kraft, die alle Schöpfung beseelte.

Einst hatte sie geglaubt, in den tiefsten Tiefen von allem befände sich ein Nichts, an dessen Stelle der Mensch Gott gesetzt hatte; doch jetzt wusste sie, dass noch tiefer in diesem Nichts etwas anderes war, das aus Licht und Wärme bestand.

Dieses Licht und diese Wärme waren es, was Bestand hatte, was ewig war. Im Kern war nicht nichts, nein. Aus dem Licht und der Wärme floss alles, was gut und göttlich war.

Und dann, in der Vision, stand sie da in tiefschwarzer Nacht, unter ihren Füßen Eis und ringsherum dicht wehender Schnee, und sie wusste nicht, wo sie war. Auf wackligen Beinen wandte sie sich in alle Richtungen und sah den Schein des Feuers durch die Ritzen ihres Hauses. In ihren eiskalten Händen hielt sie das Beil, vor ihren Füßen befand sich ein wassergefülltes Loch. Sie hatte zum Fischen ein Loch ins Eis geschlagen, obwohl es stockdunkel und eisig kalt war.

Vorsichtig ging sie weg von dem Loch und auf das warme Licht ihrer Hütte zu. Doch ihr Kopf war wirr und das Eis glatt, und sie rutschte aus und spürte, wie sie fiel, und hatte auf dem Weg durch das dichte Schneegestöber genügend Zeit, zu begreifen, dass ihre Knochen zu brüchig waren, um den Aufprall heil zu überstehen. Hart küsste das Eis sie auf die Schläfe. Noch schlimmer als der Sturz war das entsetzliche Knacken ihrer Hüfte und dass sich ihre Seite auf einmal seltsam schwer anfühlte. Sie tastete an sich hinab und spürte den hölzernen Holm des Beils, dessen Kopf unter ihren Rippen steckte. Ihr alter Freund hatte sie gebissen. In großen, nassen Schüben entwich die Wärme aus ihrem Körper. Ihre Hände färbten sich schwarz davon.

Mit einer Hand hielt sie das Beil dort, wo es steckte, und auf dem Ballen der anderen und ihrem guten Knie kroch sie über das Eis auf ihr Haus zu. Alle paar Meter hielt sie inne, um nach Luft zu schnappen. Ihr Atem rasselte. Ihre Hand und ihr Knie wurden allmählich taub. Alles, was zu ihr gehörte, war stumpfes Werkzeug, und ihr einziger Gedanke war: vorwärts. Sie zog eine feuchte schwarze Spur auf dem Eis.

Vom Ufer zog sie sich hinauf zu ihrer Hütte und schleppte sich hinein. Die Tür fiel hinter ihr zu, das Feuer war beinahe niedergebrannt. Es war kalt, und mit letzter Kraft schob sie ein Stück Holz in die Glut und blieb sitzen, bis ihre Benommenheit etwas nachließ. Ihr Umhang war steif von Blut, und ihr rasselnder Atem füllte die gesamte Hütte, die plötzlich klein wirkte.

Sie wusste, dass sie ihrem Körper Schaden zufügte, wenn sie das Beil herauszog, doch sie ertrug den Gedanken kaum noch, dass es in ihr steckte. Sie legte sich auf ihre heile Hüfte, packte den Holm und zog ihn mit einer schnellen Bewegung aus sich heraus, während sie im selben Moment mit der anderen Hand ein frisches Fell auf ihre Seite presste. Vor ihren Augen brach die Nacht herein. Als sie die Augen wieder aufschlug, fiel durch das Loch in der Decke Tageslicht herein, und sie lag in ihrem kalten Blut.

Sie war alt und reich an Tagen, sagte sie sich in dieser Vision eines fernen Todes. Sie rutschte in Richtung der Felle, unter denen sie schlief, schlüpfte darunter und zog auch den Kopf ins Dunkel, auf dass es auch in ihrem Inneren dunkel werden möge. Sie schlief, und im Schlaf lächelte sie, denn sie sah die himmlische Herrlichkeit von gleißender Sonne und Wasser und einem Nachthimmel, der weiß war von Sternen; noch einmal flog sie mühelos übers Land.

Der Verlust eines Sterns trübt nicht die Pracht der Konstellationen; sie hatte nicht mehr die Kraft, sich zu erinnern, welche ihrer Stimmen das gesagt hatte.

Und damit endete diese andere Vision eines längeren trügerischen Lebens.

Ganz allein zu überleben, war nicht dasselbe, wie am Leben zu sein, wurde ihr klar.

Und käme sie tatsächlich noch einmal auf die Beine, würde wieder gesund werden und könnte den Todesgeier davonjagen, so würde sie nicht dieses Leben wählen, das ihr gerade vor Augen geführt wurde, auch wenn die Schönheit der Welt grenzenlos war und die Gnade, noch mehr von ihr zu erfahren, ein unsagbares Geschenk gewesen wäre. Auch wenn im Werk ihres Körpers und ihrer Hände Befriedigung lag, auch wenn das blanke Überleben ein Triumph war, so begriff sie jetzt, dass sie die lange Einsamkeit eines solchen Lebens nie für sich selbst wählen würde.

25.

Der röchelnde Atem des Mädchens wurde flacher.

Und dann dehnte sich die Zeit zwischen den Atemzügen.

Bald würde der Geier näher hüpfen und dann noch näher; er würde den stinkenden Kopf neigen, als wollte er sie segnen.

Dann würden noch weitere Geier herabschweben, sich in einem wilden Flügelgemenge über sie hermachen und ihre Haut und ihr Fleisch abzupfen. Und aus den Tiefen der Erde würden Würmer heraufkommen und sich an ihr laben. Ihr Leichnam würde ein Festmahl werden.

Den Schädel würde nach ein paar Tagen ein Kojote davonschleppen. Was ihr Brustkorb, ihre Wirbelsäule gewesen war, würde auf das Moos am Waldrand gezerrt werden und dort liegen bleiben. Zwischen ihren Rippen würde ein Eichenschössling den Kopf durch den Boden drücken, und dieses kleine grüne Leben würde im üppigen Sonnenlicht des Frühjahrs und Sommers schnell an Kraft gewinnen und binnen Monaten zu einem Bäumchen heranwachsen. Im Winter dann würde es sich durch ihre Knochen hindurchschlängeln, schon so groß, wie einst sie selbst gewesen war, und im Frühjahr darauf wären die Reste ihrer Knochen, sofern nicht kleine Tiere sie davongeschleppt hätten, in die Wurzeln des

Baums eingewachsen, der eines Tages zu den riesigen alten Königen des Waldes gehören würde, und der Stamm würde um die Knochen herum weiterwachsen, sodass die letzten ihrer Überreste jahrhundertelang Bestandteil seines lebendigen Holzes wären, eine Erinnerung.

In ihren letzten Augenblicken kam still und leise ein Frieden über sie. Die Vision ihres zweiten Ichs hatte sie das Sterben gelehrt.

Denn nur eine Handbreit vor ihrem Gesicht und noch während ihr Körper die größten Leiden ertrug, machte die Welt in ihrer erhabenen, ewig sich erneuernden und vollkommen gleichgültigen Schönheit einfach weiter.

Und die Erde selbst enthüllte ihr strahlendes Antlitz und präsentierte sich dem Mädchen jetzt als endlose Folge von Wundern:

Der Frühling, der, vom Winter befreit, seine Kraft entfesselte und das Leben feierte.

Und das zarte Grün des frischen Grases, das Grün berstenden neuen Lebens.

Und das Gold des alten Grases vom letzten Jahr, das Gold der Nahrung.

Und die Steine, deren Leben so langsam sich vollzogen, dass sie all den sich regenden, beweglichen Kreaturen in ihrer Ungeduld als vollkommen tot erschienen, doch selbst die Steine, das wurde ihr jetzt klar, selbst die Steine begegneten einander und fanden sich zu Paaren zusammen, sie explodierten, splitterten und zerrieben sich an anderen Steinen, an Wasser und an Luft zu Staub und erfuhren so über die lange Spanne ihrer Existenz eine unglaubliche Lebendigkeit.

Und das rastlos hinabstrudelnde Wasser des Flusses, unzählige Tropfen, die sich wahllos bald mit dem einen, bald mit dem anderen vereinten, jenes schamlose, lachende, ekstatische Element Wasser, das sich als Atem seiner selbst in die Luft erhebt oder ungestüm mit zahllosen anderen Tropfen in Richtung Ozean drängt.

Und die gute Wärme, die durch das himmlische Element herabfloss und in wohltuenden Strahlen auf die Erde traf, die den Frost besiegten, den Lehm anwärmten und die Würmer überall in ihrem Dunkel weckten, woraufhin diese sich regten und endlose Stickereien bis tief in den Boden unter ihr gruben und Lebensadern aus Luft in das unterirdische Dunkel zogen, sodass der Lehm allerorten von winzigen Wurmtunneln krakeliert war.

Und der Himmel in seinen ewig wogenden Blau- und Weißtönen mit dem einsamen Wolkenhaufen im Westen, schaumig zart und aufgepeitscht und mit silbrigen, ins Violette sich vertiefenden Falten, der gen Osten segelte und dabei kaum merklich seine Form änderte, und selbst als er näher kam und größer wurde, verspürte sie den Drang hineinzustechen, damit er blieb, wo er war, so perfekt blieb, wie er war, genau wie ein Kind, die Grausamkeit im Herzen gemäßigt durch Forschungsdrang, einen grünen Schmetterling mit einer Stecknadel in herrlicher Starre auf einer Tafel feststeckt, oder wie ein Porträtmaler die Schönheit des Augenblicks mit Ölfarben und der Kunst seines Feingefühls für immer auf eine Leinwand bannt oder wie ein Jäger, der mit dunkler Magie die von ihm erlegten Tiere mit Rosshaar und Baumwolle ausstopft und so die ungebändigte Natur in eine zahme und unvergängliche Statue mit Reißzähnen und grimmigem Blick verwandelt.

Und die beiden Mauersegler über ihr, die einander umwarben und sich paarten, immer im Flug, die sich fallen ließen und wieder ganz hinauf in die kältesten Schichten stießen, bis sie bloß noch schwarze Punkte hoch oben im Blau waren und schließlich zusammenkamen, nicht mehr mit den Flügeln schlugen und in der Befriedigung ihrer Lust in die Tiefe trudelten, bis sie beinahe auf den Felsen zerschmetterten, um dann, sich voneinander lösend, die Flügel wieder auszubreiten, flatternd wieder weit in die Höhe zu steigen und sich von Neuem aneinander zu berauschen; wie beneidete das Mädchen sie um den Saft, der sich in ihnen regte, um die weiß glühende letzte Explosion der höchsten Freude ihrer kleinen Körper, um jene Lust, die das Leben ist. Denn die Herrlichkeit der Welt war die Herrlichkeit solchen Freiseins, solcher Wonne.

Sonne mit Erde und Wasser mit Wasser und Tier mit Tier.

Zum Alleinsein gemacht war einzig die gute Sonne, die endlos Licht und Wärme schenkt, jene eine große Schöpferin, die allein gegen das Nichts anbrennen kann.

Auf ihrer Zunge jetzt: der Geschmack einer Orange.

Eine Ameise krabbelte ihr über die Stirn, doch ihr fehlte die Kraft, sie abzustreifen. Sie verfolgte die trippelnden Schritte der kleinen Füßchen auf ihrer Haut, und dann spürte sie sich in der Ameise, mit all ihren tiefen Poren, ihrem zarten Fleisch, dem Salz und dem süßen Blut.

Erfreue dich deines Lebens, kleine Ameise, dachte sie, sein Licht wird schon so bald sich trüben.

Das würde ihr allerletzter Gedanke sein.

Und der letzte Augenblick ihres Lebens war wie das Ende jedes Lebens, ob groß und namhaft oder klein und anonym und vergessen.

Die Pausen zwischen den Atemzügen wurden länger, bis kein Atem mehr blieb, um sie zu beenden. Die Organe stellten ihre Arbeit ein, die Gedärme, die Lunge und das Herz. Am Ende schließlich das Gehirn, und in einem letzten spektakulären Aufblitzen explodierte darin ein wunderbares Spiel der Farben jenseits des Vorstellbaren.

Dann wich alles aus ihr, was sich mit den Schichtungen der Zeit als sie selbst verfestigt hatte, und dieses Selbst, der Kern ihres Wesens, erhob sich in die Luft und wurde vom Wind, der über ihren hingestreckten Körper strich, in die weitere, höhere Welt davongetragen. Als Baby war sie aus der Dunkelheit und dem Nichts geboren worden, ehe sich der Funke ihres ersten Atemzugs, jenes ersten Wunders, entzündet hatte. Und wie es mit allen Menschen geschieht, die je auf der Erde gelebt haben und leben werden, wurde sie schließlich wieder zu dem, was sie vor dem Leben gewesen war.

Denn da war nichts, keine Engel, keine Harfen, keine Tore und keine Feuer, in denen die Sünder für ihre Sünden büßen, und auch keine hungrigen Geister, die durch das Land streifen und draußen vor den Kaminen der Lebenden in der Kälte stehen. Es gab nur den Wind, der auf ewig durch die dunklen Kiefern, über das Wasser, die schneebedeckten Spitzen der

Berge und die goldenen Weiten des Landes strich, auf denen es nur so wimmelte von Leben. Der Wind strich, genau wie in diesem Moment, über all die Menschen hinweg, die so betäubt sind von den Bedürfnissen ihrer Körper und ihren Begehren, dass sie nicht einen Moment innehalten und wahrnehmen können, wie gut er sich anfühlt. Spüre du ihn jetzt, den Wind, wie er sanft und unaufhörlich über deine gute, lebendige Haut streicht.

Danksagung

Mein tiefer Dank gilt den vielen Menschen, die dieses Buch ermöglicht haben: allen am Radcliffe Institute for Advanced Study, bei der Guggenheim Foundation, der Civitella Ranieri Foundation und der American Academy in Berlin.

Meinen Leser*innen: Laura van den Berg, Elliott Holt, Stephanie DeGooyer, Megan Mayhew Bergman, Hernan Diaz, Jami Attenberg, Dr. Joyce Chaplin, Alison Fairbrother und Patricia Liu, sowie meiner deutschen Übersetzerin Stefanie Jacobs für die Rettung in letzter Sekunde.

Meinen Agent*innen Bill Clegg und Marion Duvert und den anderen wunderbaren Menschen der Clegg Agency: Simon Toop, MC Conners, Nikolaus Slackman, Rebecca Pittel, Kirsten Wolf und Laura Southern, ebenso wie Kassie Evashevski von Anonymous Content.

Meiner Riverhead-Familie: Sarah McGrath, Jynne Dilling Martin, Claire McGinnis, Geoff Kloske, Helen Yentus, Delia Taylor, Grace Han, Lauren Peters-Collaer, Ashley Sutton, Melissa Solis, Caitlin Noonan, David Hough, Christina Caruccio, Nicole Wayland, Claire Vaccaro, Denise Boyd, Stephanie Hwang, Kitanna Hiromasa und Lucia Bernard, die leider nicht mehr bei uns ist.

Meiner Hutchinson-Heinemann-Familie, ganz besonders Ailah Ahmed, Laura Brooke und Linda Mohamed.

Meiner Familie: Clay, Beckett und Heath. Dieses Buch ist meiner Schwester Sarah True gewidmet, die ihren Körper über Jahrzehnte hinweg bis an die Grenzen des Menschenmöglichen getrieben und ihre Seele dabei zum Strahlen gebracht hat.